운룡쟁천

조돈형 新무협 판타지 소설
FANTASTIC ORIENTAL HEROES

운룡쟁천 1

조돈형 新무협 판타지 소설

초판 1쇄 찍은 날 § 2008년 6월 25일
초판 1쇄 펴낸 날 § 2008년 6월 30일

지은이 § 조돈형
펴낸이 § 서경석

편집장 § 문혜영
편집책임 § 유경화
편집 § 정서진 · 최하나

펴낸곳 § 도서출판 청어람
등록번호 § 제1081-1-89호
등록일자 § 1999. 5. 31
어람번호 § 제2-1521호

주소 § 경기도 부천시 원미구 심곡1동 350-1 남성B/D 3F (우) 420-011
전화 § 032-656-4452 팩스 § 032-656-4453
http://www.chungeoram.com
E-mail § eoram99@chol.com

ⓒ 조돈형, 2008

ISBN 978-89-251-1373-9 04810
ISBN 978-89-251-1372-2 (세트)

※ 파본은 구입하신 서점에서 교환하여 드립니다.
※ 저자와 협의하여 인지를 붙이지 않습니다.
※ 이 책은 도서출판 청어람과 저작자의 계약에 의해 출판된 것이므로,
  무단 전재 및 유포 · 공유를 금합니다.

운룡쟁천 1

조돈형 新무협 판타지 소설
FANTASTIC ORIENTAL HEROES

目次

제1장	팔룡전설(八龍傳說)	7
제2장	무명신군(無名神君)	27
제3장	자미성(紫微星)	57
제4장	음양팔맥단절지체(陰陽八脈斷切之體)	83
제5장	기사회생(起死回生)	133
제6장	극과 극	161
제7장	만남	211
제8장	천문동부(天門洞府)	259
제9장	초혼잠능대법(招魂潛能大法)	289

第一章
팔룡전설(八龍傳說)

 동정호(洞庭湖)의 최북단에 위치한 대표적인 섬 군산(君山)과 꼭 닮았다 하여 소(小)군산이라 불리는 작은 섬.

 지대가 워낙 낮아 물결이 조금만 거세도 섬 전체가 물에 잠기기 일쑤라 좀처럼 사람의 발길이 닿지 않는 그 섬에 오늘따라 제법 많은 사람들이 발걸음을 했다. 그래 봤자 다섯뿐이지만 한 달 내내 아무도 찾지 않았다는 것을 감안하면 꽤나 이례적인 일이었다.

 매화꽃 무늬가 수놓아져 있는 무복을 입은 이들이 두 명, 그리고 그와는 대조적으로 머리에서 발끝까지 온통 검은색 무복의 세 사람. 서로 떨어져 경계를 하는 것이 같은 일행은 아닌 것 같았다.

"너무 긴장하지 말거라. 네 어깨에 짊어진 짐이 무겁기는 하나 실패한다고 해서 뭐라 할 사람은 없다."

자색 무복 차림의 노인이 손자뻘로 보이는 청년의 어깨를 가볍게 두드리며 말했다. 아닌 게 아니라, 연신 심호흡을 하며 이마에 흐르는 땀을 닦아내는 청년의 얼굴엔 긴장감이 짙게 깔려 있었다.

그 말을 비웃기라도 하듯 검은색 무복의 노인이 자신의 곁에 조용히 서 있는 청년에게 말했다.

"오늘을 위해 지금껏 어떤 고생을 해왔는지를 생각해라. 약해 빠진 정신 자세론 아무것도 할 수가 없다. 네 어깨에 본문의 자존심이 걸려 있다."

"예, 대사부님. 최선을 다하겠습니다."

청년이 굳은 표정으로 고개를 끄덕였다. 그러자 다른 한 노인이 버럭 화를 냈다.

"최선? 최선 따위를 다해선 아무런 소용이 없다. 죽을힘을 다해라. 이 자리에서 칼을 물고 죽을 각오로 덤비란 말이다. 알아들었느냐?"

"예, 이사부님. 목숨을 걸고 해내겠습니다."

"그래, 바로 그 자세다."

이사부라 불린 노인이 흡족한 미소를 지으며 자색 무복을 입은 노인을 바라봤다.

"흥, 벌써부터 그런 패배감에 사로잡힌 말을 늘어놓는 것을 보니 화산파(華山派)는 이번에도 힘들 것 같군."

"그리 말씀하는 것을 보니 흑월문(黑月門)은 무척이나 자신이 있는 것 같소?"

자색노인이 약간은 비꼬는 듯한 어투로 물었다.

"물론이다. 지난 십오 년간 오늘을 위해 우리가 얼마나……."

노인의 말은 이어지지 못했다. 대사부라 불린 자의 미간이 좁혀지는 것을 보았기 때문이다.

"화산일검(華山一劍)께서 사제의 무례한 말투를 이해해 주시오. 오늘 일 때문에 신경이 많이 곤두서 있어 그렇소."

화산일검이라 불린 노인이 괘념치 않는다는 표정으로 고개를 끄덕였다.

"가는 길은 다르나 처한 입장은 같은 터. 어찌 그 마음을 이해하지 못하겠소. 게다가 흑월문의 문주께서 그리 말씀하시니 어찌 마음에 담아두겠소이까."

바로 그때, 저 멀리 동정호에 짙게 깔린 안개를 뚫고 나오는 그림자가 있었다.

"사조님!"

자색 무복의 청년이 호수를 가리키며 소리쳤다. 모두의 시선이 그가 가리키는 곳으로 향하고, 그들은 안개를 헤치며 점점 다가오는 나룻배 하나를 볼 수 있었다.

노를 젓는 사공이 없는데도 미끄러지듯 수면을 헤치며 다가오는 배 위엔 깡마른 노인이 오연한 자세로 서 있었다.
 가느다란 눈매는 날카롭기 그지없었고, 툭 튀어나온 광대뼈, 하늘 높이 치솟은 콧날, 얄팍한 입술을 지녔다. 전체적으로 꽤나 깡마른 체구를 지니고 있어서 그런지 노인은 무척이나 키가 커 보였다.
 나룻배가 소군산의 모래사장에 이르러 움직임을 멈추자 노인이 커다란 자루 하나를 들쳐 메고 배에서 뛰어내렸다. 그리고 자신을 기다리는 이들을 쓰윽 쳐다보더니 느긋이 걸음을 옮겼다. 놀라운 것은 그가 지나가는 곳에 발자국이 하나도 남지 않는다는 것. 주변 바닥이 모두 고운 모래라는 것을 감안하면 실로 놀라운 일이 아닐 수 없었다.
 "오셨습니까?"
 화산일검이 노인을 향해 공손히 허리를 숙였다.
 "오냐."
 간단히 대꾸한 노인이 들고 온 주머니를 땅에 휙 던졌다. 화산일검에겐 시선조차 주지 않았다.
 기겁할 일이었다.
 화산일검 이진한(李眞翰).
 화산파의 장문인이자 정파무림의 최고수를 일컫는 십정(十正)의 일인.
 한데 노인은 그런 이진한을 지나가는 개 보듯 쳐다보며 무시하고 있었다.
 더욱 놀라운 것은 그런 노인의 무례한 태도에 이진한이 아무런 반응을 보이지 않는다는 것. 아니, 반응을 보이긴커녕 오히려 당연하다는 듯 자연스럽게 행동하고 있다는 것이었다.
 "네놈들은 뭐냐?"
 노인의 시선이 흑색 무복의 노인들에게 향했다.
 깜짝 놀란 두 노인이 황급히 허리를 꺾으며 예를 차렸다.
 "흐, 흑월문의 흑월쌍성(黑月雙星)이 노야를 뵙습니다."
 "흥! 성(星:별)은 무슨, 성성(猩猩:오랑우탄)이 같은 놈들."
 가볍게 콧방귀를 뀌며 던진 노인의 말에 자칭 흑월쌍성이라 부른 흑월쌍괴(黑月雙怪)의 안색이 똥 빛으로 변했다.
 그러나 무림칠괴(武林七怪)의 한자리를 차지하고 광동(廣東)의 패자(覇者)임을 자청하고 있는 흑월문의 공동 문주 엽립(葉笠)과 잠격(岑擊)은 감히 반발을 하지 못했다. 그저 치미는 화를 죽어라 참을 뿐이었다.
 "그나저나 오시(午時:정오)가 다 되었는데 네 녀석들뿐이냐?"
 노인이 중천에 뜬 해를 바라보며 물었다.
 "그런 것 같습니다."
 이진한이 공손히 대답했다.
 "쯧쯧, 한심한 놈들. 구파일방은 뭐고 사도천(邪道天)은 뭐란 말이더냐? 쥐꼬리만 한 자존심도 지니지 못한 놈들이 한자리씩 차지하고 거들먹거리는 꼴이라니."

구파일방과 그들에 맞서 연합 세력을 구축하고 있는 사도천을 싸잡아 비난한 노인이 신경질적으로 자루를 열었다.

"어쨌든 시작해 보자꾸나. 화산파면… 작대기던가?"

"그렇습니다."

이진한이 조심스레 대답하는 사이 자루를 뒤지던 노인이 목검 하나를 꺼내 들었다.

"매벽… 검(梅霹劍)."

검을 보는 이진한의 얼굴이 회한에 잠겼다.

그 옛날, 현재 화산파의 무공을 완성한 화산검선(華山劍仙)이 연화봉(蓮花峰)에 내리친 벼락에 불타 죽은 매화나무를 백일 동안 정성스레 깎아서 하나의 목검을 만들었는데, 그는 목검 안에 자신이 깨우친 최후의 심득을 남겼다. 이후, 그 목검은 화산파 최후의 무공을 간직한 채 화산파 장문인을 상징하는 보물로 이어져 내려왔다.

한데 그 화산파의 보물 매벽검이 바로 노인의 자루에서 튀어나온 것이었다.

아무런 무늬도 특징도 없이 그저 거무튀튀한 색을 지닌 목검에 불과했지만 이진한과 화산파에는 너무나도 소중한 물건이었다.

"성성이들이 원하는 물건이면……."

노인이 흑월쌍괴를 힐끗거리며 자루를 뒤졌다. 그리고 초승달 모양을 한 월륜(月輪) 하나를 꺼내 들었다.
 자루에서 모습을 드러내는 순간부터 음산한 기운을 뿜어내는 것이 예사 물건이 아닌 듯싶었다.
 "흑… 월륜."
 월륜을 바라보는 흑월쌍괴의 표정 또한 매벽검을 바라보는 이진한과 다르지 않았다.
 "자, 그럼 누구부터 할 테냐?"
 매벽검과 흑월륜을 아무렇게나 휙 던진 노인이 손뼉을 치며 물었다.
 "본 문에서 양보를 하겠소."
 엽립이 선수를 치며 뒤로 물러났다.
 '조금이라도 힘이 빠지기를 원하는 모양이군. 그러나…….'
 애당초 그런 시도가 아무런 의미가 없다는 것을 잘 알고 있는 이진한이 쓴웃음을 지으며 고개를 끄덕였다.
 "알겠소. 그럼 화산파에서 먼저 시작하겠소. 도선아."
 "예, 사조님."
 양도선(陽導善)이 앞으로 나섰다.
 "아까 말했듯이 긴장하지 말고 최선을 다하거라. 그것이면 된 것이야."
 "예, 사조님."

물론 최선만 다할 생각은 없었다. 반드시 승리를 거둬 화산파의 보물 매벽검을 되찾을 생각이었다.

"양도선이라 합니다."

노인에게 다가간 양도선이 검을 가슴께로 끌어당기며 예를 차렸다.

약관의 나이에 어울리지 않는 진중함과 절도있는 자세에 노인도 조금은 흥미를 느끼는 듯했다.

"호~ 제법 기개가 있구나. 자, 와보거라."

노인이 뒷짐을 지며 말했다. 순간, 양도선의 눈썹이 꿈틀거렸다. 자신을 무시해도 너무 무시한다고 여긴 것이다.

그의 안색이 확 변하는 것을 본 이진한이 황급히 전음을 날렸다.

[그에겐 그만한 자격이 있다. 절대 흥분해선 안 된다.]

사조의 너무도 다급한 음성에서 양도선은 가슴 한 켠이 서늘해짐을 느꼈다.

소군산에 도착했을 즈음, 십정의 일원이자 전 무림을 따져서도 그다지 많은 상대를 찾아볼 수 없는 사조가 그 옛날 눈앞의 노인에게 단 일 초식도 버티지 못하고 패한 이야기를 해주며 당부한 말을 상기한 것이었다.

양도선은 그 즉시 차분히 마음을 가라앉히고 부드럽게 검을 움직였다.

우우웅!

검풍이 일었다.

검은 아직 도착도 하지 않았는데 노인의 옷과 수염이 검풍으로 인해 일렁였다.

빠르게 움직이는 검은 팔방의 방위를 완벽하게 차단하면서 노인을 압박해 들어갔다.

눈으로 따라잡기가 힘들 정도로 빠르면서도 무시무시한 변화를 일으키는 것이 가만히 보고 있노라면 어지러워 쓰러질 정도였다.

노인이 양도선의 공격을 보며 너털웃음을 흘렸다.

"산화무영검(散花無影劍)? 어린 나이에 제법이로구나. 꽤나 그럴듯해."

그러나 흘러나오는 말과는 다르게 노인의 얼굴엔 여유가 넘쳐흘렀다.

스윽.

노인의 왼발이 한 걸음 뒤로 빠지며 오른발을 축으로 회전을 했다.

목덜미에서 살짝 빗나간 검영이 곧바로 방향을 틀며 따라붙자 노인의 무릎이 급격히 꺾어지며 몸이 땅에 닿을 정도로 뉘어졌다.

검영이 코와 한 치의 차이를 두고 지나가자 튕기듯 몸을 세운 노인이 입술을 꽉 깨물고 재차 공격을 준비하는 양도선에게 웃음을 흘렸다.

"빠르고 변화가 심한 것이 좋기는 하다만 정확도가 부족해."

여전히 뒷짐을 지고 있는 노인은 한 점 흐트러짐도 없었다.

"이번엔 다를 것입니다. 타핫!"

양도선의 몸이 힘찬 기합성과 함께 앞으로 질주했다.

단 두 걸음으로 오 장이나 되는 거리를 단숨에 좁힌 그가 검을 찔렀다. 순간, 검끝이 기묘하게 흔들리며 다섯 개의 검영이 모습을 드러냈다.

그 모습이 화사한 매화와 닮았다 하여 매화만개(梅花滿開)라 불리는, 화산이 자랑하는 매화십이검(梅花十二劍)의 첫 번째 초식이었다.

이후, 양도선의 검이 움직일 때마다 허공엔 당장에라도 살아 움직일 것 같은 매화가 눈부시게 피어났다.

화려한 꽃에 가시가 숨어 있듯 천지사방을 뒤덮는 매화 속에는 노인을 향한 무시무시한 기운이 숨어 있었고, 수시로 모습을 드러내며 기회를 노렸다.

하지만 그때마다 노인은 추임새와 같은 기합을 넣으며 이리저리 몸을 틀고 옷소매를 슬쩍 휘두르면서 자신을 향해 다가오는 매화를 밀어냈다.

"하아! 하아!"

양도선이 어깨를 들썩이고 거친 호흡을 내뱉으며 경악에 찬 눈으로 노인을 응시했다.

매화만개로 시작하여 매화빙설(梅花氷雪)로 끝나는 매화십이검을 처음부터 끝까지, 그리고 다시 역으로 펼쳐 보았지만 노인의 옷자락 하나 건드릴 수 없었다.
　옷자락은커녕 두 발 모두를 떼게 하지도 못했다.
　노인은 단지 오른쪽 발을 축으로 이리저리 몸을 틀고 흔들며 매화십이검을 모조리 피해냈다.
　"쯧쯧, 춤을 추는 것도 아니고."
　잠격이 혀를 차며 비웃었다.
　이진한은 이미 그와 같은 결과를 예상했기에 그다지 동요하지 않았다.
　'중요한 것은 이제부터다. 힘을 내거라.'
　이진한은 마음속으로나마 간절히 빌었다.

　많이도 바라지 않는다. 일 초, 단 일 초식만 버텨보거라.

　그 옛날, 매벽검을 돌려주는 것으로 노인이 내건 조건이 뇌리에 떠올랐다. 하지만 오십 년 전부터 시작하여 지금까지 십 년마다 열린 대결에서 그의 말을 충족시킨 적은 단 한 번도 없었다. 물론 그것은 화산파만이 아니라 그와 정말 말도 안 되는 내기를 해야 하는 운명에 처한 모든 문파가 그랬지만.
　"자, 이제 네 실력은 대충 본 것 같으니 이번엔 어디 내 공격을 한번 받아보거라."

노인이 바람에 흔들거리는 갈댓잎 하나를 꺾었다. 그리곤 양도선의 단전을 향해 팔을 쭉 뻗었다.

갈댓잎이 바람에 이리저리 흔들렸다. 게다가 동작도 빠르지 않았다. 겉으로 보기엔 공격이라고 할 것도 없는 너무도 단순한 동작이었다.

"나~ 원."

이제 곧 노인과 상대해야 할 흑월문의 제자 고진(孤震)이 어처구니없다는 표정을 지었다.

그러나 노인의 일수를 보고 있는 이진한과 흑월쌍괴의 표정은 심각하기 그지없었다. 특히 이진한의 얼굴은 심각함을 넘어 어느새 체념에 이르고 있었다.

'뭐, 뭐지?'

노인과 정면으로 마주한 양도선은 곤혹감에 사로잡혔다.

처음 노인의 공격을 받을 땐 그 역시 고진의 생각과 다를 바 없었다. 하지만 흔들거리는 갈댓잎이 조금씩 접근하기 시작하면서 상황은 급변하기 시작했다.

그의 눈에 노인은 이미 없었다.

갈댓잎도 보이지 않았다.

그저 태산이 자기를 향해 다가온다고 느낄 뿐이었다.

검을 들어 막고 싶었지만 몸이 움직이지 않았다.

머릿속이 하얗게 변하며 그동안 배운 모든 무공이 무(無)로 돌아가 버렸다.

어느 순간, 양도선이 자신도 모르게 무릎을 꿇었다. 동시에 그를 향해 접근하던 모든 기운이 일시에 사라졌다. 단지 팔랑거리는 갈댓잎만이 그의 단전을 살짝살짝 건드리고 있을 뿐이었다.

"아!"

양도선의 허무한 패배를 보던 이진한의 입에서 진한 아쉬움과 안도의 한숨이 한데 뒤섞인 탄성이 터져 나왔으니, 양도선이 노인의 공격을 감당하지 못한 것에 대한 아쉬움과 그래도 아무런 탈 없이 대결을 마친 것에 대한 안도감이었다.

노인이 만약 중간에 기운을 거두지 않았다면 양도선은 목숨을 잃거나 폐인이 되었을 터. 그 즉시 노인에 대해 감사의 인사를 했다.

"손속에 인정을 두셔서 감사합니다."

"그래도 제법 쓸 만한 실력을 지녔다. 조금만 더 다듬으면 뛰어난 인재가 될 것 같구나."

노인이 손에 든 갈댓잎을 바람결에 흘려 버리며 말했다.

"자, 이제 네놈 차례다."

노인이 고진을 바라보며 손을 까딱였다.

그때까지도 자신의 눈앞에서 어떤 일이 벌어진 것인지 이해를 하지 못한 고진이 어깨를 으쓱이며 걸어나갔다. 일초 정도 버티는 것이라면 문제도 아니라 여긴 것이었다.

안타깝게도 그의 뇌리엔 양도선의 공격을 제자리에서 모

두 흘려 버린 노인의 모습이 사라지고 없었다. 그 잠깐의 망각이 자신과 사부들에게 어떠한 재앙을 불러올지 그는 까맣게 모르고 있었다.

"흑월문의 제자 고진이오."

이름을 내뱉는 목소리가 제법 오만했다.

피식 웃은 노인이 흑월쌍괴 쪽으로 힐끗 시선을 던졌다.

'미, 미친!'

'저, 저 새끼가 돌았나!'

흑월쌍괴의 안색이 흙빛으로 변했다.

그들의 뇌리에서 승부는 이미 천 리 밖으로 달아나 버렸다.

그저 자신들의 자존심이 뭉개질까 봐 제자에게 노인에 대한 이야기를 조금 더 심도있게 하지 못한 것을 뼈저리게 후회하며 이후에 닥칠 재앙을 어찌 감당해야 할지 아득해할 뿐이었다.

고진이 사용하는 무기는 방금 전, 노인이 자루에서 꺼낸 흑월륜과 똑같은 모습을 하고 있는 쌍륜이었다.

각기 한 손에 륜을 낀 고진이 자신감 넘치는 어조로 소리쳤다.

"선공을 양보해 주셔서 고맙소이다!"

한데 바로 그 순간, 노인이 차갑게 외쳤다.

"그런 말 한 적 없다!"

말이 끝났을 때 노인의 신형은 이미 고진의 코앞에 도착해 있었다.
 "아, 아니… 컥!"
 당황한 고진이 뭐라 입을 열려고 할 때 노인의 손이 움직였다.
 짝!
 바람을 타고 동정호에 퍼지는 경쾌한 격타음이 들리고, 고진은 삼 장이나 날아가 처박히며 정신을 잃고 쓰러졌다.
 "버르장머리없는 놈 같으니라고!"
 혼절한 고진을 향해 노기를 드러낸 노인이 두려움에 덜덜 떨고 있는 흑월쌍괴에게 고개를 홱 돌렸다.
 "요, 용서를……."
 흑월쌍괴가 어찌할 바를 몰라 하며 용서를 구했다.
 "이따위 버르장머리없는 놈을 내게 대적케 하려 하다니!"
 "죄, 죄송합니다."
 노인은 거듭되는 흑월쌍괴의 사죄에도 마음을 풀지 않았다.
 "흥!"
 콧방귀를 뀌며 노인이 그들을 향해 천천히 걸어가는 순간, 흑월쌍괴는 엄청난 고민에 휩싸였다.
 대항을 해야 할 것이냐, 아니면 치욕을 맛볼 것이냐?
 고민은 오래가지 않았다. 애당초 할 필요도 없었다. 목숨보다 귀한 것은 없으니까.

짜짝!

소군산에 또다시 시원한 격타음이 울려 퍼졌다.

비명은 없었다.

최후의 자존심이라 할 수 있는, 차마 비명까지 지를 수 없다고 여긴 흑월쌍괴가 필사적으로 입을 틀어막았기 때문이다.

그러나 머리가 핑 돌고 다리가 후들거려 도저히 서 있을 수가 없었다.

털썩.

동시에 주저앉는 그들의 코에서 주루룩 쌍코피가 흐르고 있었다.

"제자 놈이 버릇이 없는 것은 사부가 버릇이 없기 때문이다. 이런 일이 다시 한 번 있을 시엔 정녕 각오를 해야 할 것이다."

"아, 알겠습니다."

흑월쌍괴가 머리를 조아리며 고개를 숙였다.

눈앞에서 펼쳐지는 말도 안 되는 상황에 양도선의 눈은 더 이상 커질 수가 없을 만큼 커져 있었다.

비록 천하를 놓고 다툴 정도는 아니나 흑월문은 한 지역의 패자였다. 그리고 흑월문을 이끄는 흑월쌍괴 역시 모든 무림인들이 고개를 절레절레 흔드는 무림칠괴의 한자리를 차지할 만큼 강한 고수들이었다.

그런데 그들이 쓰러져 있었다.

그것도 단순히 쓰러진 것이 아니라 제대로 대항도 해보지 못하고 속수무책으로 뺨을 맞고 쌍코피가 터진 채 땅바닥에 주저앉아 있었다.

만약 눈으로 직접 보지 못했다면 절대로 믿을 수 없는 일이 벌어진 것이었다.

"조금 전에 이른 대로 오늘 벌어진 일, 그리고 노인에 대해선 반드시 함구를 해야 할 것이다."

이진한이 양도선의 어깨를 지그시 누르며 당부했다.

"예, 사조님."

어느 정도 설명은 들었지만 양도선은 왜 꼭 그래야 하는지 이해를 하지 못하면서도 고개를 끄덕였다. 왠지 꼭 그래야만 한다는 느낌 때문이었다.

"쯧쯧, 십 년을 기다렸거늘, 하는 짓들 하곤."

노인이 흑월륜을 자루에 집어넣으며 혀를 찼다. 그리곤 목검을 막 자루에 넣으려다 멈칫하고는 이진한을 향해 휙 던졌다.

"헛!"

얼떨결에 목검을 받아 든 이진한이 영문 모를 표정으로 노인을 살폈다.

"비록 조건을 충족시키지는 못했지만 녀석이 제법 마음에 들었다. 어떤 놈과는 달리 예의도 바르고. 또한 이 몸도 앞으로 며칠 후면 제자를 얻게 될 터, 한 번 정도 선심을 쓰는 것도 나쁘지는 않겠지."

"제자라 하시면……?"

이진한이 자신도 모르게 질문을 던지다가 놀란 얼굴로 입을 틀어막았다. 괜한 질문으로 무려 오십여 년 만에 화산의 품으로 돌아온 매벽검이 허공으로 날아가 버릴까 두려워한 것이었다.

그러나 걱정과는 달리 노인은 화를 내지 않았다. 오히려 한껏 기분 좋은 얼굴로 반문했다.

"팔룡의 전설[八龍傳說]을 아느냐?"

第二章
무명신군(無名神君)

 온갖 영물(靈物)과 영약(靈藥), 신병이기(神兵異器), 기인이사(奇人異士)가 넘쳐 나고 헤아릴 수 없이 많은 전설이 난무하는 강호무림에 언제부터인가 팔룡에 대한 전설이 떠돌고 있었다.

 정확히 누가, 언제, 어디서 무슨 이유로 얘기한 것인지 모르고 또 전설이 지칭하는 팔룡이 무엇인지에 대한 구체적인 언급이 없었으나 호사가들은 그 팔룡전설이야말로 천하무림을 뒤흔들 엄청난 것이라 떠들었다.

 이후 많은 이들이 팔룡전설에 대해 연구하고 조사를 했는데, 어떤 이는 전설이 지칭하는 팔룡이 고대 삼황오제(三皇五

帝) 시대에 출현했던 영약이라 주장했고, 어떤 이는 진시황제가 천하의 모든 보물을 끌어 모아 만든 여덟 개의 무덤이라고도 하였다. 또한 어떤 이는 팔룡이야말로 하늘에서 내린 여덟 가지의 무기라 지칭하며 구체적으로 병기의 이름까지 거론하기도 했고, 또 다른 이는 지금껏 세상에 드러나지 않은 세력을 칭하는 것이라 주장하기도 했다.

하지만 근래 들어 가장 많은 이들로부터 지지를 받은 것은 정확히 이백 년 전, 세상의 모든 학문을 섭렵하고 인간의 길흉화복(吉凶禍福)은 물론이고 하늘의 움직임까지 꿰뚫어 보았다는 만박자(萬博子)의 주장이었는데, 그는 죽기 전에 남긴 만박총서(萬博摠書)라는 책에 팔룡을 다음과 같이 설명하였다.

팔룡은 북녘 하늘을 밝히는 별의 정기를 받고 태어나는 여덟 명의 기재를 말한다. 앞으로 이백 년 후, 태양과 달이 하나가 되고 지구를 중심으로 하늘의 모든 별들이 교차하여 정렬하기 시작할 터. 이후 팔 년간, 매해마다 하늘이 온통 붉은빛으로 덮일 날이 있을 것이고, 그 붉은 기운이 쇠하는 마지막 날 별의 정기를 받고 태어나는 아이들이 있을 것이다. 그들의 눈은 삼라만상(森羅萬象)을 살피고, 지혜는 하늘에 닿고, 웅심은 천하를 덮을 것이다. 개개인이 능히 한 시대를 풍미할 영웅들이 한 시대에 태어날 것이니 그들이 화합을 한다면 다시없는 평온한 세상을 이룰 것이나, 만약 그렇지 않다면 피의 광풍이 온 천하를 휩쓸 것. 오호통재라! 이를 어찌해야 한단 말이냐!

축복이라면 축복이요, 저주라면 저주였다. 그리고 만박자가 심혈을 기울여 완성한 만박총서가 사라지고 팔룡전설에 대한 이야기마저 희미해 갈 무렵, 마침내 그가 예언한 현상이 나타났다.

태양과 달이 하나가 되며 온 세상이 암흑으로 변하더니, 이후 하늘이 온통 붉은색으로 물들었다.

하루, 이틀, 사흘…….

하늘이 온통 붉은색으로 물든 현상은 무려 칠 일이나 이어지다가 청성과 아미, 점창파가 존재함에도 은연중 사천(四川)의 패자로 인정받는 당가(唐家)에 한 아이가 태어나면서 사라졌다.

전대 가주이자 당시 사천당문의 가장 큰 어른이었던 경천독수(驚天毒手) 당만호(唐萬濠)는 아이의 허벅지에 북녘 하늘의 별자리와 일치하는 흔적을 확인하고 마침내 팔룡의 전설은 시작되었으며, 그 첫 번째가 당가에서 초현되었음을 천하에 선언했다.

하늘에 제를 지낸 후 아이의 이름을 지으니, 별의 전설이 처음 시작되었음을 세상에 알렸다 하여 당초성(唐初星)이라 했다.

팔룡전설이 당가에서 현실이 되고 일 년 후, 또다시 하늘이 온통 붉은색으로 물들었다.

이미 만박자의 예언이 사실임을 확인한 각 무림문파들은 두 번째로 별의 정기를 받고 태어나는 아이를 찾기 위해 온 무림을 샅샅이 뒤졌다.

운 좋게도 아이를 발견한 이들은 그 아이를 차지하기 위해 피비린내 나는 혈투를 벌이게 되었는데, 한 이름없는 마을의 대장장이의 아들로 태어난 아이는 결국 소림사(少林寺)의 제자가 되었다.

그렇게 칠 년, 똑같은 현상을 겪으며 일곱 명의 아이가 태어났다.

그중 천괴성(天魁星), 탐랑성(貪狼星), 천강성(天罡星), 문곡성(文曲星), 무곡성(武曲星)의 정기를 받고 태어난 다섯 아이는 세상에 그 존재가 드러났는데, 사천의 패자 사천당가엔 문곡성이, 무림의 태산북두(泰山北斗) 소림사에는 천강성이, 정사 중간에서 독보적인 위치를 차지하고 있는 검의 하늘 검각(劍閣)에는 무곡성이, 사파의 여섯 문파가 연합하여 만들어낸 사도천엔 탐랑성이, 암흑마교(暗黑魔敎) 이후 마의 종주(宗主)라 자부하는 수라검문(修羅劍門)에는 천괴성이 각각 태어났거나 피비린내 나는 혈투 끝에 거두어졌다.

하지만 나머지 두 개의 별, 파군성(破軍星)과 천살성(天殺星)의 정기를 이어받은 두 아이는 어디서 태어났는지, 누구의 어떤 문파에서 은밀히 데리고 갔는지 아무도 알지 못했다.

다시 일 년이 지나고 하늘이 온통 핏빛으로 물들기 시작하면서 나름대로 평온함을 유지하던 무림이 들끓기 시작했다.

그것은 곧 팔룡의 마지막이자 가장 강력하다 할 수 있는 자미성(紫微星)의 정기를 받을 아이가 태어날 날이 얼마 남지 않았음을 의미했기 때문이다.

팔룡전설의 대미를 장식하는 자미성은 북두칠성을 비롯하여 북녘 하늘을 관장하는 북극성의 기운으로 만박자에 따르면 자미성이야말로 나머지 칠룡을 능히 제압할 수 있는 능력을 지니고 태어나는 별 중의 별, 용 중의 용이라 하였다.

그러한 특징 때문인지 아니면 자미성을 지상으로 내려 보내는 하늘의 축복인지 붉은 기운이 하늘을 덮기 시작하던 날부터 매일같이 엄청난 유성우(流星雨)가 쏟아져 내렸다. 그리고 자미성을 얻고자 하는 사람들과 각 문파들은 자미성의 정기를 받고 태어나는 아이를 얻어 군림천하를 하겠다는 부푼 꿈을 안고 유성우가 떨어져 내리는 강소성의 무석(無錫)으로 모여들었다.

하늘이 붉은 기운으로 뒤덮이고 그 기운을 뚫고 쏟아지는 유성우가 무석의 밤하늘을 밝히면서 조그만 시골 도시 무석이 때 아닌 광풍에 휩싸였다.

그 광풍의 중심은 무석영가(無錫英家)였다.

오백 년 전, 암흑마교가 무림을 피로 씻을 때 그들과 싸워 무림을 구해낸 열여덟 명의 영웅이 있었다.

그 십팔영웅 중 한 명이었던 영호웅(英浩雄)이 무석에 정착하여 세가를 이루니 사람들은 무석영가라 하며 칭송해 마지않았다. 하나, 점차 시간이 흐르고 영가에서 무림일절로 인정받는 영호웅의 독문무공 건천오식(乾天五式)을 익힐 만한 인재가 배출되지 않으면서 무석영가는 점차 쇠락의 길로 들어섰다. 그리고 지금은 그저 옛 영광을 추억으로 간직하고 있는 한 지역의 별 볼일 없는 가문으로 몰락해 버리고 말았다.

한데 그런 영가에 천하의 모든 고수들과 거대 세력이 몰려들고 있었다.

이유는 단 하나, 자미성의 출현을 알리는 징조로 여긴 유성우가 바로 영가로 향하였기 때문이다.

그토록 많은 이들이 무석영가로 몰려들었어도 누구 하나 함부로 움직이지 못했다. 먼저 움직인다는 것은 주변에 모인 모든 이를 적으로 돌리는 것이었고, 그것은 곧 죽음을 의미했다. 특히 산동에서 행세깨나 한다는 대덕문(大德門)이 무심코 영가로 진입하려다 모든 이가 암묵적으로 동의한 공격에 몰살에 가까운 피해를 당하면서는 더욱더 몸을 사렸다.

또한 그들은 느끼고 있었다.

아이가 태어나는 순간, 영가의 주변으로 그 누구도 말릴 수 없는 혈풍이 불 것이고, 그 아이를 차지하기 위해 수많은 사람들이 붉은 피를 뿌리며 죽어나갈 것임을.

그리고 마침내 칠 일째가 되는 새벽, 하늘에서 쏟아지는 유성우도 절정으로 치달았다.

영가의 주변에서 대기하고 있던 이들은 때가 되었음을 의식하며 자미성의 정기를 받고 곧 태어날 아이를 숨죽여 기다렸다.

바로 그 시점에 태호(太湖) 변에서 일대 소란이 벌어졌다.

그 소란의 시발점은 조그만 나룻배를 타고 태호를 건넌 한 노인으로부터 시작되었다.

태호 변에 배를 댄 노인은 커다란 자루 하나를 어깨에 걸쳐 메고 콧노래를 흥얼거리며 영가를 향해 걸음을 옮겼다.

한데 괴이한 것은 아무도 노인을 제지하지 않는다는 것이었다. 아니, 제지하기는커녕 오히려 노인이 움직일 때마다 그 많던 사람들이 좌우로 쫙 갈라지며 길을 내주었다.

"웬 늙은이냐?"

우렁찬 외침에 비로소 사람들이 정신을 차렸다. 그리고 자신들이 어째서 노인에게 길을 내주었는지 이해를 할 수 없다는 표정으로 노인과 목소리의 주인공을 번갈아 바라보았다.

노인의 앞에는 보통 사람보다 머리 하나는 더 큼직한 키에 덩치는 두세 배에 이르는 거한 셋이 흉흉한 기운을 뿜어내며 서 있었다.

노인이 고개를 슬쩍 쳐들며 그들을 바라보았다.

무표정한 얼굴에 그 깊이를 알 수 없을 만큼 맑은 눈빛을 지닌 노인. 다름 아닌 소군산에서 흑월쌍괴를 때려눕히고 화산파 장문인 이진한에게 곧 제자를 맞이할 것이라 얘기했던 바로 그 괴노인이었다.

하지만 안타깝게도 눈앞의 상대는 그 노인의 존재를 알지 못하는 듯했다.

"여기는 너 같은 늙은이들이 알짱거릴 곳이 아니다. 손주놈들 재롱을 더 보고 싶으면 빨리 꺼져."

노인의 앞을 가로막은 거한 중 한 명이 덩치만큼이나 큰 목소리로 위협을 가했다. 웬만한 강심장이 아니면 그 목소리만으로도 주저앉아 벌벌 떨겠지만 노인은 별다른 반응 없이 그저 조용히 물었다.

"누구냐?"

"늙은이 따위가 알지는 모르겠지만 이 몸은 하남삼웅(河南三雄)의 대형 흑웅(黑鷹)이다."

거한의 말이 끝나기가 무섭게 이곳저곳에서 웅성거림이 일었다.

하남 일대에서 온갖 악행을 하고 다니는 하남삼살(河南三殺)의 명성은 그만큼 위협적이었다.

주변에서 동요가 일자 흑웅이 입가에 미소를 지었다. 처음부터 그런 효과를 노리고 거창하게 떠들어댄 것이었다.

"아직 우리가 기다리는 아이가 태어나지 않았다! 부정 타기 전에 썩 꺼져! 오늘만큼은 아량을 베풀어 목숨만은 살려주마!"

흑웅이 어깨를 으쓱이며 소리쳤다. 그러자 영가 쪽을 힐끗 바라본 노인이 고개를 끄덕였다.

"그렇지. 산모가 출산을 하지 않았는데 함부로 소란을 떤다는 것은 예의없는 짓이지. 또한 부정을 탄다는 네 말도 옳다."

원한 대답이 아니었다.

의당 무릎을 꿇고 머리를 조아리며 자신의 관대함에 감사를 늘어놓아야 했건만 더할 수 없이 시건방진 태도라니!

흑웅의 눈에 살기가 일렁였다.

사람들은 노인이 쓸데없는 호기심으로 인해 목숨을 잃을 것이라 생각하며 안타까움을 금치 못했다.

그렇다고 함부로 나설 수도 없었다.

하남삼살은 무공도 무공이지만 그 뒷배경이 만만치 않았으니, 사도천의 하남지부 지부장이 바로 그들이었다.

"쳐 죽일 늙은이!"

흑웅이 솥뚜껑만 한 주먹을 쳐들었다. 그리곤 단숨에 때려 죽일 기세로 휘둘렀다.

사람들은 곧 벌어질 참상에 눈을 질끈 감았다.

그러나 세상엔 때때로 이해할 수 없는 일이 벌어지곤 한다. 그중 하나가 바로 그들의 눈앞에서 펼쳐졌다.

짝!

경쾌한 격타음, 그리고 들려오는 묵직한 신음 소리.

사람들이 생각한 참상은 벌어지지 않았다. 오히려 더욱 놀라운 일이 벌어지고 말았으니.

"저, 저것이……."

"저런 말도 안 되는 일이!"

다들 두 눈을 부릅뜨고 경악으로 입을 쩍 벌렸다.

그들의 시선이 쌍코피를 터뜨리고 주저앉아 있는 흑웅에게 향했다.

흑웅도 자신에게 무슨 일이 벌어진 것인지 알 수 없다는 멍한 표정으로 노인을 응시했다.

일살인 흑웅이 당하자 이살과 삼살이 노호성을 터뜨리며 노인에게 달려들었다.

"버릇없는 놈들!"

차갑게 외친 노인이 손을 뻗었다.

자신들의 공세를 단숨에 무너뜨리고 교묘히 파고드는 노인의 손길에 기겁을 한 이살과 삼살이 몸을 틀어 손길을 피하려 하였으나 노인의 손바닥은 그들이 생각하는 것보다 열 배는 빠르게 뺨을 훑고 지나갔다.

짝! 짝!

하늘이 노랗다.

온갖 별이 눈앞에서 아른거린다.

정신이 멍해지는 것과 동시에 온몸에서 기운이 쭉 빠져 제대로 서 있을 수가 없다.
 이살과 삼살이 거의 동시에 바닥에 주저앉았다.
 그들의 코에선 일살과 마찬가지로 붉은 코피가 폭포수처럼 흘러내렸다.
 주변이 조용해졌다.
 이제는 놀랄 여유도 없었다.
 그 누구도 노인이 무슨 수로 하남삼살을 저토록 완벽하게 제압을 했는지 알지 못했다.
 "흠, 조금 더 기다려야 하려나. 먼 길을 왔더니 제법 피곤하군."
 혼잣말을 중얼거린 노인이 아직도 정신을 차리지 못하고 멍한 상태로 주저앉아 있는 하남삼살에게 다가갔다. 그리곤 일살의 뺨을 재차 후려쳤다.
 흑웅은 비명도 지르지 못하고 대 자로 나자빠졌다.
 노인의 손이 다시 움직이자 이살의 몸이 흑웅의 몸 위로 포개져 쓰러졌다. 이미 기절한 하남삼살은 손을 쓸 필요도 없었다.
 노인이 하남삼살의 몸에 턱 걸터앉더니 오만한 자세로 다리를 꼬고 앉았다.
 순식간에 인간 의자로 변한 하남삼살.
 하남에선 그 이름만으로도 우는 아이의 울음을 그치게 한

무명신군(無名神君) 39

다는 그들이 이런 비참한 꼴이 될 줄은 천하의 그 누구도 상상하지 못했다.
 수백 쌍의 시선을 한데 받으면서도 노인은 태연자약했다. 오히려 지그시 눈을 감고 몸을 이리저리 흔들면서 휴식을 취했다.
 그렇게 일각이란 시간이 흐르고 저 멀리 동녘 하늘에서 밝음이 찾아오기 시작했을 때, 영가에서 우렁찬 아이의 울음소리가 터져 나왔다.
 "응애! 응애!"
 순간, 노인에게 향했던 모든 관심이 일제히 영가로 쏠렸다.
 영가의 문은 여전히 굳게 닫혀 있었지만 천지사방에서 수많은 이들이 벌써 그곳으로 향하고 있었다.
 번쩍 눈을 뜬 노인은 우선적으로 하늘을 살폈다.
 새벽하늘, 거의 사라졌던 북녘의 별들이 언제 다시 나타났는지 하나둘 모습을 드러냈다.
 거기엔 천괴성도 있었고 북두칠성도 있었으며 북극성도 있었다. 비록 그 모든 별들이 언제 나타났냐는 듯 순식간에 사라졌지만 나타난 순간만큼은 유성우를 압도할 정도로 밝은 빛을 뿌렸다.
 별의 움직임을 살피던 노인의 눈동자가 살짝 흔들렸다.
 "드디어 은현선문(隱賢仙門)의 후계자가 태어났구나."
 노인이 영가를 향해 움직였다. 조금 전과 마찬가지로 노인이 가는 길에 장애물은 없었다. 알 수 없는 기운에 길을 막고 있던 사람들이 저마다 몸을 움찔거리며 좌우로 밀려난 것이었다.

영가의 정문에선 이미 큰 소란이 벌어지고 있었다.

"아이는 우리 사도천에서 데려갈 것이다."

사도천주 사마휘(司馬輝)의 특명으로 자미성의 정기를 받고 태어난 아이를 접수하기 위해 삼십 명의 정예를 이끌고 영가로 나선 사도천의 대장로 예당겸(芮當鉗)이 무시무시한 살기를 뿌려대며 좌중을 위협했다. 그러나 애당초 그만한 위협에 겁을 먹을 사람은 거의 없었다.

"사도천은 이미 탐랑성을 얻지 않았는가? 욕심이 과하면 화를 부르는 법이다!"

소림사와 함께 정파무림을 이끌고 있는 무당파(武當派)의 장로 청산 진인(靑山眞人)이 앞으로 나서며 소리쳤다.

그의 뒤로 이십여 명의 무당파 제자들이 질서정연하게 도열했다.

"화를 부른다? 무당이 과연 내게 화가 될 수 있을까?"

"물론이다! 무당은 능히 그럴 만한 능력이 있다!"

"감히 해보자는 것이냐?"

"굳이 피를 보고 싶지는 않지만 어쩔 수 없겠지."

"흐흐흐, 좋다. 내 오늘 무당파 도사의 피 맛을 보겠구나."

예당겸이 진득한 살소를 내뱉으며 검을 빼 들었다. 그러자 청산 진인 역시 진중한 자세로 검을 쳐들었다.
"우리 화산파도 양보할 생각은 없네."
낭랑한 음성과 함께 가슴까지 내려온 흰 수염을 휘날리며 한 노인이 등장했다. 자색 무복을 입은 사내들이 조용히 그의 뒤를 따랐다.
"흥, 설마하니 화산의 고매하신 분까지 납실 줄은 몰랐군."
예당겸이 고깝다는 표정을 지으며 비웃었다. 그러나 청산 진인에게 하듯 막말을 내뱉지는 못하는 것이, 눈앞의 노인을 꺼려하는 느낌이 역력했다.
당연했다.
화산파의 전대 장문인이자 당금 정파의 대표 고수라 할 수 있는 십정보다 한 단계 위에 있다는 오존(五尊) 중 검존(劍尊)이 바로 그였기 때문이다.
"자미성이 사도천의 저속한 무리에게 넘어가는 것을 막으려면 당연히 와야 하지 않겠는가?"
검존 순우관(淳于寬)이 예당겸의 말투를 흉내 내며 되받아쳤다. 그러자 그의 정면에서 사람들이 우르르 밀려나며 또다시 한 무리가 모습을 드러냈다.
"지나가는 개가 듣고 웃을 소리를 해대는군."
목소리의 주인이 누구인지 알아본 순우관의 눈썹이 꿈틀했다.
대충 헤아려 봐도 오십은 족히 되어 보이는 무리를 이끌고 나타난 노인이 다름 아닌 수라검문의 태상장로(太上長老) 강호포(强號砲)였기 때문이다.

오존과 정확히 대칭되는 오마(五魔)의 일인.

결코 쉽지 않은 상대였다.

"자, 이제 대충 짝은 맞춘 것 같은데."

강호포가 순우관과 뒤에 선 화산파 제자들을 스윽 훑어보며 스산한 웃음을 지었다.

예당겸이 청산 진인에게 검을 겨누며 맞장구를 쳤다.

"무당은 우리와 놀아보자."

"원한다면."

청산 진인도 지지 않고 대꾸했다.

스스스스.

수라검문이 화산파와, 사도천이 무당파와 대치를 하며 움직이자 그들의 기세에 눌린 여타 인물, 문파들은 자연 뒤로 물러날 수밖에 없었다.

그러나 그 누구도 자미성을 포기하지는 않았다. 단지 기회만을 엿보고 있을 뿐이었다.

일촉즉발의 상황.

팽팽한 긴장감이 네 문파를 휘감고 돌았다.

그 기세가 좌중에게도 퍼져 누구 하나 입을 열지 못했다. 다들 숨죽이고 곧 벌어질 대결에 이목을 집중시켰다.

바로 그 순간, 그들의 대치점이 되는 정중앙에 태호 변에서 모습을 드러낸 노인이 나타났다.
"비켜."
노인이 타이르듯 말했다.
조용히 말한 것 같은데 그의 음성은 영가 주변에 모인 모든 이들의 귓가에 스며들 듯 파고들었다.
가장 먼저 노인의 존재를 파악한 네 명의 고수가 그 자리에서 석상처럼 굳어버렸다.
'무… 명신… 군(無名神君)!'
'저, 저 괴물이!'
'비… 빌어먹을! 하필이면…….'
'신이여!'
암담했다.
하늘이 무너지는 것 같았다.
그나마 자미성을 얻은 수라검문의 강호포와 탐랑성을 얻은 사도천의 예당겸은 나았다.
아직 한 명의 기재도 얻지 못한 화산파의 순우관과 무당파의 청산 진인의 표정은 실로 가관이었다. 울지도, 그렇다고 웃을 수도 없는 것이 마치 넋이 나간 듯한 얼굴이었다.
그들이 이러지도 저러지도 못하고 있을 때, 수라검문의 한 수하가 노인을 향해 검을 겨누며 욕설을 내뱉었다.
"이런 어디서 개뼈다귀 같은 늙은… 컥!"
그는 미처 말을 끝맺지도 못하고 삼 장이나 날아가 처박혔다.
 그가 있던 자리에 언제 나타났는지 사색이 된 강호포가 서 있었다.
 강호포와 노인의 시선이 마주쳤다.
 강호포는 그가 할 수 있는 최대한의 노력으로 부드러운 미소를 지었다.
 "추하다. 치워라."
 그를 스쳐 지나가며 던진 노인의 한마디에 미소는 씻은 듯이 사라졌다.
 고개를 홱 돌린 강호포가 입술을 잘근잘근 씹으며 온몸을 부르르 떨었다. 그러나 그것이 그가 할 수 있는 전부였다.
 "비키라고 했을 텐데?"
 노인이 여전히 길을 막고 있는 무당파와 화산파, 사도천의 무리를 보며 귀찮다는 듯 말했다. 그러자 예당겸과 청산 진인, 순우관은 그 즉시 수하들과 제자를 뒤로 물렸다.
 노인은 앞을 가로막던 장애물이 사라지자 느긋한 걸음걸이로 정문을 통과하려 했다.
 영문은 잘 알 수 없었으나 어쨌든 영가의 정문을 장악하고 있던 네 개의 강대 문파가 모조리 물러나자 기회만을 엿보고 있던 여타 사람들이 정문을 향해 우르르 몰려들기 시작했다.
 힐끗 고개를 돌려 그 광경을 지켜보는 노인의 눈매가 살짝 가늘어졌다.

"하여간 이놈이나 저놈이나 버르장머리없기는."

나직이 외치며 팔을 휘익 내저었다.

순간, 그의 손에서 뻗어 나온 기운이 반원을 그리며 정문으로 몰려들던 이들을 강타했다.

트트트트!

쩌쩌쩌쩡!

폭죽이 터지는 듯한 요란한 소리와 함께 무수히 많은 잔해가 사방으로 뿌려졌다.

검과 도는 물론이고 창, 부(斧:도끼) 가릴 것 없이 정문을 향해 접근하던 이들이 들고 있던 모든 무기가 모조리 박살이 난 것이었다.

파파파파팍!

노인이 다시 한 번 팔을 휘두르자 이번엔 그를 중심으로 부채꼴 모양으로 땅바닥이 패었다. 그 충격으로 흙과 자갈이 하늘로 치솟았다.

영가에 모인 모든 이들의 움직임이 일시에 멎었다.

놀라움에 숨도 쉬지 못했다.

단 한 번의 손짓으로 무려 삼십여 명에 이르는 고수의 병장기를 날려 버리고 정문에 부채꼴 모양의 경계선을 만들었다. 한데 그 경계선의 깊이가 다섯 치요, 폭은 한 뼘이나 되었다.

천하에 어떤 고수가 있어 그와 같은 무위를 보여줄 수 있을까!

말로 할 수 없는 놀람과 엄청난 공포감이 스멀스멀 피어오르기 시작했다.
 "덤벼보든가."
 노인이 오만한 시선으로 좌중을 둘러보았다.
 그 누구도 나서지 못했다.
 미치지 않고서야 눈앞에서 펼쳐진 상황을 보고 앞으로 나설 사람은 아무도 없었다.
 비로소 얼굴에 드러난 노기를 감춘 노인이 몸을 돌려 안으로 들어가려 하다가 문득 자신을 바라보고 있는 강호포를 보게 되었다.
 움찔 놀란 강호포가 황급히 시선을 돌렸다.
 이미 늦었다.
 "광우(狂牛)."
 순간, 시선을 떨군 강호포의 어깨가 미미하게 떨리고 깜짝 놀란 사람들의 시선이 강호포에게 향했다.
 광우라는 이름은 한번 눈이 돌면 끝장을 보기 전까지 절대 멈추지 않는 강호포의 폭급함을 사람들이 조롱하기 위해 지은 소싯적 별호로 지금은 그 누구도 함부로 거론할 수 없는, 가히 금기와도 같은 말이었기 때문이다.
 사람들은 당장 미쳐 날뛰는 강호포의 모습을 상상했다. 과거에 수차례 그런 경험이 있다는 것을 알고 있기에 당연히 그리할 것이라 여겼다. 하나, 그들의 예측은 보기 좋게 빗나갔다.
 미친 듯이 날뛸 거라 예상했던 강호포는 움직이지 않았다. 피가 나도록 이를 악물며 필사적으로 참았다.
 삽시간에 그의 얼굴이 벌겋게 달아올랐다.
 "왜 그러시오?"
 강호포가 노인의 눈치를 살피며 물었다.
 강호포의 반응을 기다리고 있던 사람들의 얼굴이 또다시 경악으로 물들었다.
 천하의 오마 중 가장 성격이 광포하다 하여 광마(狂魔)라 불리는 강호포가, 암흑마교 이후 마의 종주를 자부하는 수라검문의 태상장로가 어디서 듣도 보도 못한 노인의 모욕스런 말에 꼼짝도 못한 것이다. 아니, 꼼짝 못하는 정도가 아니라 비굴해 보이기까지 했다.
 사람들은 눈앞에서 벌어지는 일을 좀처럼 이해할 수가 없었다.
 괴노인의 실력은 그들이 보기에도 무시무시했다.
 그러나 강호포에겐 오십이 넘는 수하들이 있었다. 수라검문에서도 오늘을 위해 뽑고 뽑은 정예들로서, 그 정도의 힘이면 세상에 두려울 것이 없을 텐데 어째서 저리 굽히고 들어가는지 알 수가 없었다.
 그 순간, 모든 이들의 뇌리에 다음과 같은 의문이 떠올랐다.

'누구냐? 대체 저 노인이 누구길래 단 일 수에 군웅들을 잠재우고 한마디 말로 광매를 꼼짝 못하게 만든단 말이냐?'

대답을 해줄 수 있는 사람은 아무도 없었다.

사실 있기는 했다.

단지 결코 말을 할 수가 없는, 문파와 자신들의 명예를 위해서라도 목숨을 걸고 지켜야 하는 비밀이기 때문에 입을 다물 뿐이었다.

"왜 그러시오? 훗!"

노인의 눈매가 살짝 좁혀졌다가 다시 풀렸다.

실로 같잖기는 해도 한 문파의 태상장로. 나름의 지위가 있다고 여긴 것이다.

"알아서 귀찮은 일이 없도록 해봐."

간단명료하게 명을 내린 노인이 대답도 듣지 않고 몸을 홱 돌렸다.

그의 등을 보며 강호포가 고개를 떨궜다.

참을 수 없는 수치심에 당장이라도 혀를 깨물고 죽고 싶은 심정이었다.

그런 강호포를 보며 예당겸은 물론이고 청산 진인과 순우관마저 안쓰러운 얼굴로 한숨을 내쉬었다. 비록 조금 전까지만 해도 칼을 맞대고 서로를 죽이려 한 적이었으나 그들이야말로 노인 앞에서는 서로의 심정을 이해할 수 있는, 세상에 그가 어떤 존재인지 설명을 해줄 수 있는 무림의 몇 안 되는 사람들이기 때문이었다.
 소란을 일거에 잠재운 노인이 아이의 울음소리를 따라 걸음을 옮겼다.
 지금은 한 지역의 조그만 세가로 전락했어도 무척이나 거대한 세가의 규모는 무석영가가 과거에 얼마만큼 성세를 이루었는지 간접적으로 보여주었다.
 정문을 지나 세가 안으로 들어섰지만 어찌 된 일인지 영가의 식솔은 단 한 사람도 볼 수 없었다.
 이유는 간단했다.
 밖의 상황을 이미 알고 있던 영가의 가주가 만일을 대비하여 식솔 모두를 내원으로 불러들였기 때문이다.
 그런데 특이하게도 아이의 울음소리는 내원이 아니라 외원에서 들리고 있었다.
 조금 이상한 생각이 들기도 했지만 노인은 그다지 대수롭지 않게 여기며 울음소리를 따라 계속 발걸음을 옮겼다.
 노인의 몸은 외원 구석에 자리한 조그만 건물 앞에 도착해서야 비로소 멈췄다.
 노인은 주인의 허락도 없이 문을 열고 들어갔다.
 가장 먼저 눈에 띈 것은 침상과 침상을 덮고 있는 휘장, 그리고 그 앞에서 기쁨의 눈물을 흘리고 있는 한 사내였다.
 "누, 누구시오?"
 핏줄의 태어남을 눈물로써 감격해하던 사내가 깜짝 놀라

소리쳤다.

　노인은 대답하지 않고 침상을 가만히 응시했다. 비록 휘장이 가려져 있었지만 문제될 것은 없었다.

　"사내냐, 계집이냐?"

　노인의 물음에는 거역하기 힘든 힘이 깃들어 있었다.

　"사, 사냅니다."

　"좋구나."

　노인의 입가에 미소가 흘렀다.

　"네 이름은 무엇이냐?"

　"도, 도홍(途洪)이라 합니다."

　노인이 도홍이라 밝힌 사내를 가만히 응시했다. 무공을 익힌 흔적은 있었지만 그 수준이라 봐야 뒷골목 시정잡배보다 조금 나아 보이는 정도.

　"무슨 일을 하느냐?"

　"여, 영가가 운영하는 표국에서 표사 일을 하고 있습니다."

　"표사라… 이리 오너라."

　혀를 찬 노인이 손짓을 했다.

　도홍이 쭈뼛쭈뼛 걸어오자 노인이 그의 손에 작대기 하나를 쥐어주더니 뒤로 돌아가 팔을 잡았다.

　"지금 가르쳐 주는 움직임을 기억하거라."

　노인이 천천히 팔을 움직였다.

　도홍은 노인이 이끄는 대로 팔과 다리를 움직였다.

좌로, 우로, 위로, 아래로. 그때마다 발의 움직임이 조금씩 달라지기는 했지만 동작은 단순했다.
단 두 번의 반복으로 도홍은 노인이 가르쳐 준 행동을 완벽하게 기억했다.
"제법 똑똑하구나."
도홍이 생각보다 빠르게 자신이 전한 무공을 습득하자 노인이 만족한 미소를 지었다.
"지금의 동작을 매일같이 연습하여라. 밤낮을 가리지 않고 열심히만 한다면 먹고사는 데 지장은 없을 것이다."
"가, 감사합니다, 어르신."
도홍이 넙죽 절을 하며 인사를 했다.
"고마워할 것 없다. 내 제자의 아비가 그 정도는 되어야지."
순간, 노인의 말을 이해할 수 없었던 도홍이 고개를 슬그머니 쳐들었다.
"예?"
"쯧쯧, 재주는 있을지 모르나 말귀는 어둡구나. 네 아들이 바로 내 제자가 된단 말이다."
"무, 무슨 말씀이신지 이해를······."
노인이 답답하다는 표정을 지었다. 그리곤 팔룡전설에 대해 간단히 설명하였다.
노인의 설명이 끝나갈 무렵 도홍의 얼굴이 새하얗게 질

렸다.
 "이제 이해했느냐? 아이가 사는 길은 오직 내 제자가 되는 길밖에 없다. 그렇지 않다면 아이를 노리는 놈들이 너와 네 처는 물론이고 영가에 있는 모든 생명체를 말살할 것이다. 풀 한 포기 남기지 않고."
 "그, 그게 사실인가요, 어르신?"
 휘장 안에서 떨리는 음성이 들려왔다. 낯선 노인의 방문에 두려운 마음으로 아이를 안고 있던 여인이 놀라 물은 것이다.
 "백여 년이 가까운 세월을 살아오는 동안 지금껏 거짓말을 해본 적은 없다."
 노인이 다소 신경질적으로 대꾸했다.
 "여, 여보, 어찌해야 해요?"
 노인의 말에 진실성을 느낀 여인이 울먹이는 음성으로 물었다.
 도홍도 뭐라 할 말이 없었다.
 갓 태어난 아이를, 어미젖도 제대로 먹어보지 못하고 품에 안아보지도 못한 어린 아들을 난생처음 보는 노인에게 맡긴다는 것은 상식적으로 있을 수 없는 일이었다. 그렇다고 노인의 말을 따르지 않으려니 뒤에 닥쳐올 재앙이 두려웠다.
 "빨리 결정해야 할 것이다. 내 성격은 그리 느긋한 편이 아니야."
 노인이 도홍의 결정을 재촉했다.

"새, 생각할 시간을 주십시오."

"생각은 무슨… 좋다. 반 각을 주마."

노인이 짜증난다는 표정으로 휙 돌아서더니 문가에 있는 의자에 앉았다.

잠깐의 시간이 지나고, 노인이 의자에서 벌떡 일어나며 물었다.

"반 각이 지났다. 어찌할 테냐?"

양손으로 머리를 움켜쥐고 생각에 잠겼던 도홍이 고개를 들었다. 아이의 운명을 결정하는 데 반 각이란 시간은 너무도 짧았다. 그 짧은 시간 동안 마치 오 년은 더 늙어 보이는 모습이었다.

"그리… 하겠습니다."

결국 허락을 하고 마는 도홍의 음성은 너무도 구슬펐다.

그 모습을 보는 노인의 얼굴에도 잠시 연민의 빛이 흘렀다.

"아이의 이름은 무엇이라 할 테냐? 따로 생각해 둔 것이 있더냐?"

"도극성(途克星)이란 이름을 지어봤습니다."

"도… 극성? 별을 이긴다? 허허허허! 이름 하나는 제대로 지었구나. 아무렴. 자미성이야말로 뭇 별을 제압하는 별 중의 별이지."

방 안이 떠나가라 웃어 젖히던 노인이 문득 웃음을 멈추고 고개를 돌렸다.

"한낱 미물이라도 새끼를 잃은 슬픔을 아는 법이거늘… 도홍이라 했더냐?"

"예."

"밖에 나가 있을 테니 아이를 데리고 오너라."

아이와 이별할 시간을 주겠다는 소리였다.

노인은 방문 밖에 서서 지그시 눈을 감았다. 앞으로 아이를 어찌 키우고, 수련시키고, 은현선문의 후계자로 키울지 깊은 숙고를 했다.

그리고 잠시 후, 눈물범벅이 된 도홍이 아이를 안고 나왔다.

"제 아들을 잘 부탁드립니다, 어르신."

도홍이 떨리는 손으로 아이를 건넸다.

"오냐, 염려 말거라. 먼 훗날, 너희 부부가 오늘의 일을 기억했을 때 지금의 선택을 자랑스러워할 수 있도록 만들어줄 것이다."

조심스레 아이를 건네받은 노인이 염려 말라는 듯 다짐을 했다.

부모의 품을 떠나는 것을 아는 것인가?

아이의 울음소리가 갑자기 커졌다. 방 안에서 흐느끼는 소리가 들려오고, 그 소리를 듣는 도홍의 눈에도 다시 눈물이 고였다.

더 이상 지체를 해봐야 좋을 것이 없다고 여긴 노인이 빙글 몸을 돌렸다.
"아… 가… 야, 내 아들."
 도홍은 터져 나오는 울음을 참기 위해 억지로 입을 틀어막았다.
 참는다고 참을 수 있는 것이 아니었다.
"크흐흐흐."
 노인의 뒷모습이 시야에서 사라지고 아이의 울음소리마저 들리지 않게 될 무렵 도홍이 바닥에 털썩 주저앉으며 뜨거운 눈물을 흘렸다.

第三章

자미성(紫微星)

"지금 이 순간, 나 소무백(蘇武伯)은 이 아이를 나의 제자로 삼을 것을 하늘에 맹세하는 바다."

영가의 정문을 나서기가 무섭게 만면에 웃음을 띤 소무백이 뭇 무림인들에게 고했다.

누구 하나 뭐라고 토를 달지 않았다.

조금 전, 노인이 보여준 신위를 생각할 때 감히 할 수가 없었다. 그러나 보다 정확하게 말하자면 애당초 토를 달 필요가 없는 것이었다.

소무백이 아이의 울음소리를 듣고 자미성의 정기를 받고 태어난 아이를 제자로 삼기 위해 영가 안으로 들어선 순간에도 무석의 하늘을 밝히는 유성우는 여전히 계속되었다. 한마디로 당시 군웅들과 소무백이 들은 아이의 울음소리는 자미성의 정기를 받은 아이의 울음소리가 아니라는 것이었다.

뭇 군웅들이 그것을 알아차린 것은 소무백이 영가 안으로 완전히 모습을 감춘 직후였다.

한데 그것을 알지 못한 소무백이 엉뚱한 아이를 데리고 제자로 삼겠다는 선언을 하고 만 것이었으니 좋아했으면 좋아했지 그의 선언에 이의를 제기할 이유가 없는 것이었다.

특히 누구보다 그의 선언에 기뻐한 이들은 소무백이 배제되었을 경우 자미성의 아이를 얻을 가능성이 가장 높은 화산의 순우관, 무당의 청산 진인, 그리고 수라검문의 강호포, 사도천의 예당겸, 바로 그들이었다.

그들이 내색도 하지 못하고 기뻐하는 사이에도 소무백의 말은 계속 이어졌다.

"이 맹세는 영원히 변하지 않을 것이며, 여기 모인 모든 사람들이……."

소무백의 말이 갑자기 끊겼다.

그 역시 비로소 느낀 것이다. 아이가 태어났음에도 하늘은 여전히 붉었고, 그 붉은 하늘을 밝히며 쏟아져 내리는 유성우는 오히려 마지막 절정을 향해 치닫고 있다는 것을.

순간, 당혹감에 사로잡힌 그의 거친 손이 아이의 가슴팍을 살폈다.

없었다.

백옥같이 고운 피부를 자랑하는 아이의 가슴엔 팔룡을 상징하는 그 어떤 흔적도 보이지 않았다.

'젠…장.'

소무백의 얼굴이 흙빛으로 변했다.

실수였다.

그것도 너무나 뼈저린, 다시는 돌이킬 수 없는 치명적인 실수.

이미 안고 있는 아이를 제자로 삼겠다고 하늘에 맹세하고 뭇 군웅들에게 선언한 지금 어찌할 방법이 없었다.

정신이 아득해지며 온몸에 힘이 쫙 빠졌다.

바로 그때, 붉은 기운에 덮여 있던 하늘도 점점 제 색을 찾아가고 그토록 맹렬히 쏟아지던 유성우가 거짓말처럼 딱 멈췄다.

온 세상이 정적에 휩싸였다.

그 짙은 정적을 깨며 영가의 내원에서 아이의 울음소리가 흘러나왔다.

'우라…질!!'

아이의 울음소리를 듣는 소무백의 얼굴이 처참하게 일그러졌다.

낭랑하기 그지없는 아이의 울음소리를 듣자니 품에서 꽥꽥대는 아이를 당장 집어 던지고 싶었다.

그러나 명백한 자신의 실수. 아이에게 무슨 잘못이 있겠는가!!

아이의 우렁찬 울음소리는 영가의 정문을 넘어 세상 밖으로 퍼져 나갔다.

누구 하나 움직이지 못했다.

소무백이 정문을 딱 지키고 서 있는 지금 그저 서로의 눈치만 살필 뿐이었다.

그렇다고 언제까지 기다릴 수는 없는 터. 더 이상 참지 못한 강호포가 소무백을 향해 최대한 정중히, 그러면서도 조심스럽게 물었다.

"제가 정문을 지나가도 되겠습니까?"

소무백이 무시무시한 눈길로 강호포를 노려봤다.

그 눈빛에 기가 질린 강호포가 자신도 모르게 질끈 눈을 감고 말았다. 하지만 기왕지사 내친걸음인지라 용기를 내서 다시 한 번 청했다.

"허락해 주십시오."

그렇잖아도 억장이 무너지고 할 수만 있다면 접시 물에 코라도 박고 죽고 싶었는데 이건 아예 연못을 파고 슬그머니 밀어 넣는 꼴이 아닌가!

소무백의 손이 움직거렸다.

마음 같아선 당장에라도 요절을 내고 싶었다.

그렇다고 이미 품의 아이를 제자로 삼겠다고 하늘에 고하고 천하에 선언한 마당에 길을 비켜달라고 정중히 청하는 강호포를 요절내자니 결국 꼴사나운 짓밖에 되지 않을 것이다.

당연히 화를 내야 할 소무백이 아무런 말도 행동도 하지 않자 눈치를 살피고 있던 예당겸이 덩달아 나섰다.

"설마하니 방금 제자로 삼으신 아이 대신 새로 태어난 아이를……."

예당겸은 말을 잇지 못했다.

지그시 쳐다보는 소무백의 눈빛에서 북극의 냉기보다 몇 배는 차가운 한기를 느낀 것이다.

"사도천… 많이 컸군."

소무백의 입가에 차가운 미소가 걸리자 예당겸의 얼굴이 사색이 되었다.

강호포가 무사하기에 괜찮을 줄 알았는데 이건 그야말로 괜스레 나서서 소무백의 노여움만 산 꼴이 되어버렸다.

"그, 그게 아니오라……."

예당겸이 뭐라 변명을 하려 하는데 소무백은 그를 보고 있지 않았다. 그의 시선은 앞으로 걸어나오는 청산 진인에게 닿아 있었다.

소무백의 성격상 하늘과 천하에 선언한 것을 번복하지는 않을 것이고, 자칫 잘못하면 수라검문이나 사도천에 자미성의 아이를 빼앗길 수도 있다는 생각을 한 청산 진인이 소무백이 만든 경계선 바로 앞까지 걸어왔다. 물론 넘을 용기까지는

자미성(紫微星) 63

없었다.
"무당이 그 아이를 얻도록 허락해 주십시오."
허락이란다.
이곳저곳에서 술렁거리기 시작했다.
이미 수라검문의 태상장로 강호포의 비굴한 모습을 보기는 했지만 그래도 놀라지 않을 수 없었다.
"흥, 놀고 있다."
정중히 예를 차린 청산 진인의 말에 소무백은 콧방귀를 뀌었다.
그의 눈길이 검존 순우관에게 향했다.
다들 한마디씩 했으니 어디 너도 한번 짖어보라는 의미였다. 그런데 순우관은 아무런 말도 하지 않았다.
"아이를 얻고 싶지 않으냐?"
소무백이 물었다.
"처음 이곳에 왔을 때부터 품었던 마음입니다. 어찌 얻고 싶은 마음이 없겠습니까? 그러나 세상 모든 일이 욕심을 부린다고 되는 것은 아닌 것 같습니다."
모든 것을 처분에 맡기겠다는 듯 초월한 태도에 소무백의 눈이 살짝 이채를 띠었다. 평소에 들었다면 피식 웃어버리고 말았을 가소롭기 그지없는 말이었지만 오늘따라 이상하게 진실되게 들려왔다.
소무백은 곰곰이 생각에 잠겼다.

어차피 제자로 삼기는 틀린 아이였다. 하늘에서 물려준 아이의 재능이라면 장차 무림에 지대한 영향을 끼치게 될 터. 수라검문이나 사도천의 잡놈들보다는 화산파의 제자가 되는 것이 그 아이에게, 그리고 무림에 더 나은 일이 될 것이란 생각이 들었다. 무당파도 있었지만 도(道)가 어쩌니 선(禪)이 어쩌니 하며 떠들어대는 말코도사들은 처음부터 마음에 들지 않았다.

"너, 이리 오너라."

소무백이 갑자기 화산파 제자 한 명을 가리켰다. 그에게 지목받은 청년이 울상을 지으며 걸어왔다.

"안에 들어가서 아이를 확인하고 와라. 그 아이가 정말 자미성의 정기를 받고 태어난 것인지, 또 사내인지 계집인지 말이다. 냉큼."

하나, 그럴 필요가 없었다. 청년이 영가 안으로 달려가기도 전에 한 청수한 인상의 중년인이 포대에 싼 아이를 가슴에 품은 채 정문을 향해 걸어왔기 때문이다.

다름 아닌 무석영가의 가주 영비천(英飛泉)이었다.

그는 웬 시답지 않은 노인이 정문 앞을 막고 서 있느냐는 듯한 표정으로 소무백을 힐끗 쳐다보고는 그래도 평소 안면이 있는 청산 진인을 향해 고개를 숙였다.

"진인께서 와 계셨군요."

"오랜만이오, 가주."

청산 진인이 소무백의 눈치를 살피며 마주 인사를 했다.
"그 아이가……."
"예. 이번에 태어난 제 딸아이입니다."
고개를 끄덕인 영비천이 뭇 군웅들을 둘러보며 입을 열었다.
"여러분께서 무슨 이유로 본 세가를 방문하신지 잘 알고 있습니다. 예상하신 대로 딸아이는 팔룡전설의 마지막인 자미성의 정기를 받고 태어났습니다."
군웅들은 일제히 숨을 죽이며 영비천의 다음 말을 기다렸다.
"솔직히 우리는 이 아이의 능력을 제대로 키워줄 능력이 되지 못합니다. 부모 된 입장에서 참으로 부끄러운 일이지만……."
다소 처연한 음성으로 시작된 영비천의 설명은 계속 이어지고, 그의 말 따위에 관심이 있을 리 없는 소무백이 궁금함을 참지 못하고 슬그머니 고개를 빼 아이를 살폈다.
눈도 뜨지 못하고 입을 오물거리는 것이 귀엽기 그지없었다. 그러나 이제 겨우 형태를 갖춘 아이임에도 불구하고 완벽한 골격하며, 특히 이마에 서린 선기(仙氣)는 아이가 자미성의 정기를 받고 태어났음을 직접적으로 증명하고 있었다.
아이의 얼굴을 뚫어져라 쳐다보던 소무백은 자기도 모르게 입맛을 다셨다.

욕심이 났다.

탐욕이라 해도 부정할 수 없는 기운이 무럭무럭 자라났다.

결코 짧지 않은 삶을 살아오면서 지금처럼 욕심이 치솟은 적이 없었다.

가능만 하다면 시간을 돌려서라도 아이를 얻고 싶었다. 아니, 모든 이의 눈을 속일 수만 있다면, 하늘도 모르게 두 아이를 바꿔치기만 할 수 있다면 당장에라도 결행을 하고 싶었다. 솔직히 하늘은 몰라도 운만 좋다면 어쩌면 모든 사람을 속일 수도 있을 것 같았다.

손끝이 근질거렸다.

내면에서 무수한 갈등이 치고받고 싸워댔다.

한데 바로 그 순간, 군웅들을 상대로 한참 설명에 열중이던 영비천이 소무백의 얼굴에서 탐심을 읽고는 노한 눈빛으로 소리를 쳤다.

"비키시오, 노인장!"

그 한마디에 영비천의 설명에 들뜬 마음으로 귀를 기울이던 좌중의 분위기가 차갑게 가라앉았다. 이미 소무백의 실력과 성격을 알고 있는 그들은 뭐라 말도 못하고 안쓰러운 눈으로 영비천을 바라보았다.

그것을 알 리 없는 영비천이 몇 마디를 더 쏟아냈다.

"노인장이 무슨 이유로 본 세가를 방문한 것인지는 묻지 않아도 알 수 있소. 하나, 자미성의 정기를 받고 태어난 이 아이는 결코 노인장 같은 인물이 채울 그릇이 아니오. 인간의 과욕은 늘 화를 부르는 법. 이 아이는 노인장이 욕심을 낼 아이도, 또 내서도 안 되는 아이이니 쓸데없는 욕심을 버리고 해를 입기 전에 얼른 돌아가시오."

딴에는 소무백을 염려해서 한 말이었다.

그러나 영비천은 소무백이 어떤 인물인지, 주변에 모인 군웅들은 물론이고 그가 반갑게 인사한 청산 진인이 무엇 때문에 저리 참담한 표정을 지으며 휘청거리는지 알지 못했다.

그것이 바로 그의 최대 불행이었다.

"다 지껄였느냐?"

기가 막힌 표정으로 영비천을 바라보던 소무백이 무심히 물었다.

"어허, 노인장, 말귀……."

다소 짜증나는 표정으로 입을 열던 영비천의 몸이 석상처럼 굳었다.

하얗게 질린 얼굴, 쭈뼛쭈뼛 솟은 머리카락, 온몸에는 소름이 돋았다.

그런 영비천의 얼굴 옆에 한 치도 되지 않는 차이를 두고 소무백의 손바닥이 위치해 있었다.

단순히 그 한 동작에 영비천은 죽음에 가까운 공포를 맛보았다.

소무백이 영비천의 얼굴을 툭 건드렸다.

"네 아이에게 고마워해라. 아이가 너를 살렸다."

소무백이 너무도 적절한 순간에 울음을 터뜨려 자신의 손을 멈추게 한 아이를 바라보았다.

덩달아 자신의 품에 안겨 있는 아이에게 시선이 갔다.

이제야 느낀 것이지만 선기라고는 쥐뿔도 없고, 주구장창 쳐 울기만 하는 아이.

자미성에 대한 욕심이 또다시 스멀스멀 기어올랐다.

그것과 더불어 묘한 오기가 치솟았다.

특히 영비천의 몇 마디에 잠시 억눌려 있던 소무백의 승부욕과 끝을 모르는 자존심이 활활 불타올랐다.

'대관절 자미성 따위가 무엇이기에, 팔룡전설이 무엇이기에 나를 이토록 비참하게 만든단 말이냐! 좋다. 하늘이 나를 조롱한다면 내가 오히려 하늘을 조롱해 주마. 나 소무백, 아직 죽지 않았다.'

소무백의 기세가 주변을 덮기 시작했다.

"과욕이라……. 방금 전 내가 저 아이를 채울 그릇이 아니라 했느냐? 욕심을 낼 수도, 내서도 안 된다고 지껄였더냐?"

"그, 그게……."

자신에게 어떤 일이 벌어질 뻔했는지 겨우 이해를 하며 온몸을 후들거리고 있던 영비천은 제대로 대답을 하지 못했다. 그러자 소무백이 노한 목소리로 외쳤다.

"한 가지만 알아두거라! 내가 채우지 못하는 것이 아니라

네 아이가 채울 능력이 되지 못하는 것이고, 욕심을 내지 못하는 것이 아니라 낼 필요가 없는 것이다!"

한마디로 자미성 따위는 자신의 제자로 부족하다는 말이었다.

"예, 예."

저승 문에 슬그머니 한 다리를 넣었다가 다시 살아 돌아온 영비천은 그저 고개를 끄덕이는 데 정신이 없었다.

그래도 성이 풀리지 않는지 소무백이 이번엔 군웅들을 향해 소리쳤다.

"오늘부로 팔룡전설은 현실이 되었다! 그러나 이 아이가 다시 무림에 모습을 드러내는 날, 팔룡전설은 이 아이에 의해 깨질 것이고, 장담컨대 새로운 전설이 만들어질 것이다!"

도극성에 의해 팔룡전설이 깨진다는 말은 결국 그가 팔룡을 굴복시킨다는 말.

실로 광오한 선언이 아닐 수 없었다.

뭇 군웅들이 너무도 어이가 없어 멍하니 바라만 보고 있을 때, 소무백의 무시무시한 눈빛이 영비천에게 향했다.

"방금 전, 너는 노부를 모욕했다. 인정하느냐?"

"예."

영비천이 기어들어 가는 목소리로 대답했다.

"성질 같아선 네놈은 물론이고 영가까지 당장 날려 버리고 싶지만 갓 태어난 네 아이가 안쓰러워서 참았다. 그렇다고 함부로 입을 놀린 죄를 그냥 용서할 순 없고, 해서 목숨 대신 네게 한 가지를 받고자 한다. 어떠냐, 주겠느냐?"

영비천이 품에 안은 아이와 소무백을 번갈아 바라보며 주저하자 소무백이 염려하지 말라는 듯 다시 말했다.

"네 아이를 탐내는 것은 아니다. 조금 전에 말했듯이 제아무리 자미성의 정기를 받고 태어난 아이라도 나의 제자가 될 자격은 없다. 내가 원하는 것은 다른 것이다. 그것마저 싫다고 한다면……"

소무백의 눈에서 서늘한 기운이 뿜어져 나왔다.

숨이 턱턱 막혔다.

사시나무처럼 떨리는 몸을 주체할 수가 없었다.

공포를 이기지 못한 영비천이 한 가문의 가주라는 체면도 잊은 채 고개를 마구 끄덕였다.

"드, 드리겠습니다. 원하시는 것은 무엇이든 드리겠습니다."

"뭘 달라는 것은 아니다. 어쨌든 남아일언(男兒一言)은……"

"주, 중천금(重千金)입니다."

원하는 대답을 얻었는지 소무백이 만족한 미소를 지었다. 그리곤 말했다.

"도홍이라는 표사를 알 것이다."

"예? 아, 예."

자미성(紫微星) 71

무석영가에서 직접 운영하는 매화표국(梅花鏢局)에 그런 이름을 지닌 표사가 있다는 것을 기억해 낸 영비천이 고개를 끄덕였다. 그러자 소무백이 자신의 품에 안은 아이를 들어 보이며 말했다.

"아이의 이름은 도극성. 표사 도홍의 아들로 오늘 내가 제자로 삼은 아이다."

영비천의 얼굴이 묘하게 일그러졌다.

도홍부터 시작하여 갑자기 아이의 이름을 들먹이는 것에 왠지 모를 불길함을 느낀 것이다.

아니나 다를까, 불길한 예감은 정확하게 들어맞았다.

"난 네 딸아이와 나의 제자를 서로의 짝으로 맺어주고 싶다."

쾅!

거대한 도끼가 뒤통수를 후려치면 틀림없이 이런 느낌이리라!

온몸에 힘이 쭉 빠지며 다리가 휘청거렸다.

아무것도 떠오르지 않았다.

무슨 말을 어떻게 해야 할지 생각이 나지 않았다.

그저 멍한 눈으로 입을 떡 벌리는 것이 고작이었다.

"네 딸아이가 비록 자미성의 정기를 받고 태어난 것은 사실이나 나 소무백의 제자라면 결코 밀리지 않을 것이다. 장담하건대 서로에게 좋은 배필이 될 터. 어찌 생각하느냐?"

정신을 차릴 수가 없었던 영비천이 제대로 대답을 하지 못하자 소무백은 단숨에 일을 밀어붙였다.

"그럼 허락한 것으로 알겠다. 네 딸아이는… 참, 아이의 이름이 무엇이더냐?"

"영… 운선(雲善)입니다."

"운선이라……."

이름을 들은 소무백이 잠시 눈을 감고 생각에 잠기더니 곧 고개를 절레절레 흔들며 말했다.

"별로 좋지 않은 이름이다. 여아임에도 양기가 너무 강하니 상생을 위해서 음기가 강한 이름이 좋다. 운설(雲雪)이라 해라."

"예?"

영비천이 놀라 되묻자 소무백은 아예 못을 박아버렸다.

"바꾸라면 바꿔. 지금부터 아이의 이름은 운설이다. 영운설."

지금까지의 억지로도 부족해 이제는 부모가 지어준 이름까지 바꿔 버리다니 이 무슨 황당한 상황이란 말인가. 한데 더 황당한 것은 그 누구도 그것을 바로잡을 사람이 없다는 것이었다.

"아무튼 네가 약속을 했으니 이제 운설은 내 제자의 배필로 정해졌다. 너와 내가 증인이고 이곳에 모인 모든 사람들과 저놈들이 증인이다."

소무백은 인륜지대사를 말도 안 되는 횡포로 밀어붙이는 만행에 치를 떨고 있는 군웅들과 강호포, 예당겸, 청산 진인, 순우관 등을 오히려 증인으로 내세웠다.

"그리고 하나가 더 있다."

"예?"

영비천의 눈이 동그래졌다.

산 넘어 산이라더니 정말 죽을 맛이었다.

"방금 전, 너는 네 아이를 스스로 키울 그릇이 되지 못한다고 했다. 맞느냐?"

"예."

"음, 그렇다면 내가 저 아이의 사문도 정해주겠다."

"하, 하지만 저는 이미 무, 무당파에……"

영비천이 쩔쩔매며 말을 더듬고, 순간적으로 그의 말을 알아들은 청산 진인의 얼굴에 화색이 돌았다. 하나, 그의 얼굴은 곧바로 이어진 소무백의 한마디에 처참하게 일그러졌다.

"시끄럽다. 운설은 운명적으로 도가 쪽하고는 맞지 않아."

영비천은 청산 진인을 향해 도움을 청하는 눈빛을 보냈다. 청산 진인도 눈앞에서 자미성을 빼앗길 수는 없었다.

"가급적이면 아이의 부모가 원하는 쪽으로 해주는 것이……"

앞으로 슬쩍 나선 청산 진인이 소무백의 눈치를 살피며 말했다.

"언제부터 노부가 하는 일에 무당파가 감 놔라 배 놔라 지껄였느냐?"

"그, 그게 아니오라……."

"조만간 무당산 구경이나 한번 가야겠구나."

"아, 아닙니다."

순간적으로 소무백이 무당산을 오르고 본산이 난리통에 휩싸이는 장면을 떠올린 청산 진인이 낯빛을 싹 바꾸며 냉큼 뒤로 물러났다. 자미성을 빼앗기면 빼앗겼지 소무백이 무당산에 오르는 것은 무슨 일이 있어도 막아야 했다.

"지, 진인……."

믿었던 청산 진인이 단 한 마디에 꼬리를 말고 물러나자 영비천이 얼굴 가득 실망의 빛을 띠었다.

이쯤 되면 분노를 넘어 거의 체념 상태가 된다.

영비천은 그때부터 자신과 딸아이에게 벌어진 모든 일이 그저 운명이거니 하고 받아들이기 시작했다.

"하오면 운선… 아니, 운설의 사문은 어디로……."

운선이란 이름으로 부르려다 소무백의 서늘한 눈빛에 깜짝 놀란 영비천이 황급히 이름을 정정하며 물었다.

영비천의 물음에 영가에 모인 모든 이들이 소무백의 말을 기다렸다.

"흠, 글쎄다. 하나같이 비루한 것들이라 영 마음에 들지 않는데……."

주변을 둘러보며 인상을 찌푸리던 소무백이 문득 화산파의 제자들과 제법 탈속한 풍모를 자랑하는 순우관에게 시선을 고정시켰다. 사실 벌써부터 정해놓은 바가 있었다.

"부족하기는 해도 뭐, 화산파라면 운설의 사문이 될 자격이 있겠지."

그 한마디에 순우관의 평정심이 깨졌다. 아울러 화산파의 제자들 모두 표정 관리를 하기 위해 필사적으로 애를 써야 했다.

당연히 반발이 터져 나왔다.

"어, 어째서 화산팝니까? 자격이라면 화산파 따위가 어찌 사도천에 비하겠습니까?"

"저 역시 수라검문이 화산파에 부족하다고 생각하진 않습니다."

반드시 자미성을 얻어오라는 천주의 특명을 받은 예당겸이 목숨을 걸고 항변하고, 수라검문의 강호포도 맞장구를 치며 다시 한 번 숙고를 해달라고 요청했다.

그러자 소무백이 한마디를 툭 던졌다.

"무슨 말들이 그리 많으냐? 불만이 있으면 나를 쓰러뜨리고 모든 것을 원점으로 돌리면 될 것이지."

말과 함께 어깨에 메고 있던 자루를 툭 떨어뜨린 소무백이 준비운동이라도 하듯 고개를 좌우로 까딱이며 예당겸과 강호포를 응시했다.

"할 테냐?"

"……."

"……."

예당겸과 강호포의 머리가 맹렬히 돌기 시작했다.

'싸운다면?'

'두 세력이 합친다면 이길 수 있을까?'

결론은 간단했다.

'죽는다.'

'몰살이다.'

답이 나온 이상 버텨봐야 괜스레 소무백의 화만 돋울 뿐이다.

"설마하니 그럴 리가 있겠습니까?"

마치 입이라도 맞춘 듯 예당겸과 강호포가 동시에 대답했다.

"……."

"노, 노여움을 푸시지요. 저희는 그저 안타까움에……."

예당겸과 강호포가 설설 기자 소무백은 나직이 소리쳤다.

"이번은 그냥 넘어간다만 앞으론 절대 기어오르지 마라."

예당겸과 강호포가 감히 쳐다보지도 못하도록 살벌한 기운을 뿜어낸 소무백이 순우관을 돌아보며 말했다.

"잘 키울 수 있겠지?"

"화산파의 명예를 걸고 키우겠습니다."

"화산파의 뭐?"

"명… 예를……."

순우관이 기어들어 가는 음성으로 대답하자 소무백이 피식 웃음을 터뜨렸다.

"뭐, 좋겠지. 어쨌든 간에 운설을 위해 최선을 다해라. 장로니 원로니 운운하며 목에 힘주는 늙은이들에게 일러 개정 대법 같은 것도 열심히 펼치라 하고. 어차피 조만간 갈 목숨, 조금 빨리 간다고 다를 건 없으니까 말이다."

"그리하겠습니다."

말도 안 되는 망언임에도 순우관은 순순히 고개를 끄덕였다.

"좋아. 말이 통하니 좋군. 그건 그렇고, 명색이 사부 된 자로서 제자의 배필에게 선물 하나 정도는 줘야겠지."

순우관의 순종적인 태도에 기분이 좋아진 소무백이 입가에 미소를 짓다가 갑자기 품 안을 뒤지더니 손가락보다 조금 큰 자개 병 하나를 꺼냈다.

소무백이 자개 병을 열고 영운설의 입으로 가져가자 영비천이 기겁을 하며 소리쳤다.

"어, 어르신! 그것이……."

"왜? 설마하니 내가 독이라도 먹일 줄 아느냐? 모르면 그냥 입 닥치고 있어. 먹어두면 다 피가 되고 살이 되는 거니까."

영비천의 말을 간단히 일축한 소무백이 영운설의 입가에

자개 병에서 나온 옥빛 물방울 하나를 떨어뜨렸다.

영운설의 입으로 떨어진 물방울은 스미듯 사라지고, 그 뒤엔 형용할 수 없는 향기만이 남아 있었다.

"공청석유(空淸石乳)라는 것이다. 들어는 봤겠지?"

당연히 들어봤다.

무림인치고 공청석유를 모르는 이가 과연 있을까?

무공을 익힌 사람이 그것을 복용하고 운기를 하게 되면 단숨에 일 갑자 이상의 내력을 얻게 되는 것은 물론이고, 생사현관(生死玄關)과 임독양맥(任督兩脈)을 뚫어 절대고수의 반열에 들도록 만들어준다는, 무공을 익힌 자라면 꿈에서라도 그리워하는 전설의 영약이 바로 공청석유가 아니던가!

"내가 이것을 구하느라 얼마나 고생을 했는지……."

소무백이 한숨을 내쉬며 고개를 흔들었다.

한데 그 모습을 보며 부들부들 떠는 사람이 있었다.

'저, 저! 뭐? 구하느라고 고생을 해? 우리 수라검문에서 강탈해 간 공청석유를 가지고!! 벼락을 맞고 뒈져도 천 번을 뒈져야 할 늙은이 같으니라고!!'

강호포가 입술을 꽉 깨물고 그래도 화가 가라앉지 않아 아예 고개를 돌려 버릴 즈음, 소무백이 아직도 놀란 가슴을 진정시키지 못한 영비천과 순우관에게 조용히 일렀다.

"아이가 공청석유의 공능을 제대로 흡수하려면 오랜 시간이 걸릴 것이다. 그래도 급한 대로 너희 둘이 추궁과혈을 해주거라. 장차 무공을 익히는 데 큰 힘이 될 것이다."

"고맙습니다."

"가, 감사합니다, 어르신."

순우관이 정중히 인사를 올리고, 영비천은 그대로 무릎을 꿇고 머리를 조아렸다.

악마처럼 보이기만 하던 소무백이 딸을 위해 천하에 다시 없다는 영약 공청석유를 아낌없이 줄 줄은 꿈에도 생각하지 못한 영비천은 진정으로 감격하고 있었다.

"그리 고마워할 것은 없다. 다 내 제자를 위한 일이니까."

가볍게 고개를 끄덕인 소무백이 울다 지쳐 겨우 잠든 도극성의 얼굴을 바라보았다. 동시에 영비천의 품에 안겨 잠든 운설의 얼굴도 살폈다.

'망~할!!'

궁여지책으로 정혼까지 시켜놨지만 아쉬운 마음이 자꾸 드는 것은 어쩔 수가 없었다. 더 이상 보고 있으면 마음만 계속 쓰릴 것 같았다. 떠날 때가 된 것이다.

"오늘의 약속을 절대로 잊지 말거라."

"며, 명심하겠습니다."

소무백의 말에 영비천은 일말의 주저함도 없이 대답했다.

"인연이 이어졌으니 또 볼 날이 있겠지."

그 말을 끝으로 소무백이 빙글 몸을 돌렸다. 주변에 모인 모든 이의 시선이 소무백에게 쏠렸다.

"아! 한 가지 더."

한참을 걷던 소무백이 슬쩍 고개를 돌려 강호포와 예당겸을 불렀다.

"네놈들."

"예?"

또 무슨 일일까 소스라치게 놀란 둘이 곧바로 대답하자 소무백이 스산한 기운을 둘에게 쏘아 보내며 말했다.

"노파심에 하는 말이다만, 행여나 쓸데없는 생각은 하지 말거라. 또한 너희가 아니더라도 무석영가가 조그만 해라도 당한다면 그 죄를 너희 둘에게 묻겠다."

그렇잖아도 사문으로 돌아가 책임 추궁을 당할 일에 가슴이 답답했던 둘은 아무런 대답도 하지 않았다. 그러자 소무백이 다시 한마디를 덧붙였다.

"꼬면 시험을 해봐도 괜찮다. 이후에 어찌 될지는 나도 모르겠지만."

그 한마디에 둘은 또다시 꼬리를 말고 말았다.

"알… 겠습니다."

대답은 언제나 결정되어 있었다.

소무백은 무석영가와 영운설의 안전을 확보하기 위해 수라검문과 사도천에 경고를 한 다음에야 비로소 모든 행보를 마치고 무석영가를 떠났다..

그가 무석영가에 머문 시간이라 봐야 고작 반 시진. 하지만 그 짧은 시간 동안 그가 보여준 신위는 곧 무림을 뒤흔들었고, 호사가들에 의해 팔룡전설에 버금가는 신화로 떠받들어졌다.

 또한 그가 제자로 삼았다는 아이에 대한 소문도 꼬리에 꼬리를 물고 퍼져 나갔는데, 소문에 의하면 도극성이 제석천(帝釋天)의 현신이라느니 천마(天魔)의 재림이라느니, 심지어 달마(達磨)의 환생이라는 말까지 떠돌아다녔다.

 개가 웃을 일이었다.

第四章
음양팔맥단절지체 (陰陽八脈斷切之體)

 도극성을 안아 들고 천하에 자신의 제자라 선언하며 스스로의 발등을 제대로 찍어버린 소무백은 그래도 기왕 얻은 제자이니만큼 혼신의 힘을 다해 키워보리라 마음먹었다.
 팔룡을 능가하는 인물로 키우겠다고 모든 이에게 외쳐 댔으니 망신을 당하지 않기 위해서라도 반드시 그렇게 만들어야 했다.
 그러나 무석영가를 떠난 지 단 하루 만에 발목이 잡히고 말았다.
 그것도 아주 제대로!
 "이럴… 수가!"

유모(乳母)를 구해 어미 대신 젖을 먹였음에도 계속 울어대는 도극성을 걱정하며 혹시 어디 아픈 것은 아닌가 살펴보던 소무백이 갑자기 망연자실한 표정으로 털썩 주저앉았다.
 할 말이 없었다.
 골라도 정말 잘못 골랐다.
 속된 말로 똥통에 빠진 꼴이었다.
 "아니다. 틀림없이 내가 잘못 안 것이다."
 눈앞의 현실을 도저히 믿을 수 없는 소무백은 연신 고개를 흔들어대며 조금 전 자신이 확인한 것이 착각이나 실수가 아니었는지 의심하며 다시 한 번 도극성의 몸을 살폈다.
 실수를 하지 않도록 최대한 마음을 가라앉히고 신중하면서도 꼼꼼히 맥을 짚었다.
 지그시 감은 소무백의 눈가에 경련이 일어나기 시작하더니 눈썹이 부들부들 떨리고 태양혈(太陽穴:관자놀이)에선 심줄이 툭툭 불거져 나왔다.
 "어떻게 이런 일이… 어찌하여… 어찌하여 갓난아이의 기경팔맥(奇經八脈)이 이리 막혀 있을 수 있단 말이냐!!"
 그건 저주였다.
 하늘이 그와 은현선문에 내린 끔찍한 저주.
 두 번씩이나 확인을 했으니 실수할 리도 없었다.
 기경팔맥은 십이경락과 함께 사람 몸의 근간을 이루는 것으로 처음 태어나는 순간엔 모두 뚫려 있다가 아이가 자라면

서 점차 세속의 탁기(濁氣:혼탁한 기운)에 물들며 조금씩 막혀 가는 것이 일반적인 특징이었다.

특히 팔맥 중 육맥은 탁기가 쌓여도 큰 무리 없이 제 기능을 수행을 하는데, 임맥과 독맥만은 탁기가 쌓이면 쌓일수록 그 기능이 기하급수적으로 떨어진다. 또한 비교적 어린 나이에 일찍 막혀 버린다.

무림인들이 자식이나 제자에게 어릴 때부터 내공심법을 익히도록 하는 것도 바로 그런 이유 때문이었다.

그런데 도극성은 그 정반대의 상황이었다.

임맥과 독맥은 물론이고 육맥마저 거의 완벽하게 막혀 있어 실낱과도 같은 기운만이 몸 안을 돌고 있었다. 게다가 그마저도 언제 막힐지 모르는 상황으로 당장 죽는다 해도 하나도 이상할 것이 없을 정도였다.

"허허, 허허허."

소무백의 입에서 허탈한 웃음이 흘러나왔다.

자미성을 놓친 것도 모자라 겨우 하루 만에 제자를 잃게 생겼다.

영비천의 몇 마디에 오기가 발동한 것이라지만 군웅들을 상대로 그토록 자신만만하게 외쳐 댔던 말도 모조리 물거품이 되어버렸다. 어쩌면 자신의 대에서 은현선문의 맥이 끊길지도 몰랐다.

'그럴 수는 없다. 절대로, 절대로 그럴 수는 없다.'

까짓 망신 정도 당하는 것은 얼마든지 감내할 수 있었다. 하나, 은현선문의 대가 끊기는 것은 상상조차 할 수 없었다. 다른 것은 몰라도 그것만큼은 무슨 일이 있어도 막아야 했다.

벌떡 일어난 소무백이 품에서 자개 병을 꺼냈다. 그리고 영운설에게 선물로 주고 남은 공청석유를 도극성의 입에 모조리 부어버렸다. 남은 양은 약 세 방울 정도. 한 방울로도 천하를 살 수 있다는 공청석유이니 그 가치는 감히 비교할 것이 없었다.

도극성에게 공청석유를 복용시킨 소무백이 곧바로 아이의 몸을 주무르기 시작했다.

백회(百會)를 시작으로 회음(會陰)까지 임맥과 독맥을 따르는 모든 혈을 점하며 필사적으로 기운을 불어넣고 충맥(衝脈)과 대맥(帶脈), 교맥(蹻脈) 등으로 기운을 유도시켰다. 그러나 워낙 완벽하게 막힌 상태라 기운을 통하게 하는 것이 생각보다 쉽지 않았다.

우우우웅.

소무백과 도극성의 몸 주변으로 희미한 공기의 파동이 만들어지며 둘을 포근히 감쌌다.

얼마 후, 소무백이 긴 숨을 내뱉으며 뒤로 물러났다. 결코 짧지 않은 시간, 그의 몸은 이미 땀으로 흠뻑 젖은 상태였다.

"일 났구나, 일 났어."

소무백이 죽은 듯이 잠을 자고 있는 도극성을 바라보며 고개를 절레절레 흔들었다.

죽을힘을 다했지만 도극성의 기경팔맥은 뚫리지 않았다.

복용시킨 공청석유의 힘을 빌려 어떻게든 방도를 찾아보려 했으나 그것마저도 여의치 않았다. 약기운이 사지백해로 퍼지도록 유도를 해야 할 팔맥이 막혀 버리니 공청석유의 공능마저도 그냥 묻혀 버리고 만 것이었다.

그나마 다행이라면 소무백이 지니고 있는 모든 내공을 동원하여 애쓴 덕에 금방이라도 막힐 것 같았던 팔맥의 흐름이 조금은 양호해졌다는 것. 덕분에 그렇게 울며 채근했던 도극성이 편안한 얼굴로 쌔근쌔근 자고 있었다.

"후~"

소무백의 입에서 기나긴 탄식성이 터져 나왔다.

차라리 모든 것을 포기해 버리고 싶었다.

까짓 포기하는 것은 간단했다.

아이가 울건 말건 두 눈 질끈 감고 그냥 이삼 일만 버티면 저절로 끝날 일이었다. 결코 불가능한 일이었지만.

"천하의 소무백이 말년에 제자 한 놈 잘못 거둬서 이게 무슨 고생이란 말이냐!"

뭘 몰라도 한참을 모르고 있었다. 고생은 아직 시작도 안 했다.

* * *

의성(醫聖) 만총(萬聰).

일찍이 황궁에 들어가 탁월한 능력을 발휘한 덕에 어의(御醫)가 된 후, 두 명의 임금을 섬긴 당대 최고의 의원.

나이 육순이 넘자 후학을 위해 어의 자리를 과감히 내어놓고 낙향한 뒤 조그만 의원을 세우고 제자를 키우며 뭇사람들에게 인술을 펼치니 그의 명성은 황궁을 넘어 전 중원에 떨치게 되었다.

이후, 그가 인술을 펼치기 위해 제자들과 함께 고향에 연 인명원(人命院)은 무림인은 물론이고 관부까지도 함부로 할 수 없는, 거의 성역과도 같은 곳으로 추앙을 받았다.

그런 인명원에 난데없는 불청객이 찾아온 것은 새벽이 오기 전, 세상의 모든 만물이 마지막 단잠을 청하고 있을 무렵이었다.

"만총은 어디에 있느냐?"

그것이 당직을 서고 있는 고염(高炎)에게 던진 불청객의 첫마디였다.

고염의 눈이 휘둥그레졌다.

사부를 모시고 인명원에서 의술을 배운 지 벌써 칠 년. 지금까지 의성으로 추앙받는 사부의 이름을 함부로 부르는 자를 단 한 번도 본 적이 없었다. 제아무리 높은 무공을 지닌 자도, 또 막강한 권세를 지닌 자도 인명원을 찾는다는 것은 그만한 이유가 있기에 거의 모두 다 저자세였다. 때로는 고압적인 자세를 취하기는 했어도 그 역시 잠시 잠깐일 뿐, 지금처럼 무례한 자는 존재하지 않았다.

"뉘신데 감히 사부님의······."

불청객의 손이 고염의 목을 틀어쥐며 말을 끊었다.

"감히라는 말은 아무에게나 쓰는 것이 아니다."

차갑게 내뱉은 불청객은 숨통이 막힌 고염의 얼굴이 흑색으로 변할 즈음에서야 틀어진 손을 놓아주고 다시 물었다.

"만총은 어디에 있느냐?"

캑캑거리며 가쁜 숨을 몰아쉬던 고염이 자신도 모르게 입을 열었다.

"아, 안식거에 계십… 헛!"

고염이 자신의 실책을 깨닫고 황급히 입을 틀어막았으나 애당초 불청객은 그의 말에 신경도 쓰지 않았다.

"안내해라."

간단히 내뱉는 불청객의 한마디.

그렇게는 못하겠다고 당당히 외치고 싶었으나 염라대왕보다 백배는 무서운 불청객의 눈빛과 마주치는 순간, 두려움에 덜덜 떤 고염의 몸은 마음과는 달리 이미 안식거로 발걸음을 돌리고 있었다.

안식거.

의성 만총이 휴식을 취하는 곳으로, 무수히 많은 병자들과 그들의 보호자들로 항상 소란스러운 인명원에서 유일하게 고요한 곳이었다.

안식거에 가까워질수록 고염은 불안감에 어쩔 줄을 몰라 하면서도 불청객의 품에 웬 갓난아이가 잠들어 있다는 것을 위안으로 삼고 있었다. 아이에게 문제가 있다면 불청객이 사부를 찾는 목적은 뻔했고, 그렇다면 다소 문제가 될 수는 있어도 사부의 실력을 감안했을 때 큰일은 생기지 않으리라 여긴 것이다.

하나 그는 자신이 지금 안식거로 안내하고 있는 자가 소무백이라는 것을, 그리고 그가 어떤 인물인지 전혀 모르고 있었다.

꽝!

소무백의 등장은 시작부터 요란했다.

고염이 사부에게 자신의 존재를 알릴 틈도 없이 단숨에 안식거의 출입문을 부숴 버린 그는 만총이 잠을 청하는 침상으로 성큼성큼 걸어갔다.

"누, 누구시오?"

막 잠에서 깨어난 만총이 기겁을 하며 물었다.

기름진 얼굴, 툭 불거져 나온 아랫배, 게다가 손발은 물론이고 온몸을 떨어대는 만총을 보며 소무백은 의성이란 이름이 그저 허명(虛名)은 아닐까 하는 의심을 했다.

"네가 의성이라 불리는 만총이냐?"

인사도 없이 다짜고짜 아랫사람 대하듯 하는 소무백의 태도에 만총의 얼굴이 확 일그러졌다. 그의 나이 올해로 예순아홉. 그렇듯 하대를 당할 나이는 아니었기 때문이다.

그러나 평생 수많은 사람을 상대해 온 만총은 소무백이 예사 사람이 아니라는 것을 단번에 알아내곤 불쾌한 표정을 바로 지웠다.

"의성은 가당치 않은 말이지만 이 늙은이의 이름이 만총인 것은 틀림없습니다."

소무백이 고개를 끄덕였다.

"네 말대로 가당치 않은 것 같다."

간단히 대꾸한 소무백은 사람의 생명을 다루는 의원의 처소치고는 너무나도 화려하게 꾸며진 방과 침상을 보며 얼굴을 찌푸렸다. 자고로 화려하고 부티나는 것을 좋아하는 인간치고 제대로 된 인간을 보지 못했기 때문이다.

그렇지만 어쨌든 발품 팔아 먼 길을 온 이상 속는 셈치고 맡겨보는 것도 나쁘지는 않았다. 정말 허명 따위에 속은 것이라면 그만한 대가를 치르게 하면 되는 것이니까.

결정을 내린 소무백이 도극성이 잠들어 있는 포대를 만총에게 건넸다.

"치료해라."

치료할 수 있겠냐는 부탁이 아니라 당연히 치료를 해야 한다는 명령이었다. 이미 첫 등장에서부터 소무백의 성격까지 꿰뚫어 본 만총은 아무런 대꾸도 하지 않고 그 즉시 도극성을 살피기 시작했다.

"쯧쯧, 태어난 지 며칠 되지도 않은 것 같은데 무슨 안색이 이리 창백하누."

소무백의 눈치를 보며 슬그머니 중얼거린 만총은 도극성의 맥을 짚었다.

만총의 얼굴이 심각하게 변했다.

힘차게 뛰어야 할 맥이 제대로 잡히지 않는 것이 아닌가!

"어떠냐?"

소무백이 물었다.

"……."

"어떠냐고 물었다."

"……."

대답이 없자 소무백의 눈가에 서늘한 기운이 일렁이기 시작했다.

"이!"

자신의 말에 콧방귀도 뀌지 않는 만총을 보며 소무백은 치미는 화를 이기지 못해 부들부들 떨었다.

성질 같아선 치료고 뭐고 간에 당장 물고를 내고 싶었지만 제자의 목숨이 걱정되는 이유 하나만으로 그럴 수가 없었다.

"허허허, 제자 한 놈 때문에 나 소무백, 정말 별꼴을 다 당하는구나."

 소무백은 허탈한 웃음으로 애써 노기를 달랬다.

 한참의 시간이 흐른 후, 만총이 감았던 눈을 떴다. 그리곤 이해할 수 없다는 표정으로 물었다.

 "도대체 어찌 된 것입니까?"

 "그따위 것을 물으라고 너를 찾은 것이 아니다!"

 조금 전의 일로 간신히 화를 억누르고 있던 소무백이 버럭 소리를 지르자 만총이 움찔 놀라며 고개를 숙였다.

 "내게 묻지 말고 네놈이 진맥한 대로 말해봐라."

 "기, 기경팔맥이 모두 막혀 있는 것이 심각해도 보통 심각한 상태가 아닙니다. 혹시 노인장… 아, 아니, 어르신께서 기경팔맥을 뚫으려고 하지 않으셨습니까?"

 "그랬다. 어찌 알았느냐?"

 "진맥을 해본 결과 아이는 선천적으로 기경팔맥이 막혀 있는 특이한 체질입니다. 원래대로라면 이미 목숨이 끊어져야 했으나 희미하기는 해도 기운이 통하는 것을 보면 틀림없이 외부의 힘이 작용했을 것입니다. 게다가……."

 "게다가 뭐냐?"

 "단전에 알 수 없는 기이한 힘도 깃들어 있는 것 같습니다."

 "흠."

 공청석유의 존재까지 알아내자 소무백이 조금은 의외라는

표정으로 그를 바라보았다.

"당연히 치료는 할 수 있겠지?"

당연히라는 말을 유난히 강조하는 소무백의 음성에 만총은 온몸에 소름이 돋는 것을 느꼈다. 소무백은 아무런 말도 하지 않았지만 만약 치료하지 못했을 경우 어떤 대가를 치러야 할지 느낌만으로도 알 수 있었다. 문제는 그 역시 지금과 같은 상황을 본 적이 한 번도 없다는 것이고, 그러니 치료 방법 또한 알지 못한다는 것이었다.

"설마하니… 못한다는 말을 하려는 것은 아니겠지?"

소무백이 서늘한 눈빛으로 만총을 노려봤다.

뒷골이 당겼다. 등줄기에 식은땀이 흘러내렸다. 못한다는 말을 하는 순간, 죽을지도 모른다는 위기감이 전신을 휩쓸었다. 일단 살고 봐야 했다.

"모, 못하는 것이 아니라 할 수 없는 것입니다."

"못하는 것이 아니라 할 수 없다? 무슨 헛소리냐?"

소무백의 노한 음성에 덜덜 떨면서도 만총은 설명을 시작했다.

"아, 어르신께서 데려온 아이의 체질은 음양팔맥단절지체(陰陽八脈斷切之體)라는 것입니다."

"음양… 팔맥이 뭐?"

듣도 보도 못한 말에 소무백이 인상을 찌푸리며 되물었다.

"음양팔맥단절지체입니다. 태어나는 순간부터 기경팔맥의

흐름이 끊기고 서서히 막혀 얼마 못 가 숨이 끊어지는 신체를 말합니다."

소무백이 만총과 도극성의 얼굴을 번갈아 바라보며 고개를 갸웃거렸다. 지금껏 적지 않은 공부를 해왔고, 또 많은 견문을 쌓았지만 삼음절맥(三陰絶脈)이나 구음절맥(九陰絶脈)이란 말은 들어봤어도 음양팔맥단절지체가 있다는 말은 난생처음 들었기 때문이다.

"음양팔맥단절지체라… 그런 체질도 있더냐?"

"그렇습니다."

"한데 어째서 난 그런 체질이 있다는 말을 들어보지 못했지?"

당연했다. 애당초 음양팔맥단절지체라는 말은 있지도 않은, 목숨을 부지하고 싶었던 만총이 도극성의 증상을 보고 그냥 급하게 지어낸 말이었으니까.

"여러 절증과는 달리 음양팔맥단절지체는 태어난 지 보통 사흘도 되지 않아 목숨을 잃는 무서운 체질입니다. 알려질 틈이 없었지요. 저 또한 옛날 의서에서나 본 적이 있지 눈으로 보기는 처음입니다."

만총이 그럴듯하게 둘러댔다.

"흠, 그도 그렇군."

소무백이 고개를 끄덕였다.

사흘 만에 죽는다고, 그래서 알려지지 않았다는 말에 충분히 공감이 갔다. 도극성 역시 자신이 공청석유를 복용시키고 추궁과혈을 했기에 망정이지 그렇지 않았다면 금방이라도 목숨이 끊어질 듯 위태로웠기 때문이다.

"좋다. 네 말대로 그 음양… 이 그토록 위험한 것이라고 치고, 고치지 못하는 것이 아니라는 말은 또 무엇이냐?"

"천형이라 불리는 삼음절맥이나 구음절맥처럼 음양팔맥단절지체도 빨리만 발견하면 완치까지는 모르나 어느 정도 생명을 연장할 수는 있습니다. 한데 이 아이의 기경팔맥은 단순히 막혀 있는 것만이 아닙니다. 온갖 성질을 지닌 기운들이 각 맥을 차지하고 있어 무척이나 심각한 상황입니다."

"음."

소무백의 입에서 무거운 신음이 흘러나왔다.

그 역시 각 맥에서 준동하는 기운을 인식하고 있었고, 만총의 말에 틀림이 없다는 것을 알고 있었다.

"자세히 말해봐라."

"독맥은 예로부터 우리 몸의 양기를 관장하는 곳입니다. 한데 그 양기가 지나치게 강합니다. 너무 강해 몸이 감당을 하지 못할 정도입니다. 또한 임맥은 음기를 관장하는 곳, 한데 이곳 역시 음기가 지나치게 강해 아예 맥 자체를 막아버리고 있습니다. 뿐만 아니라 십이경맥의 중요한 길목에 있어 경락의 바다라는 충맥, 음양의 여러 경맥을 묶는 대맥, 발뒤꿈치에서 시작하여 안과 밖으로 운행하는 음교맥과 양교맥, 안쪽 허벅지를 타고 올라가 임맥과 연동하는 음유맥, 바깥쪽 허벅지를 타고 올라가 독맥과 회합하는 양유맥 등도 각기 상이한 성질의 기운이 가로막고 있습니다."

"독맥과 임맥의 기운은 나도 알고 있다. 한데 상이한 성질이라니?"

"그것이 무엇인지는 저도 잘 모르겠습니다. 충맥은 지나치게 살기가 짙고, 대맥은 그와는 반대로 정순하기 짝이 없습니다. 교맥과 유맥 또한 각기 성질이 다른 기운이 차지하고 기의 흐름을 막고 있습니다."

"……."

소무백이 괴이한 눈빛으로 만총을 바라보았다.

의성이라는 소문과는 달리 꽤나 사치스럽고 속물적으로 보여 돌팔이가 아닌가 의심을 했건만 생각보다 의술이 뛰어나자 상당히 놀라는 눈치였다.

"다 좋다. 하지만 어쨌든 중요한 것은 이 아이를 치료할 수 있느냐 없느냐다."

"현재로선 불가능합니다. 단!"

만총이 순간적으로 변하는 소무백의 눈빛을 보며 황급히 말을 이었다.

"몇 가지 영약이 준비되면 가능할 수도 있습니다."

"몇 가지 영약?"

"그렇습니다."

음양팔맥단절지체(陰陽八脈斷切之體)

"무엇이 필요한 것이냐?"

"막힌 기경팔맥을 각각 다른 성질의 기운이 차지하고 있기에 그것들을 일시에 치료한다는 것은 불가능합니다. 결국 각 맥마다 치료법을 달리해야 합니다. 우선, 양기가 충만한 독맥을 뚫어주기 위해선 그 양기를 중화시킬 수 있는 약이 필요합니다."

"빙빙 돌리지 말고 필요한 것만 열거해!"

소무백이 신경질적으로 소리쳤다.

"독맥의 양기를 다스릴 만한 음기를 지니려면 최소한 천년 이상 된 설련실(雪蓮實) 정도는 되어야 하고, 임맥의 음기를 다스리자면 반대로 만년화리(萬年火鯉)가 지닌 극양의 기운이 필요합니다. 충맥의 살기를 다스리자면 그 살기를 제어할 수 있는 정기나 선기를 지닌……."

애당초 음양팔맥단절지체라는 말도 자신이 지어냈고, 솔직히 치료할 자신도 없기에 만총은 각 맥을 가로막고 있는 기운과 상충되는 영약이 필요하다는, 가장 원론적인 이야기만 늘어놓고 있었다. 게다가 설련실이나 만년화리가 효용이 있을지는 그도 몰랐다.

단지 그것들이 필요하다 한 이유는 괜히 어설픈 약재 이름을 댔다가 행여나 구해오면 오히려 자신의 처지만 곤란해질 터. 해서 절대로 구할 수 없는 것들만, 추후에 그 영약들이 갖추어지지 않아 아이를 치료하지 못했다고 말하며 책임을 회

피할 수 있는 것들만 골라 언급했다. 그가 생각하기에 만년화리나 천년설련실은 전설에나 있을 법한, 절대로 구할 수 없는 영약이기 때문이었다.

한데 과연 그럴까?

안타깝게도 그는 소무백이라는 사람을 너무 몰랐다.

묵묵히 그의 얘기를 듣던 소무백이 입을 열었다.

"설련실… 만년화리라… 어쨌든 비슷한 효과만 있으면 되는 것이냐?"

"예? 예."

괜히 찔리는 것이 있는 만총이 고개를 끄덕였다.

"알았다. 네가 말한 것을 구해올 테니 그때까지 아이의 생명은 네가 지켜라. 그리 오래 걸리지는 않을 것이다. 만약 아이가 잘못이라도 되는 날에는……."

말할 필요도 없었다.

죽음보다 더한 공포감을 주는 소무백의 눈빛에 만총은 무슨 짓을 해서라도, 저승사자의 다리를 물어뜯는 한이 있더라도 아이를 지키겠다고 다짐하고 있었으니까.

"약속한 것으로 믿겠다."

싸늘한 눈빛으로 만총의 어깨를 다시 한 번 짓누른 소무백이 가쁜 숨을 몰아쉬는 도극성의 볼을 살짝 쓰다듬은 후 천천히 안식거를 나섰다.

'만년화리 정도의 극양지기라면… 역시 대환단(大丸丹)밖

에는 없겠군.'

 그의 발걸음은 어느새 소림사가 있는 숭산(嵩山)으로 향하고 있었다.

                *   *   *

 강서와 복건의 경계선이라 할 수 있는 거대한 무이산맥(武夷山脈).

 단일 세력으로 사상 유례를 찾아볼 수 없이 강했던 암흑마교가 사라지고, 이후 스스로 마의 종주라 칭하며 호시탐탐 무림의 패권을 노리는 수라검문은 무이산맥 남쪽 끝 자락에 우뚝 솟은 천화산(天貨山)을 배경으로 철옹성을 구축하고 있었다.

 산 능선을 따라 굽이굽이 돌아나가는 성벽의 길이만 이십여 리요, 요소요소를 철통같이 지키고 있는 매복 진지의 수는 헤아릴 수가 없었고, 외벽을 넘으면 천화산 중턱, 직경만 이백 장(600m)에 이르는 거대한 분지에 웬만한 도시를 능가할 정도로 빽빽하고 웅장하게 건립된 본성을 볼 수가 있는데 그 엄청난 규모는 보는 이로 하여금 입을 쩍 벌리게 만들 만큼 놀라운 것이었다. 게다가 본성에 상주하는 인원 구백여 명에 전 무림에 흩어진 마흔아홉 개 분타의 인원까지 합쳐 거의 삼천에 이르는 전력은 가히 무림의 판세를 쥐고 흔들 만했다.

그러한 수라검문의 정점이라 할 수 있는, 적어도 오십여 명은 능히 앉아 난상토론을 벌일 수 있을 정도로 널찍한 집무실.

중앙을 가로지르는, 일곱 개의 탁자를 이어 붙인 큰 탁자는 웬만한 재력으로는 구하기도 힘들다는 자단목(紫檀木)이었고 의자마다 호피(虎皮)가 깔려 있었는데, 특히 중앙 상석을 덮고 있는 백호피(白虎皮)는 가히 천금을 주고도 구할 수 없다는 진귀한 물건이었다.

그 백호피를 거대한 엉덩이로 깔아뭉개며 코를 후비고 있는 사람이 바로 현 수라검문의 문주이자 무림일마(武林一魔)라 불리는 수라마제(修羅魔帝) 좌패천(左覇天)이었다.

"대충 얘기는 끝난 것 같은데?"

좌패천이 나른한 표정을 지으며 수하들을 둘러보았다. 그러자 수라검문의 머리라 할 수 있는 군사 천리심안(千里心眼) 가등전(嘉藤顚)이 그의 눈치를 살피며 말했다.

"아직 사도천에 대한 일이 남았습니다. 처음에도 말씀드렸지만 근래 들어 서로의 영역 밖에서 자꾸만 부딪치는 것이……."

가뜩이나 굽은 허리에 조심스레 말한다고 한껏 머리를 조아리자 그의 몸은 탁자에 가려 안 보일 정도였다.

조심스레 말하는 가등전과는 달리 좌패천의 대답은 간단했다.

"그냥 쓸어버리라고 해."
"예? 하지만 그리되면……."
"뭘 걱정해? 언제부터 우리가 그딴 놈들 신경 썼다고. 거추장스러우면 깨면 되는 것이고 덤비면 지그시 밟아주면 그만이야."

좌패천이 남들보다 적어도 두 배는 됨 직한 거대한 주먹으로 탁자를 툭툭 치자 그 소리가 집무실을 울릴 정도였다.

'참 대단해. 지독하게 비싼 이유가 있어.'

가등전이 좌패천의 주먹을 용케도 견디는 탁자를 보며 혀를 내둘렀다.

좌패천이야 그냥 툭툭 치는 것이라지만 그의 주먹엔 자단목으로 만든 탁자가 아니었으면 그 자리에서 산산조각이 나버릴 만큼 무지막지한 힘이 실려 있었기 때문이다.

"이봐, 군사."
"예, 문주님."
"이번엔 똑바로 전해. 사도천 놈들이 도발을 하면 망설이지 말고 깨버리라고. 행여나 지난번처럼 협상이니 나발이니 하며 엉뚱한 명을 전하면 군사고 뭐고 없어. 아예 피곤죽을 만들어 버릴 줄 알아."

좌패천이 가등전에게 주먹을 쥐어 보이며 말했다.

"아, 알겠습니다."

가등전이 탁자 밑으로 숨어들 듯 벌벌 떨며 대답했다.

현 무림에서 단일 세력으로 최강의 힘을 자랑하는 수라검문의 군사로선 도저히 어울리지 않는 비굴한 모습.

그러나 그것이 그의 진면목이 아님은 좌패천은 물론이고 집무실에 모인 모든 이들이 알고 있었다. 또한 그가 방금 떨어진 좌패천의 명령을 절대 따르지 않을 것이며, 사도천과는 가급적 마찰을 피하라는 명을 내릴 것이라는 것도 잘 알고 있었다. 당연히 좌패천은 그의 행동을 모른 척할 것이고.

"쯧쯧, 잘한다. 군사라는 인간이!"

탁자 밑에서 고개를 빼꼼히 내밀고 있는 가등전을 보며 한심해하는 표정으로 혀를 차던 좌패천이 뭔가 생각났다는 듯 바로 왼편에 앉은 노인을 향해 고개를 홱 돌렸다.

"그나저나 나흘잰데 대법은 잘 진행되고 있겠지?"

자신에게 시선이 돌아오는 순간, 이미 그 질문을 예상하고 있던 수라곡(修羅谷)의 곡주 천종보(千宗寶)가 지체없이 대답했다.

"예, 문주님. 저를 포함한 열두 늙은이가 죽을힘을 다해 보살피고 있습니다."

"손톱만큼의 실수도 있어선 안 돼."

"우리 수라곡의 늙은이들은 수라검문과 그 아이를 위해 목숨을 걸었습니다. 걱정 말고 맡겨주십시오."

조용히 대답하는 천종보의 말에 좌패천의 표정이 살짝 굳었다. 목숨을 걸었다는 그의 말이 가슴을 울렸기 때문이다.

"믿지. 암, 믿고말고. 나 좌패천이 한평생을 수라검문을 위해 몸을 바친 원로들을 믿지 않으면 누구를 믿겠어. 데려오라는 자미성의 아이는 두 눈 뜨고 빼앗기고, 오히려 말 잘 듣는 개마냥 엉뚱한 집이나 지키고 온 인간하고는 뭐가 달라도 다르지. 안 그래?"

좌패천이 원래의 자리에서 한참이나 물러나 앉아 한숨을 푹푹 내쉬고 있는 태상장로 강호포에게 시선을 던졌다.

자미성의 기재를 얻고자 수하들을 이끌고 기세 좋게 무석 영가로 향했던 강호포는 소무백의 출현으로 아무런 소득도 얻지 못하고 큰 망신만 당한 뒤 지난밤에야 비로소 수라검문으로 돌아와 있었다.

좌패천의 말에 강호포가 시뻘게진 얼굴로 뭐라 대꾸할 말을 찾지 못한 채 고개를 처박자 평소에 그와 사이가 좋지 않았고 근래 들어선 태상장로의 지위마저 은근히 넘보고 있는 장로 초종(草琮)이 슬쩍 비웃음을 흘렸다.

"태상장로께서 오랜만에 강호에 나서서 그런지 너무 조심스러우셨던 것 같습니다."

"무슨 소린가?"

강호포가 싸늘하게 물었다. 붉게 충혈된 눈은 이미 광기로 번들거렸다. 그렇잖아도 꼭지가 돌 정도로 화가 치솟고 있던 상황에 초종의 한마디는 활활 타오르는 불길에 기름을 끼얹은 꼴이었다.

그의 기세에 잠시 움찔하기는 했지만 초종 역시 내부의 힘겨루기가 무척이나 치열한 수라검문에서 장로의 위치까지 오른 인물로 그 정도에 겁을 먹지는 않았다.

초종이 입가에 띤 미소를 지우지 않고 말을 이었다.

"솔직히 사도천이 우리와 사이가 좋지 않은 것은 사실이나 놈들을 견제한다고 화산에 어부지리를 줘서는 안 되었다는 말입니다. 우리가 취하지 못하면 남도 취하지 못하게 했어야지요."

그러자 초종과 마주하고 있던 마도병(馬刀昞)이 고개를 흔들며 말했다.

"그건 사도천이나 화산파의 문제가 아니라 괴상한 늙은이가 출현하는 바람에… 그 늙은이의 이름이 소무백이었던가요?"

마도병의 물음에 강호포는 금방이라도 폭발할 듯했던 화를 억지로 억누르며 긴 한숨을 내뱉더니 힘없이 고개를 끄덕였다.

"맞네."

"대체 어느 정도의 실력을 지닌 늙은이기에……."

마도병은 차마 뒷말을 잇지 못했다. 강호포의 얼굴이 일그러지는 것을 본 것이다.

"실력은 무슨! 강호에 떠도는 소문이란 믿을 것이 못 되지. 그런 실력을 지닌 늙은이가 지금껏 알려지지 않을 턱이 있나!"

음양팔맥단절지체(陰陽八脈斷切之體) 107

초종이 목소리를 높이며 비난의 강도를 높이자 강호포가 뭐라 반응을 보이기도 전에 말석에 앉아 있던 총순찰 화검종(華劍宗)이 버럭 소리를 질렀다.

"정확히 알지도 못하면서 함부로 말씀하시는 게 아닙니다!"

"흥! 정확히 알 것도 없는 한심한 일이었어."

초종이 단박에 그의 말을 잘랐다.

"말씀이 너무 지나치십니다! 장로께서 말씀하시는 그 늙은 이야말로……!"

벌떡 일어나며 소리치던 화검종은 좌패천과 순간적으로 눈을 마주치더니 곧 말끝을 흐리며 자리에 주저앉았다. 그러자 더 이상 보고 있다간 무슨 사단이라도 날 것이라 여긴 천종보가 서둘러 진화를 하고자 나섰다.

"자자, 어차피 지나간 일이고, 우리는 이미 자미성의 기재를 얻었네. 그만들 하지. 태상장로가 그냥 물러난 데에는 그만한 이유가 있을 것이야."

이미 은퇴한 수라곡의 원로들을 제외하고 집무실에 모인 사람 중 소무백의 진정한 실력을 알고 있는 사람은 문주인 좌패천과 군사인 가등전, 천종보, 강호포, 그리고 이십 년 전 수라검문의 대표로 소무백과 비무를 하다 일 초 만에 피곤죽이 된 총순찰 화검종뿐이었다.

그러나 그것을 알 리 없는 대다수의 사람들은 당시 무석영가에서 벌어진 일로 수라검문이 큰 망신을 당했다고 생각하고 있었고, 그들의 마음을 정확하게 파악하고 있던 초종은 자신에게 찾아온 절호의 기회를 놓치려 하지 않았다.

"그냥 지나간 일이라 덮어두기엔 태상장로의 실수가 너무나 큽니다. 다른 일도 아니고 자미성의 기재를 빼앗겼습니다. 잠재력만 따지면 팔룡 중 으뜸이라 인정받는 기재를 다른 곳도 아니고 화산파에 말입니다. 이상한 늙은이가 어쩌고 하는 말도 안 되는 변명 따위가 아니라 태상장로는 제대로 된 해명을 해야 합니다."

초종이 좌패천을 바라보며 강하게 주장했다.

이곳저곳에서 웅성거리는 소리와 함께 그에게 동조하는 분위기가 만들어졌으나 좌패천은 도리어 같잖다는 표정으로 초종을 바라보고 있었다.

원래는 자미성을 얻기 위해 수라검문에선 강호포가 아니라 좌패천이 직접 나서기로 되어 있었다. 하지만 수라검문과 문주의 체면도 있고 해서 좌패천을 대신해 강호포가 무석영가로 급파된 것이었다.

조금 전, 그냥 화가 치밀어 한소리 던지기는 하였으나 소무백이 개입한 이상 강호포의 실패가 필연일 수밖에 없다는 것을 좌패천은 잘 알고 있었다.

소무백이 나타났다면 설사 그가 직접 나섰다고 해도 결과는 마찬가지였을 터, 좌패천은 그 자리에 자신이 없었다는 것에 내심 안도의 한숨을 내쉬며 오히려 강호포가 자신을 대신해 망신을 당한 것을 고맙게 여기는 중이었다.

게다가 그는 초종이 어떤 마음으로 강호포를 탄핵하고 있는지 모르지 않았다. 물론 그의 의도대로 강호포에게 책임을 지우고 싶은 마음은 눈곱만큼도 없었다.

문득, 어찌 알았는지 석 달 전 은밀히 찾아와 자신과 강호포의 면전에서 자미성의 기재를 위해 수라검문의 기둥뿌리가 흔들릴 정도로 막대한 출혈을 감수하며 힘들게 구해놓은 공청석유를 강탈해 간 소무백의 징그러운 얼굴이 떠올랐다.

'웬수 같은 늙은이!'

그나마 절반 정도를 미리 복용시켰기에 망정이지 그렇지 않았다면 몽땅 빼앗길 뻔하지 않았던가. 생각만 해도 속이 부글부글 끓어올랐다. 한데 그것을 알 리 없는 초종은 자신의 입지를 강화하기 위해 자꾸만 신경을 긁어댔다.

"문주님, 이대로 덮어서는 안 됩니다. 수라검문의 기강을 바로잡기 위해서라도 태상장로의 잘못에 대해······."

"그만."

더 이상 참지 못한 좌패천이 초종의 말을 막았다.

"예?"

"그만 닥치라고!"

좌패천이 불편한 심기를 드러냈다.

설마하니 좌패천이 그런 반응을 보일 줄 미처 몰랐던 초종이 움찔하며 자리에 앉고 이미 그런 상황을 예견하고 있던 천종보는 혀를 차며 고개를 흔들었다.

"태상장로의 실수에 대해선 나도 생각하는 바가 있으니 더 이상은 거론하지 마라."

좌패천이 선언하듯 말했다. 하지만 그 말이 끝나기가 무섭게 한 노인이 자리에서 일어났다.

그를 본 좌패천의 얼굴이 무참히 일그러졌다.

'저, 저 늙은이가 또!'

무소불위(無所不爲)의 무지막지한 권력을 휘두르는 좌패천의 말에 늘 토를 달고 죽어라 대들어대는, 그럼에도 불구하고 수라검문은 물론이고 문주에 대한 충성도에선 타의 추종을 불허해 인정하고 싶지 않아도 인정할 수밖에 없고, 게다가 소싯적 좌패천의 목숨을 구해준 전력까지 등에 업어 어찌할 수도 없는 좌패천의 유일무이한 천적.

집법전(執法殿)의 전주이자 장로 두문불(枓聞不)이 허리를 꼿꼿이 세우고 카랑카랑한 음성으로 말했다.

"그래선 안 되지요. 그리할 수는 없는 것입니다."

"뭐가? 뭐가 또 안 되는 건데?"

좌패천이 짜증나는 표정으로 되물었다.

"자미성의 기재를 놓친 것이 태상장로의 실수인지 아닌지는 정확히 가늠하기 힘드나 초 장로의 말대로 무조건 덮어서는 안 된다는 말입니다."

"생각하는 바가 있다고 했지 무조건 덮는다고는 하지 않았어."

"그 말이 그 말이지요. 그런 식으로 모든 것을 문주 독단으로 처리하신다면 저희 같은 늙은이들이 이 자리에 모일 이유가 없지 않겠습니까?"

"누가 독단으로……."

"이미 그렇게 말씀하셨습니다."

"아니라니까."

"하늘을 가리려 하지 마십시오."

"으으으으."

말을 섞는 것만으로도 골머리가 아픈지 좌패천이 머리를 쥐어뜯었다.

'으… 빌어먹을 늙은이! 내 생명의 은인만 아니면 그냥 확!'

그리할 수 없기에 가슴이 더 답답했다.

좌패천이 한숨을 푹 쉬며 고개를 돌려 버리자 기회를 엿보고 있던 초종이 다시 입을 열었다.

"수라검문의 질서를 유지하는 집법전주의 말은 결코 간과해서는 안 되는 것이며, 아울러……."

어쩌면 수라검문에서 가장 발언권이 강하다 할 수 있는 두문불의 동조까지 얻었겠다, 이참에 아예 쐐기를 박으려고 진지하게 말을 잇던 초종이 말을 끝내지 못하고 안색을 확 구기며 집무실로 통하는 문을 향해 고개를 돌렸다. 문밖에서 말을 이을 수 없을 정도로 소란스런 소리가 들려왔기 때문이다.

끼이이익!

어디가 잘못된 것인지 평소 부드럽기 그지없던 문에서 괴이한 마찰음이 들리는가 싶더니 곧 활짝 열렸다.

"무슨 일이냐!"

문이 열리는 것과 동시에 초종이 신경질적으로 물었다.

대답은 들려오지 않았다.

"귓구멍이 처막혔느냐! 무슨 일이냐고 물었다!"

대답은 엉뚱한 곳에서 들려왔다. 아니, 딱히 대답이라고 하기엔 그렇고 반응이라는 것이 적당했다.

말석에, 거기에 문과 맞은편에 앉은 덕에 활짝 문을 열고 집무실로 걸어 들어오는 사람을 가장 먼저 보게 된 행운(?)을 누리게 된 인물은 총순찰 화검종이었다.

초종의 주장에 짜증이 날 대로 나서 거만하게 팔짱을 끼고 다리를 꼬고 앉아 한껏 몸을 젖히며 노골적으로 불만을 드러내고 있던 그는 문밖의 인물과 시선이 마주치기가 무섭게 꼬고 있던 다리를 풀고 벌떡 일어났다.

그 동작이 어찌나 빠르고 힘찼는지 앉아 있던 의자가 발랑 나자빠질 정도였다.

"으으으."

화검종은 자신을 향해—사실은 집무실 안으로 들어선 것이었지만—다가오는 노인을 응시하며 어쩔 줄을 몰라 했다.

손은 이미 허리춤에 차고 있는 검을 잡고 있었으나 감히 뽑을 엄두를 내지 못했다.

"싹퉁머리 없는 놈. 어른을 봤으면 인사를 할 것이지."

차가운 일갈과 함께 화검종을 향해 날아드는 것이 있었으니 뻔히 보고 있으면서도 후환이 두려워 피할 수 없는 것. 바로 손바닥이었다.

쫘악!

경쾌한 격타음과 함께 화검종의 몸이 일 장이나 밀려 나가며 벽에 부딪쳤다. 한줄기 핏줄기가 허공을 수놓으며 그의 몸을 따랐다.

"크으으으."

폭포수처럼 쏟아지는 코피를 막을 생각도 못하고 간신히 벽에 기댄 채 노인을 응시하는 화검종의 얼굴에 드러난 것은 당황스러움, 수치감, 살기 따위가 아니라 놀랍게도 공포감이었다.

집무실에 모인 수라검문의 수뇌들은 눈앞에서 벌어진 상황을 이해하지 못했다.

다른 누구도 아닌 수라검문의 총순찰이 아무런 반응도 못해보고 그렇게 나가떨어질 것이라 어찌 상상이나 했겠는가!

물론 괴노인이 모습을 드러내자마자 화검종 못지않게 놀라고 이미 그런 결과를 예측한 사람도 있었다. 특히 수하들 앞에서 어쩌면 일생일대의 위기를 맞게 될 좌패천의 표정은 뭐라 표현하기가 힘들 정도로 참담하게 일그러져 있었다.
 "방금 귓구멍 운운한 놈이 누구냐?"
 화검종에게 간단히 훈계를 내린 노인, 소무백이 슬쩍 몸을 돌리며 물었다.
 그제야 상황을 이해한 이들이 벌떡 일어나며 살기를 드러냈다.
 소무백은 여전히 태연했다. 오히려 더욱 당당하게 소리쳤다.
 "귓구멍 운운한 놈이 누구냐니까? 너냐?"
 소무백이 자신과 가장 인접한 곳에서 누런 이를 드러내고 진득한 살기를 풀풀 풍겨대는 노인을 힐끗거리며 물었다.
 수라검문에 몸을 담은 지 벌써 사십오 년. 환갑에 이르러 호법의 위치에까지 오른 유자충(柳刺衝)은 그런 모욕을 참을 인물이 아니었다.
 "뒈지고 싶어 환장을 했구나!"
 유자충은 말이 끝나기가 무섭게 달려나가 주먹을 휘둘렀다. 순간, 거센 폭풍이 밀어닥쳐도 바람 한 점 들어오지 않는 집무실에 회오리가 몰아쳤다.
 유자충을 지금의 위치까지 끌어올린 광풍권(狂風拳)의 매서운 기세가 소무백을 향했고 주먹이 도착도 하지 않았음에도 소무백의 머리카락이며 옷이 압력을 이기지 못하고 미친 듯이 흔들렸다.

"제법이로군."

감탄인지 조롱인지 모를 한마디 말을 내뱉은 소무백이 일말의 망설임도 없이 권풍의 소용돌이 속으로 걸어 들어가더니 마치 촛불을 끄듯 슬쩍 손을 내저었다. 그러자 그토록 맹렬히 소용돌이치며 불어 닥치던 권풍의 기세가 급격하게 흔들리고 그 틈을 교묘히 뚫어낸 손바닥이 유자충의 얼굴을 노리며 들이닥쳤다.

"헛!"

난데없이 들이닥치는 손바닥에 헛바람을 내뱉은 유자충이 한 걸음 뒤로 물러나며 황급히 주먹을 휘둘러 손바닥을 쳐내고 동시에 몸을 빙글 돌려 발길질을 했다.

그의 발길질에는 만근의 거석이라도 단숨에 박살 낼 만큼 무시무시한 힘이 깃들어 있었다.

수라검문의 호법이라는 지위에 걸맞은 빠른 대응과 적절한 반격에 지켜보던 이들의 입에서 탄성이 터져 나왔다.

그러나 차마 더 이상 보지 못하고 눈을 감아버리는 사람이 있었으니, 과거 유자충과 같은 자신감을 가지고 소무백에게 덤볐다가 팔다리가 부러지고 장이 파열되어 무려 다섯 달이나 병석에 누워 있어야 했던 강호포였다.

'쯧쯧, 차라리 한 대 맞고 말 것이지…….'

강호포와 같은 심정이었던 천종보가 혀를 차며 곧 유자충에게 벌어질 참사에 안타까워했다. 불행히도 그의 예상은 한 치의 어긋남도 없이 들어맞았다.

빠각.

단순한 충돌음도, 그렇다고 격타음도 아닌 괴상한 소리가 들리며 기세 좋게 발길질을 했던 유자충의 입이 쩍 벌어졌다.

얼마나 고통이 큰지 두 눈은 찢어질 듯 부릅떠져 있었으나 입에선 비명조차 흘러나오지 않았다.

"발길… 질을 했단 말이지?"

유자충의 발목을 낚아채 그대로 돌려 꺾어버린 소무백이 왼발을 앞으로 뻗어 바닥을 딛고 있는 다른 한 발의 발등마저 찍어 눌렀다.

"끄아아아악!"

그저 단순히 발을 밟힌 것에 불과해 보였건만 유자충의 입에선 짐승과도 같은 비명이 터져 나왔다.

그 소리가 어찌나 끔찍한지 산전수전 다 겪었다는 수라검문의 수뇌들조차 두 눈을 질끈 감을 정도였다.

"멈춰랏!"

더 이상 보고만 있다간 큰일 나겠다고 생각한 초종이 검을 빼 들며 달려들고 집무실에 모여 있던 이들도 일제히 소무백을 포위하고 나섰다.

 그제야 이미 혼절한 유자충을 내동댕이친 소무백이 좌패천을 지그시 쏘아보며 말했다.

 "한번 해보겠다는 것이냐?"

 "……"

 좌패천은 말이 없었다. 그저 입술을 지그시 깨물고 소무백을 노려볼 뿐이었다.

 "좋다! 나 소무백, 오늘 수라검문의 실력을 보겠다!"

 쾅!

 소무백이 손바닥으로 탁자를 내리찍으며 오연히 소리쳤다. 그러자 실로 믿기 힘든 일이 벌어졌다.

 중앙에 놓인 일곱 개의 탁자 중 하나가, 각각의 두께가 무려 한 자에 무게만도 천 근을 훌쩍 넘고 단단하기가 따를 것이 없다는 자단목 탁자가 산산조각이 나며 사방으로 흩어진 것이었다.

 "덤벼봐라."

 소무백의 전신에서 실로 감당키 힘든 기세가 뿜어져 나오기 시작했다.

 조금 전, 유자충이 일으킨 권풍이 촛불을 살랑이게 할 미풍이라면 소무백을 중심으로 퍼져 나가는 기운은 가히 폭풍과도 비견될 정도였다.

 설마하니 소무백이 그러한 힘을 뿜어낼 줄은 상상도 못한

이들이 주춤거리며 심각한 표정으로 기운을 끌어 모으자 지금껏 침묵으로 일관하던 좌패천이 마침내 입을 열었다.
"그만, 그만 하시구려."
소무백은 기운을 거두지 않았다.
"빨리 물러나!"
수하들을 물리는 것이 훨씬 빠르겠다고 여긴 좌패천이 다급히 외쳤으나 이미 기세를 타기 시작한 수하들 역시 쉽사리 물러서지 않았다.
좌패천의 이마가 꿈틀거렸다.
"이것들이 정말! 빨리 무기 거두지 못해!"
소무백이 그랬던 것처럼 좌패천도 앞에 놓인 탁자를 후려쳤다.
소무백에 의해 산산이 부서졌던 것과는 달리 그가 내려친 탁자는 부서지기는 했어도 그저 몇 조각으로 나뉜 것이 전부였다. 그 차이는 엄청난 것이었다.
'썩을!'
애당초 비교하고 싶은 마음이 없었건만 어찌하다 보니 소무백과의 실력 차를 여실히 드러내게 되어버린 좌패천의 얼굴이 또다시 흉하게 일그러졌다.
이쯤 되면 체면이고 뭐고 없었다.
화를 참지 못한 좌패천이 소무백을 향해 버럭 소리를 질렀다.

"그만 좀 하시오! 네놈들도 빨리 물러나라고 그랬지!"

눈동자가 하얗게 변했다는 것은 그가 폭발하기 일보 직전이라는 것. 그것을 잘 알고 있던 수라검문의 수뇌들이 분분히 무기를 거두고 물러났다.

좌중의 분위기가 조금 가라앉자 좌패천이 다시 차분해진 음성으로 물었다.

"오늘은 또 무슨 일로 온 것이오?"

"왜? 내가 오지 못할 이유라도 있는 것이냐? 뭐가 무서워서?"

소무백이 피식 웃으며 대꾸했다.

"무슨 이유로 왔는지 물었소이다!"

좌패천의 음성이 절로 높아졌다.

그를 바라보는 소무백의 눈빛이 다시 매서워졌다.

"목청 자랑은 저런 허수아비 같은 놈들에게나 해."

소무백이 숨을 죽이고 둘의 대화를 지켜보는 이들을 가리키며 대꾸했다.

"으으으으."

좌패천이 어찌할 바를 모르겠다는 표정으로 소무백을 바라보았다.

천하의 패권을 노리고, 충분히 그럴 능력이 있는 수라검문의 심장부에서 그런 말을 할 수 있는 사람이 또 누가 있을까?

오직 소무백뿐이었다.

익히 알고 있고 경험도 했지만 여전히 적응 안 되는 인물. 절로 기가 질렸다.

"후~ 쓸데없는 말로 서로 기력 낭비하지 맙시다. 원하는 것을 말해보시오. 여기까지 온 이유가 있을 것 아니오."

"마령단(魔靈丹)."

소무백이 간단하게 대꾸했다. 하나, 듣는 좌패천으로선 결코 간단한 말이 아니었다.

"지금… 뭐라 했소?"

"제대로 알아들었으면서 뭣 하러 다시 묻느냐?"

자신이 들은 것이 틀리지 않았다는 것을 확인한 좌패천이 벌떡 일어나 소리쳤다.

"공청석……."

황급히 말을 돌린 좌패천이 입에 거품을 물었다.

"어쨌든 그 일이 있은 지가 겨우 석 달 전이오. 어찌 또다시 마령단을 원한단 말이오?"

"필요해서."

역시 간단한 대답이었다.

"그따위 말 같지 않은 소리를 듣고 싶어한 것이 아니외다!"

좌패천이 버럭 소리를 질렀다.

"그… 따위?"

소무백의 눈가에 스산한 살기가 맴돌다가 사라졌다.
"훗, 수하들 앞이라 이거군. 좋아. 이해 못할 바는 아니니 이번 한 번은 넘어가 주마. 그래도 두 번은 안 돼."
"안 되면 어찌하시겠다는 거요?"
"명줄이 끊기는 수가 있어."
발끈하려는 수하들에게 눈을 부라린 좌패천이 힘주어 대꾸했다.
"이곳은 수라검문이외다."
소무백이 피식 웃으며 대꾸했다.
"나는 소무백이다."
"정말 해볼 생각이오?"
"원한다면."
"이!"
좌패천의 눈가에 살기가 감돌기 시작했다.
수하들은 드디어 좌패천의 분노가 폭발할 것이라 여겼다.
성격이 급하기로, 더구나 그 누구에게도 머리를 숙여본 적도, 숙일 리도 없는 좌패천이 웬 듣도 보도 못한 노인을 향해 그토록 공손히(?) 대했다는 것 자체가 평소의 그를 아는 수라검문 사람들이라면 그 누구도 이해할 수가 없는 것이기 때문이었다.
초종을 비롯하여 수라검문의 수하들이 슬쩍 뒤로 물러났다. 좌패천이 움직이기에 편하도록 자리를 넓혀준 것이었다.

한데 그들의 예상과는 달리 좌패천은 움직이지 않았다.
폭발하지도 않았다.
좌패천은 소무백과 주변의 수하들을 살폈다.
뜨거워졌던 가슴은 차갑게 식었고 머리는 냉정함을 되찾았다.
소무백의 말이 단순한 경고가 아닌, 정말 그리될 수도 있다는 것을 알고 있는 좌패천은 만약 그와 정면으로 충돌을 했을 경우 어떤 결과가 나올지 열심히 머리를 굴리기 시작했다.
아무리 생각을 해봐도 답이 없었다.
'무조건 손해다. 그것도 다시는 회복하기 힘든.'
무조건 피해야 하는 싸움이었다.
"후~"
당장에라도 살수를 뿌릴 것 같던 좌패천이 길게 숨을 내뱉으며 가슴을 토닥였다.
전혀 상상할 수도 없었던 좌패천의 변화에 일부러 자리를 넓히고 명이 떨어지면 당장에라도 공격할 수 있도록 준비를 하던 수하들은 아연실색하지 않을 수 없었다. 한데 이미 그럴 줄 알고 있었다는 듯 지그시 눈을 뜨고 오만하게 그를 노려보고 있던 소무백의 입가엔 보일 듯 말 듯한 미소가 걸려 있었다.
"마령단이 어떤 물건인지 알고나 있는 것이오?"

화를 가라앉힌 좌패천이 조용히 물었다.

"대충은."

"수라검문에도 이제 두 알뿐인 보물이외다."

"한 개만 있으면 돼."

"……."

또다시 불같은 화가 치밀어 올랐으나 좌패천은 입술을 꽉 깨물며 참고 또 참았다.

도통 말이 통하지 않는 인물이다. 문제는 그렇다고 어찌해 볼 수도 없다는 것.

"마령단은 우리 수라검문의 보물. 원한다고 무조건 줄 수는 없소. 아, 물론 줄 수 없다는 말도 아니오."

슬쩍 표정이 변하던 소무백이 어디 계속 말을 해보라는 듯 팔짱을 꼈다.

"마령단을 내주는 대신……."

"문주님!"

"안 됩니다!"

초종과 두문불이 기겁을 하며 좌패천의 말을 끊었다. 그러자 다시 한 번 끼어들면 장로고 뭐고 그 자리에서 박살을 내버리겠다는 강력한 경고의 뜻을 지닌 무시무시한 눈빛으로 말문을 막아버린 좌패천이 말을 이었다.

"그… 물건을… 돌려주시오."

수하들에게 보였던 살벌했던 눈빛과는 달리 그의 음성은

어째 힘이 없었다.
"……."
소무백이 아무런 대답도 하지 않자 좌패천이 약간은 애원조(?)로 말을 이었다.
"가는 것이 있으면 오는 것이 있는 법이오. 이미 공청… 제길, 그 물건까지 가져가지 않았소? 한데 마령단까지 그냥 달라고 한다면……."
좌패천은 차마 줄 수 없다는 말은 하지 못했다. 하나, 그 뒷말을 모를 소무백이 아니었다.
소무백이 이해한다는 듯 선선히 고개를 끄덕였다.
"네 말도 맞다."
"고, 고맙소."
"해서 처음엔 마령단을 얻는 대신 네가 원하는 물건을 주려고도 했었다."
말의 어감이 이상하자 잠시 밝아졌던 좌패천의 표정이 묘하게 변했다.
"그러나 이곳에 와 생각이 바뀌었다. 귓구멍이니 늙은이 운운하는 놈들에게 뭣 하러 그런 선의를 베풀겠느냐?"
좌패천의 얼굴이 똥 씹은 표정으로 변했다.
"하, 하면 이번에도 그냥 달라는 말이오?"
"아니. 그건 아니다. 네놈들이 버릇없이 나왔다고 나까지 그럴 수는 없지. 그저 원래 하려던 계획을 취소해 줄 생각이다."

좌패천이 무슨 말인지 이해를 하지 못하자 소무백이 지나가는 어투로 한마디를 툭 던졌다.

"조금 전까지만 해도 사도천에게 주려고 했었다."

순간, 좌패천은 물론이고 좌패천이 언급한 물건이 무엇인지 알고 있던 천종보와 강호포, 그리고 겨우 몸을 수습한 화검종의 얼굴이 하얗게 질려 버렸다.

"지, 지금 그걸 말이라고 하는……."

좌패천이 온몸을 부들부들 떨며 고함을 치려는 찰나에 소무백이 또다시 한마디를 툭 던졌다.

"안 준다고 했다."

그 한마디에 기운이 쭉 빠진 좌패천이 힘없이 자리에 주저앉고 말았다.

더 이상 소무백과 말을 섞다간 복장이 터져 죽을 것 같았던 좌패천이 강호포를 보며 손짓을 했다.

"가서 가져와."

이미 상황이 이렇게 될 것이라 짐작한 강호포는 땅이 꺼져라 한숨을 내쉬며 어디론가 사라지더니 조그만 옥함 하나를 들고 나타났다.

"빨리… 사라져 주시오."

좌패천이 옥함을 건네며 말했다.

"쯧쯧, 말버릇 하곤. 우두머리라는 놈이 이러니 수하 놈들이 그 모양이지. 아무튼 준다니 잘 받겠다."

 좌패천이 건넨 옥함을 냉큼 받아 챙긴 소무백은 이제 볼일은 다 봤다는 듯 거침없는 걸음걸이로 밖을 향해 걸음을 옮겼다. 그러다가 문득 고개를 돌려 말을 했다.

 "너무 억울해하지 마라. 혹시 아느냐? 사도천의 물건이 네게 올지 말이다."

 그 말과 함께 소무백의 신형은 더 이상 보이지 않았다.

 질식할 것만 같은 침묵이 집무실을 휘감았다.

 머리를 감싸 쥔 채 고개를 푹 숙이고 있는 좌패천도 말이 없었고, 그를 이해하는 사람도, 그리고 눈앞의 상황을 전혀 이해할 수 없었던 이들도 침묵을 지켰다.

 한참 만에 고개를 든 좌패천이 두 눈을 감고 있던 천종보에게 말을 하면서 침묵은 깨졌다.

 "어쩔 수 없었다."

 "알고… 있습니다."

 천천히 눈을 뜬 천종보가 참담한 표정으로 고개를 끄덕였다.

 "싸우고 싶었다. 나 좌패천의 명예를 걸고, 수라검문의 자존심을 걸고 말이다. 그러나 그럴 수가 없었다. 아무리 생각해도 그럴 수가 없었어."

 "이해합니다."

 "그 늙은이를 죽일 수도 있었다. 우리라면 충분히 그럴 수 있는 능력이 있지."

"예, 있습니다. 대신 이곳에 모인 사람 중 최소한 삼 할은 확실히 죽겠지요. 살아남아도 태반은 병신이 될 것이고요. 특히 그의 성격을 감안한다면 다른 사람은 몰라도 문주님만큼은 결코 살아나실 수 없었을 겁니다. 그리고 수라검문은 최소 백 년 동안은 무림에 이름을 내밀지 못할 것입니다. 문주께서는 자존심 대신 수라검문을 살리신 겁니다."

"……."

"조금만, 조금만 더 참으시면 됩니다. 그 아이가 성장하면 지금의 굴욕은 열 배, 아니, 백배로 갚아줄 수 있습니다."

천종보의 말이 위로가 되는지 좌패천의 얼굴이 다소 밝아졌다.

"그럴까?"

"그럴 수 있습니다. 그러기 위해서 저와 수라곡의 늙은이들이 목숨을 걸고, 문주님께서 방금과 같은 치욕을 참으신 것이 아니겠습니까?"

"그렇지. 암, 그렇고말고. 군자의 복수는 십 년이 걸려도 늦지 않다고 했다. 나 좌패천, 군자는 아니나 그 정도 인내력은 지닌 사람이지."

의기소침했던 좌패천이 비로소 예전의 모습으로 돌아왔다. 그리고 소무백이 남긴 마지막 말을 곱씹을 여유도 생겼다.

"홍, 사도천 놈들도 고생깨나 하겠군. 우리가 마령단이니 사도천이라면……."

"사정(邪精)이겠지요."

"그렇지. 흐흐흐. 우리야 여유라도 있지. 놈들은 그거 하나 잖아. 미칠 노릇이겠군."

자신이 당할 땐 몸서리치도록 치욕적이고 끔찍한 일이었으나 남이 당할 땐 무척이나 통쾌한 일. 사도천이 소무백에게 어떤 봉변을 당할지 떠올리자 웃음밖에 나오지 않았다.

바로 그때, 노인의 정체에 대해 궁금함을 참지 못한 초종이 조심히 물었다.

"도대체 저 늙은이는 누굽니까? 그리고 그 늙은이가 말한 물건이라는 것이 무엇인지……."

초종을 바라보는 좌패천의 눈빛이 살기로 번들거렸다. 소무백이 던진 말 중 하나를 떠올린 것이었다.

"그러고 보니 늙은이 운운한 놈은… 이미 병신이 됐고."

좌패천의 시선이 기절해 있는 유자충에게 향했다가 다시 초종에게 돌아왔다.

"귓구멍 운운한 놈은 바로 너였지?"

"예?"

"에라이!"

좌패천이 그를 향해 손을 뻗자 무려 삼 장의 거리를 격한 장력이 초종의 가슴팍을 후려쳤다.

음양팔맥단절지체(陰陽八脈斷切之體)

"큭!"

피할 엄두도 내지 못하고 가슴팍으로 고스란히 장력을 받아들인 초종이 피를 토하며 비틀거릴 때 좌패천의 몸은 이미 허공을 날고 있었다.

"네놈 때문에, 네놈의 그 경솔한 주둥이 때문에 그 아까운 마령단만 헛되이 날렸다."

노기충천한 좌패천의 주먹이 초종의 온몸을 격타하기 시작했다. 초종이 뭐라 변명을 시도하려 했으나 좌패천은 그가 입을 열 틈을 주지 않았다.

얼마를 그렇게 두들겼을까?

"크으!"

마지막 신음 소리와 함께 초종의 몸이 축 늘어졌다. 그제야 주먹질을 멈춘 좌패천, 내력을 싣지 않아서 그런지 이마엔 꽤나 많은 땀이 흐르고 있었다.

좌패천이 이마에 흐르는 땀을 닦으며 좌중을 쏘아봤다.

"저 늙은이가 바로 무석영가에 나타났던 늙은이다. 너희들이 별것 아니라며 태상장로에게 책임을 묻자고 그 난리를 피우게 만든 늙은이 말이다."

다들 꿀 먹은 벙어리처럼 고개를 처박고 아무런 대꾸를 하지 못했다.

"사람들에게 알려지지 않았지만……."

이어 수라검문의 수뇌들로 하여금 두 눈을 미친 듯이 부릅

뜨고, 입을 쩍 벌리며 경악을 금치 못하게 하는 한마디가 뒤따랐다.

"빌어먹게도 그가 바로 천하제일인(天下第一人)이다."

第五章

기사회생(起死回生)

"후아~"

만총이 이마에 번들거리는 땀을 닦으며 털썩 주저앉았다.

그의 앞에 어른 손가락 길이보다 더 긴 금빛 장침(長針)을 머리에서 발끝까지 온몸에 빼곡히 꽂은 도극성이 쌔근쌔근 자고 있었다.

"참으로 곤란한 놈이로구나."

만총이 고개를 설레설레 내저으며 인상을 찌푸렸다.

소무백이 만총이 열거한 영약을 구하러 떠난 이후, 시도 때도 없이 의식을 잃고 사경을 헤매는 도극성의 명줄을 유지하기 위해 만총이 기울인 노력은 상상을 불허할 정도였다.

인명원에 있는 귀한 약재란 약재는 모조리 동원했고, 알고 있는 모든 처방과 침술을 사용해 치료를 했다.

하나, 아무리 귀한 약재, 신묘한 침술에도 효과는 극히 미미했으며 도극성의 병세는 좀처럼 나아지지 않았다. 오히려 시간이 가면 갈수록 더욱 위태로운 지경에까지 이르게 되었고, 결국 황실을 떠나선 결코 사용해서는 안 되는, 오직 황실의 어의에게만 비전으로 내려오고 황족에게만 사용해야 한다는 금제가 있는 잠령회혼금침대법(潛靈回魂金針大法)까지 사용을 하고서야 비로소 급격히 악화되는 상황을 막을 수 있었다.

방금 전, 저승 문턱에서 놀고 있던 도극성을 구한 것 역시 잠령회혼금침대법이었다.

"후~ 더 이상 버티기가 힘들 것인데……."

아무리 생각해도 한계였다.

비록 잠령회혼금침대법이 숨이 끊어진 지 만 하루만 넘지 않으면 그 어떤 사람도 살릴 수 있다는 말이 있을 정도로 뛰어난 침술인 것은 사실이나 한 사람에게 연거푸 사용할 경우 그 효과가 현저히 떨어진다는 단점이 있었다.

도극성에게 처음으로 잠령회혼금침대법을 사용했을 때만 해도 곧바로 의식을 회복했지만 조금 전 시술했을 때는 정상적인 호흡을 찾기까지 무려 반 시진이 넘게 걸렸다. 어쩌면 다음엔 영영 의식을 회복하지 못할 수도 있었다.

"벌써 한 달이 넘었건만 대체 언제까지 버티라는 것인지!"
만총이 신경질적으로 소리를 지르자 마치 기다렸다는 듯 한줄기 대답이 들려왔다.
"투덜대지 마라. 네놈이 원한 약재들이 워낙 구하기 힘들어서 시간이 조금 더 걸렸던 것이니까."
"으, 으악!"
만총이 기겁을 하며 뒤로 나자빠졌다.
그의 앞에 언제 나타났는지 소무백이 서 있었다.
"후~ 네놈을 믿는 것이 과연 잘하는 짓인지 모르겠다."
소무백이 엉금엉금 기어서 겨우 몸을 추스르는 만총을 보며 한숨을 내쉬었다. 하는 짓이 영 믿음이 가지 않았다.
"오, 오셨습니까?"
만총이 겨우 정신을 수습하고 물었다.
"아이는?"
"아직까지는 무사합니다."
만총의 대답에 그의 어깨 너머로 도극성을 살피던 소무백이 조그만 주머니 하나를 건넸다.
"네가 원한 것이다."
만총은 두말하지 않고 주머니를 열었다. 그리고 소무백이 구해왔다는 물건을 하나씩 꺼내기 시작했다.
그의 손에 의해 가장 먼저 모습을 드러낸 것은 조그만 옥함이었다.

"이것이 무엇입니까?"

"열어보면 알 것이고."

소무백이 퉁명스레 대꾸했다.

"……"

소무백에게 질문을 한 것 자체가 실수라는 생각을 한 만총이 천천히 옥합을 열었다.

그윽한 약향이 방 안으로 퍼져 나갔다.

수십 년간 다루어보지 않은 약재가 없는 만총도 눈을 부릅뜨고 놀랄 정도로 환상적인 향기. 하지만 그는 역시 만만한 의원이 아니었다. 만총은 방 안 가득 퍼지는 향기에서 뭔가 이질적이고 위험한 기운이 스며 있음을 본능적으로 느끼고 있었다.

"마령단이라는 것이다."

"음."

소무백의 말에 만총의 표정이 딱딱하게 굳었다.

무림과는 별개의 세상에 살고 있었다고는 해도 과거 암흑마교의 비전이자 지금은 수라검문으로 이어진, 소림의 대환단과 버금갈 정도로 뛰어난 효과를 지녔다는 마령단을 모를 만총이 아니었다.

"네 말대로라면 마령단은 팔맥 중 유난히 정기가 강한 대맥을 중화시킬 수 있을 것이다. 아니더냐?"

"예? 아, 아니요. 그, 그렇기는 하지만……."

설마하니 마령단을 구해올 줄은 꿈에도 몰랐던 만총이 급한 손길로 나머지 물건들을 꺼내기 시작했다. 그리고 그는 곧 믿기 힘든 일을 직면하게 되었다.

그 어떤 영단과도 비할 수 없다는 소림사의 대환단, 극음의 기운을 지닌 사정, 단 한 알이면 평범한 사람도 우화등선(羽化登仙)시킬 수 있다는 태을신단(太乙神丹)을 비롯하여 각기 고유의 성질을 지닌 영단과 영초들이 모습을 보였다.

"극양의 성질을 지닌 만년화리는 대환단으로, 극음지기를 품고 있는 천년설련실은 사정으로 대치하면 될 것이다. 그리고 음교맥에 흐르는 음기는 금관해룡(金冠海龍)의 뿔이면 충분히 중화시킬 수 있을 터. 그 밖에도 각기 다른 성질을 중화시킬 수 있는 약재를 구해왔다. 이제는 네가 나설 차례다."

"……."

만총은 멍한 눈을 들어 소무백을 바라보았다.

난생처음 보는 병증을 치료할 자신이 없어 되는대로 떠들어댄 것이거늘, 설마하니 그 모든 약재를 구해올 줄은 꿈에도 생각지 못했다. 게다가 그가 알기로 소림의 대환단이나 마령단, 사정 등은 무림을 좌지우지할 수 있는 거대 세력들의 보물이나 마찬가지로 구하고 싶다고 구할 수 있는 것이 아니었다.

무엇보다 그런 귀한 영단, 영초들을 고작 한 달 남짓한 시간 동안 구해올 수 있는 인간이 존재하리라고는 생각조차 해보지 못했다.

　어쨌든 소무백은 그가 원하는 약재들을 구해왔다. 이제는 그것들을 이용해 도극성을 치료하면 되었다. 문제는 그 역시도 치료할 자신이 없다는 것.

　"왜 말이 없느냐? 설마하니……."

　소무백의 눈이 가늘어졌다.

　"아, 아닙니다. 합니다. 할 수 있습니다."

　할 수 없어도 해야 했고, 할 수만 있다면 염라대왕에게 영혼이라도 팔아야 했다. 염라대왕에게 목숨을 저당 잡히는 것이 나았지 소무백에게 목숨을 맡기고 싶은 마음은 추호도 없었다.

　"언제 하려느냐?"

　"내일부터 하겠습니다."

　"내일?"

　"예. 아이의 병세에 약재들의 성질을 최적화시키려면 신중할 필요가 있습니다."

　"알았다. 내 너를 믿겠다."

　믿는다는 마지막 말과 함께 던지는 시선에서 몸서리쳐지는 압박감을 느낀 만총은 자신도 모르게 손을 떨었다. 그리고 눈앞에 펼쳐져 있는 약재들과 도극성을 번갈아 바라보며 하늘이 무너지고 땅이 뒤집히는 한이 있어도 반드시 성공해야 한다고 다짐에 다짐을 하였다.

도극성의 병을 치료하기 위해 만총이 가장 먼저 사용한 것은 소림사의 대환단이었다.

대환단이 준비된 영약 중 가장 뛰어난 이유도 있었지만 팔맥에서도 가장 핵심적인 독맥과 임맥, 그중에서도 임맥에 충만한 음기를 우선적으로 치료해야 한다는 생각 때문이었다.

시작은 좋았다.

어린아이 주먹만 한 대환단은 도극성의 입술에 닿기가 무섭게 입으로 녹아들어 갔다.

시간이 얼마 지나지 않아 다소 창백했던 도극성의 얼굴이 붉게 달아오르더니 몸에서 약간의 신열이 들끓기 시작했다.

만총은 그 즉시 침술로써 대환단의 기운을 단전에 집중시켰다. 그리고 어느 시점에 이르러 조금씩 임맥으로 이끌었다.

대환단의 강맹한 양기가 접근하자 임맥을 장악하고 있던 엄청난 음기가 미친 듯이 들끓기 시작했다. 아울러 임맥이 지나가는 경혈이 터질 듯 부풀어 올랐다.

생각보다 강력한 저항에 부딪친 양기가 잠시 물러나자 부풀어 올랐던 경혈도 진정을 하는 듯했다.

잠시 후, 대환단의 기운은 전보다 배는 강한 힘으로 다시 임맥으로의 진입을 시도했고 임맥의 음기 역시 필사적으로 대항했다.

두 힘의 충돌에 도극성의 얼굴이며 몸이 불덩이처럼 시뻘겋게 변해갔다.

 만총은 그 힘이 외부로 표출되는 것을 막기 위해 잠령회혼금침대법을 펼치며 필사적으로 제어를 했다.

 그의 노력이 어느 정도 성과를 거뒀는지 임맥에서 음과 양의 거대한 기운이 그토록 격렬한 싸움을 벌이면서도 도극성의 몸에 큰 이상은 없는 것처럼 보였다.

 그렇게 얼마의 시간이 흘렀을까?

 금방이라도 불꽃이 일어날 정도로 붉고 터질 듯 팽창했던 도극성의 몸이 조금씩 정상을 되찾기 시작했다.

 "어찌 되었느냐?"

 초조히 경과를 지켜보면서도 지금껏 단 한 마디도 하지 않던 소무백이 더 이상 참지 못하고 물었다.

 신중히 침을 놓고 진맥을 하던 만총이 지친 얼굴로 물러나 앉더니 실로 긴 한숨을 내쉬었다.

 "후~ 일단 한 고비는 넘긴 것 같습니다."

 "하면 임맥을 막고 있던 음기가 뚫린 것이더냐?"

 "아직은 아닙니다."

 "아니라면?"

 "그저 잠시 한쪽 자리를 내준 것에 불과할 뿐입니다. 대환단의 양기가 정순하고 강맹하나 임맥을 막고 있던 음기 역시 이에 못지않습니다. 결코 쉽게 끝날 싸움이 아닙니다."

 "음."

소무백이 이해를 했다는 듯 고개를 끄덕였다.
바로 그 순간이었다.
찢어질 듯한 울음소리와 함께 도극성의 몸이 육지로 낚아 올린 물고기마냥 벌떡 뛰어올랐다. 그리곤 사지를 부르르 떨며 경기를 하기 시작했다.
"무슨 일이냐?!"
소무백이 깜짝 놀라 소리치고, 그가 소리를 지르기도 전에 이미 손목을 낚아채 진맥을 시작한 만총의 표정이 심각하게 굳어졌다.
"어찌 된 것이냐니까?!"
소무백이 거듭 물었지만 만총은 대답하지 않았다. 더욱더 심각한 표정으로 진맥에 열중할 뿐이었다.
"이!"
당장에라도 후려칠 기세로 손을 치켜 올렸지만 도극성의 목숨이 그에게 달려 있는지라 소무백은 차마 내려치지 못했다.
딱딱하게 굳은 얼굴로 진맥을 하던 만총이 고개를 홱 돌리더니 빠르게 말했다.
"칠맥의 기운이 움직였습니다."
"칠… 맥의 기운이 움직여?"
소무백이 이해를 할 수 없다는 표정을 지었다.
"최대한 임맥으로 유도를 했지만 대환단의 기운이 임맥뿐

기사회생(起死回生) 143

만 아니라 나머지 칠맥까지도 건드린 모양입니다."

"이런! 하면 어찌해야 한단 말이냐?"

"중화시켜야겠지요."

순간, 만총이 무슨 말을 하려는 것인지 이해한 소무백의 얼굴이 딱딱하게 굳었다.

"불가하다. 하나의 맥을 뚫는 데도 저리 힘들어하는데 팔맥을 한꺼번에 뚫으려 하다니, 아이의 몸이 견디지 못해."

"방법이 없습니다. 제 침술로는 칠맥의 기운을 모두 감당키 힘듭니다."

"내가 해보겠다."

소무백이 소매를 걷어붙이며 나섰다. 그러자 만총이 당치도 않다는 표정으로 고개를 저었다.

"그것이야말로 불가한 일입니다. 각 맥에 다른 성질의 기운이 있다고 말씀드렸습니다."

"망할! 그렇다고 이렇게 손을 놓고 있을 수는 없지 않느냐!!"

소무백이 짜증을 부리자 만총은 대답 대신 조심히 진열해 놓은 약재로 고개를 돌렸다. 그리곤 허락을 구하는 눈빛을 보냈다.

한참 동안이나 망설이던 소무백은 시간이 갈수록 심각해져 가는 도극성의 모습을 보며 어쩔 수 없이 고개를 끄덕이고 말았다.

"좋다. 어디 네 마음대로 해봐라. 대신, 반드시 살려야 할 것이다. 반드시!"

무시무시한 위협 속에서 어쨌든 허락을 받은 만총이 도극성의 입을 벌리고 준비된 약재를 하나씩 복용시키기 시작했다.

마령단, 사정, 가루가 된 금관해룡의 뿔, 태을신단에 이어 소무백이 죽을 고생(?)을 하고 구해온 모든 약재가 한꺼번에 도극성의 어린 입으로 사라졌다.

그러자 격렬하게 떨리던 몸이 갑자기 움직임을 멈췄다.

때를 놓치지 않고 만총이 잠령회혼금침대법을 시술했다.

단 한 호흡 만에 백팔 개의 금침이 어린 몸을 빼곡히 뒤덮고, 순간 도극성의 몸에서 금빛의 영롱한 기운이 뿜어져 나오기 시작했다.

하나만 꽂아도 그 자리에서 절명을 하는 치명적인 사혈을, 그것도 시간을 두고 차근차근 시침하는 것이 아니라 한 번의 호흡이 끝나기도 전에 무려 백팔 개의 금침을 꽂으니, 전해져는 내려오되 지금껏 그 누구도 익힌 적이 없다는 잠령회혼금침대법의 최후의 비기가 만총의 손에서 펼쳐진 것이었다.

"오!"

소무백의 입에서 비웃음이 아니라 진정으로 감탄하는 탄성이 터져 나왔다. 지금껏 수많은 의원을 보아왔고 또 암기의 대가를 만나왔지만 만총의 실력에 견줄 만한 인물을 본 적이 없었기 때문이다.

그사이 도극성의 몸에 큰 변화가 일어나기 시작했다.

대환단의 기운에 맞서 크게 일어나 노도와 같이 날뛰다가 자신과 정반대의 성격을 지닌 영약의 기운이 일거에 밀려들자 슬그머니 물러서는가 싶던 칠맥의 기운들이 또다시 엄청난 반격을 가한 것이었다. 아울러 잠시 휴전 상태로 대치하고 있던 임맥에서도 또다시 충돌이 일어났다. 문제는 그러한 충돌이 비단 각 맥에 국한된 것이 아니라 팔맥을 벗어나 몸 이곳저곳으로 움직이며 이어진다는 것이었다.

단전은 물론이고 기경팔맥, 머리에서 발끝까지 온몸에 거미줄처럼 촘촘히 퍼져 있는 세맥에 이르기까지 충돌하지 않은 곳이 없었다.

그 힘을 감당하지 못한 도극성은 이미 오래전에 까무러쳤다.

몸의 모든 혈맥은 크게 부풀어 올라 피부를 뚫고 나올 기세였고, 어리디어린 몸은 거의 두 배가 될 정도로 팽창되어 당장 손을 쓰지 않으면 당장에라도 숨이 끊어질 정도로 위태로웠다.

그나마 만총이 혼신의 힘을 다해 펼친 잠령회혼금침대법의 신묘한 힘이 최후의 폭주를 막고 있었기에 망정이지 그렇지 않았다면 끝장이 나도 한참 전에 끝장이 났을 상황이었다.

"어, 어떠냐?"

소무백이 초조함을 감추지 못하고 물었다.
"모르… 겠습니다. 이제는 하늘에 저 아이의 운을 맡기는 수밖에는……."
만총이 고개를 가로저으며 힘없이 대답했다.
팔맥의 기운과 그와 상충되는 기운이 전신에서 부딪치기 시작하며 만든 힘은 더 이상 침을 놓을 수도 없게 만들었고, 사혈에 꽂은 백팔 개의 침마저 조금씩 밖으로 밀어내고 있는 지금 그가 할 수 있는 것은 사실상 아무것도 없었다. 이후의 일은 솔직히 그의 말대로 하늘에 맡기는 수밖에 없었다. 물론 소무백은 그럴 수가 없었다.
"비켜라!"
도극성의 운명을 그저 하늘에 맡길 수는 없었던 소무백이 만총을 잡아끌었다.
그 순간, 도극성의 몸을 마음껏 날뛰던 기력들에 의해 도극성의 몸에 박혔던 백팔 개의 금침이 일제히 뽑혀 나갔다.
소무백은 자신을 향해 날아드는 금침을 아랑곳하지 않고 손을 뻗었다. 마치 투명한 막이라도 있는 듯 금침은 소무백의 몸까지 도달하지 못하고 모조리 떨어져 내렸다.
소무백은 도극성의 몸을 빙글 돌려 엎드리게 한 후, 명문혈에 손을 대고 지그시 눈을 감았다.
어린 몸을 할퀴고 휩쓰는 여덟 개의 거대한 기운과 그 기운에 맞서 필사적으로 싸우는 또 다른 여덟 개의 기운이 느껴졌다.

  슬그머니 한 개의 맥에 내력을 움직여 보았더니 제대로 반응도 하지 않았다.

  '이 정도였나?'

  소무백의 얼굴이 참담하게 일그러졌다.

  고작 어린아이의 몸에 깃든 힘이 백 년을 쌓아온 내력으로도 쉽게 어찌지 못한다는 것이 도저히 믿을 수가 없었다.

  그렇다고 포기할 수는 없었다.

  다시금 내력을 움직여 보았다.

  그제야 조금 반응이 왔다.

  하지만 그뿐이었다.

  각 맥에서 팽팽히 맞서는 기운들은 다른 그 어떤 힘도 받아들이지 않고 밀어냈다.

  소무백은 갈등했다.

  각 맥에 흐르는 힘이 아무리 강하다 해도 온몸의 내력을 다 동원한다면 충분히 감당할 수 있었다. 다만 팔맥의 힘을 동시에 제어하지 못하면 그 찰나를 이용해 다른 힘이 치고 들어올 수 있었고, 그리되면 도극성은 물론이거니와 그 자신마저 위험해질 수 있었다.

  '어찌해야 하는가?'

  시간이 없었다.

  어찌 되든 결정을 내려야 했다.

바로 그때였다.

아직은 미미하지만 단전을 중심으로 조금씩 힘을 늘리는 또 다른 기운 하나를 감지할 수 있었다.

'공… 청석유? 천우신조로구나!'

단전에서 느껴지는 힘이 바로 일전에 복용시킨 공청석유의 힘이라는 것을 간파한 뒤 심각하기만 했던 소무백의 표정이 다소 밝아졌다. 짙은 어둠 속에서 마치 한줄기 빛을 발견했다고나 할까?

도극성의 명문에 닿아 있던 소무백의 손에서 빛이 난다고 느껴지는 순간, 미중유의 힘이 장심을 통해 도극성의 몸으로 쏟아져 들어가기 시작했다.

그 힘이 우선적으로 작용한 곳은 바로 단전이었다.

소무백이 일으킨 기운은 단전에 잠들어 있는 공청석유의 힘과 자연스럽게 연동하며 꿈틀댔다.

천하제일고수로 인정받는 소무백의 막강한 내공과 그 어떤 영약, 영초도 앞에 놓지 않을 정도로 뛰어난 공능을 지닌 공청석유의 힘이 하나로 합쳐지자 팔맥에 흐르는 기운을 압도할 수 있는 절대의 기운이 만들어지기 시작했다.

찰나의 실수가 돌이킬 수 없는 결과를 가져올 수도 있기에 소무백은 신중에 신중을 기했다. 그는 자신의 힘과 공청석유의 힘이 완전히 하나가 될 때까지 인내심을 가지고 기다렸다.

언제부터인지 소무백의 전신에서 눈부신 서기가 뻗치기

시작했다.

 방 안을 환히 밝히고 주변의 어둠까지 잠식해 들어가는 빛. 어찌나 밝은지 만총이 눈을 뜨지 못할 정도였다.

 마침내 준비가 끝났다.

 소무백의 내력과 공청석유의 공능이 하나가 된 힘이 가장 먼저 향한 곳은 임독양맥이었다.

 임독양맥에 자리한 불보다 뜨거운 양기와 북해의 얼음보다 차가운 냉기를 단숨에 잠재우기 위한 막대한 기운이 좁디좁은 혈맥으로 쏟아져 들어오는 것은 말할 수 없이 무서운 고통일 것이다.

 죽은 듯이 엎드려 있던 도극성의 몸이 펄떡 뛰었다.

 생각보다는 저항이 없었다.

 예상과 달리 비교적 쉽게 임독양맥을 뚫어버린 힘은 나머지 육맥을 향해 무섭게 치달리기 시작했다.

 약간의 저항이 있기는 했으나 육맥 역시 노도와 같이 달려드는 힘에 굴복할 수밖에 없었다.

 단숨에 팔맥을 순회한 힘은 사지백해(四肢百骸)로 퍼져 나가며 도극성의 전신에 기력을 충만케 했다.

 이후, 다시 기경팔맥으로 돌아온 진력은 두 번의 소주천(小周天:기가 임맥과 독맥을 관통하는 것)을 거친 후, 열한 번의 대주천(大周天:기가 기경팔맥을 관통하는 것)을 이루었다.

 이미 막혀 있던 팔맥을 뚫었지만 소무백이 애써 십이주천을 이루려 하는 것은 도극성의 몸에 충만한 기운이 온몸의 관절과 맥락(脈絡)은 물론이고 세맥에 이르기까지 막힘없이 잘 통하여 전신의 신경에까지 완벽하게 보호하고 작용함으로써 내력의 증진은 물론이고 뼈와 살을 튼튼히 하여 차후 무공을 익힐 수 있는 완벽한 신체를 만들어주기 위함이었다.

그러나 그의 욕심이 너무 과했던 것인지 열한 번의 대주천을 마치고 마지막 십이주천을 이루기 직전 도극성의 몸에 은밀한 변화가 일어났으니, 소무백이 일으킨 압도적인 기력에 밀려 조용히 사그라졌던 팔맥의 기운이 단전을 향해 밀려든 것이었다.

소무백이 그것을 느꼈을 땐 이미 너무 늦은 상황이었다.

어찌 손써볼 틈도 없이 기경팔맥에 흐르던 여덟 개의 기운과 상충되는 여덟 개의 기운, 그리고 마지막으로 십이주천의 행공을 끝내고 단전으로 돌아오던 기운이 최후의 충돌을 일으켰다.

꽝!

도극성의 단전에서 오직 소무백만이 느낄 수 있는 거대한 폭발이 일어났다.

그 힘을 이기지 못한 소무백이 뒤로 튕겨져 나가며 벽에 충돌했다.

"크윽."

중심을 잡지 못하고 비틀거리는 그의 입에서 검붉은 핏물이 울컥울컥 쏟아져 나왔다. 한눈에 보아도 결코 가볍지 않은 내상을 당했음이 틀림없었다.
"이, 이럴 수는 없는……."
소무백이 도극성을 향해 힘겹게 걸음을 옮겼다.
안타깝게도 그는 미처 두어 걸음도 내딛지 못하고 그대로 쓰러지고 말았다.
"어, 어르신!"
대답이 없었다.
"어르… 신?"
소무백은 이미 완전히 정신을 잃은 상태였다.
"……."
정신을 잃고 쓰러진 소무백을 바라보는 만총의 얼굴엔 한참 동안이나 묘한 갈등의 빛이 피어올랐다.

"음."
나직한 신음성과 함께 소무백이 정신을 차렸다.
눈을 뜬 소무백은 자신에게 일어난 일을 떠올리다가 번개같이 몸을 일으켰다.
단전으로부터 가슴까지 치고 올라오는 통증에 정신이 아득했으나 안중에 두지도 않았다.
"아이는? 아이는 어찌 되었느냐?"
소무백이 만총의 목줄기를 틀어쥐며 물었다.

"아, 아이는… 캐……."

만총이 제대로 대답을 하지 못하자 소무백이 손을 풀었다. 그러자 몇 번을 캑캑거리며 고통스러워하던 만총이 점점 가늘어지는 소무백의 눈치를 살피며 말했다.

"아이는… 무사합니다."

"오!"

소무백은 자신도 모르게 탄성을 내지르고 말았다.

"또한 아이를 괴롭히던 천형도 완벽하게 치료된 것 같습니다."

"허!"

소무백의 입에서 또다시 탄성이 터져 나왔다.

천형이 치료되었다는 것은 곧 음양팔맥 어쩌고 하는 병증이 치료되었다는 것이고, 더 이상 어린 제자의 목숨을 걱정하지 않아도 됨을 의미했다.

"크하하하하하하!"

소무백의 입에서 천지가 떠나가라 호탕한 웃음소리가 터져 나왔다.

그 웃음에 전염이 된 것인지 어느샌가 만총도 웃음을 터뜨리고 있었다.

하지만 그 웃음이 비명으로 바뀐 것은 실로 순식간이었다.

"캑!"

만총이 비명과 함께 바닥에 나뒹굴었다.

그 앞에 노기충천한 소무백이 살기 어린 모습으로 서 있었다.
"어찌 된 것이냐?"
"무, 무슨 일이신지……."
난데없이 무슨 날벼락인지 이해를 하지 못한 만총이 더듬거리며 묻자 소무백이 쌔근쌔근 자고 있는 도극성을 가리켰다.
"저 아이의 몸이 왜 저러냐고 묻는 것이다."
"팔맥을 막고 있던 기운이 모두 뚫리지 않았습니… 캑!"
만총이 미처 말을 끝내지 못하고 방구석으로 나뒹굴었다.
"그것을 말하는 것이 아니다. 그만한 공을 들였는데 치료는 당연한 것이지. 내가 묻고 싶은 것은 어째서 그 막강했던 기운들이 모조리 사라졌느냐 하는 것이다."
말을 하면서도 분통이 터지는지 소무백이 냅다 주먹을 휘둘렀다.
손에서 뻗어나간 장력에 한쪽 벽면이 그대로 무너져 내렸다.
그렇잖아도 겁을 집어먹고 있던 만총의 얼굴이 그 모양을 보고 새파랗게 질려 버렸다.
"녀석은 하나만 무림에 흘러나가도 다들 눈이 뒤집혀 찾아 헤맬 영약을 한두 개도 아니고 무려 여덟 개를 취했다. 한데 어찌 터럭만큼도 그 힘이 남아 있지 않단 말이냐?"

"그, 그것은 아마도… 팔맥의 기운과 완벽하게 중화된 것이 아니겠습니까?"

"말이 되는… 후~"

버럭 소리를 지르려던 소무백이 애써 숨을 고르며 고개를 끄덕였다.

"좋다. 그렇다 치자. 네 말대로 물론 있을 수 없는 일이겠지만 완벽하게 중화되어 연기처럼 사라졌다고 치자. 그렇다면 단전에 있던 공청석유의 힘은? 그리고 내가 진원지기를 손상해 가며 쏟아 부은 진력은 어디로 사라졌단 말이냐? 임독양맥을 뚫고, 팔맥을 뚫고, 사지백해, 전신의 세맥까지 완벽하게 뚫어낸 그 기운은 어디로 사라졌느냔 말이다!"

"그, 그것을 제가 어찌……."

만총이 울상이 되어 말끝을 흐렸다. 애당초 소무백이 본격적으로 손을 쓰면서는 완전히 방관자가 되어버렸던 그가 도극성의 몸에서 벌어진 일을 알 리가 없었다.

그래도 뭔가를 설명해야 했다.

살기 위해선 그래야 했다.

설명을 하지 못하면 당장 죽일 기세로 노려보는 소무백의 위세에 눌려 만총이 더듬거리며 당시의 상황에 대해 입을 열기 시작했다.

잠시 후, 소무백은 자신이 도극성의 몸에서 폭발한 기운을 감당하지 못하고 기절한 사이 무려 반 시진 동안이나 허공에 떠올라 있던 도극성의 몸에서 마치 꽃과 같은 모양의 세 개의 기운, 그리고 연기와도 같은 오색의 기운이 계속 감싸고 한참을 맴돌다 결국 허공으로 흩어졌다는 말을 듣고는 허탈한 웃음을 터뜨리고 말았다.

그것이야말로 삼화취정(三花聚頂)이요, 오기조원(五氣朝元)의 경지가 아니던가!

그 기운을 제때에 적절히 갈무리하지 못하고 그냥 허공으로 날려 버린 것이었으니, 그야말로 무인의 꿈이라 할 수 있는 등봉조극(登峰造極)의 경지를 눈앞에서 놓쳐 버린 것이었다.

물론 도극성이 갓난아이에 불과하고 본격적으로 무공을 익힌 것도 아니기에 곧바로 그 위력이 발현되는 것은 아니겠으나 만약 허공으로 흩어진 그 기운을 제대로 흡수만 할 수 있었다면 차후 도극성이 지니게 될 잠재력은 무림 역사상 그 누구도 따라오지 못할 엄청난 것이라 할 수 있었다.

"나의… 불찰이로구나. 내가… 내가 멍청하게 정신만 잃지 않았다면……."

소무백은 자신의 능력 부족으로 인해 도극성이 얻을 수 있는 기연을 헛되이 날려 버렸다며 자책했다. 하나, 그것은 이미 돌이킬 수 없는 일이 아니던가.

땅이 꺼져라 한숨을 푹푹 내쉬던 소무백이 도극성에게 고개를 돌리며 말했다.

"제자야, 너무 서운해하지 말거라. 비록 하늘이 내린 기회를 잃기는 했지만 일단 목숨을 건졌으니 이제부터가 시작 아니겠느냐? 그리 아쉬워할 것도 없다."

말귀를 알아들은 것인지 어느샌가 눈을 뜬 도극성이 방긋 웃음을 지어 보였다.

소무백이 도극성의 볼을 부드럽게 어루만지며 말했다.

"그래, 그래. 그렇게 웃는 것이다. 이 사부가 너를 강하게 만들어줄 것이다. 네가 놓친 기연, 그것이 아무것도 아니라 느낄 정도로 말이다. 너는 그저 이 사부만 믿고 따라오면 되느니라."

인생사 모든 일이 뜻대로 되는 것이 아니라는 것을 뼈에 사무치도록 느낄 날이 그다지 머지않았음을 아는지 모르는지 가슴을 탕탕 치며 다짐을 한 소무백이 강보에 싸인 도극성을 안아 들며 만총에게 고개를 돌렸다.

"사, 살려……."

깜짝 놀란 만총이 고개를 푹 숙이자 소무백이 스치듯 지나가며 그의 어깨를 툭 건드렸다.

"애썼다."

두려움에 떨던 만총은 허탈한 표정으로 짧디짧은 한마디를 남기고 순식간에 사라진 소무백을 찾아 그가 사라진 무너진 벽면을 한참 동안이나 멍하니 바라보았다.

무너진 벽을 통해 찬바람이 불어와 그의 정신을 일깨웠다.

"애… 썼다?"

근 한 달간 죽음의 공포와 싸워가며 죽어라 고생을 한 대가가 고작 그 한마디라니!

그래도 더 이상 시달리지 않으리란 생각에, 이제는 두 발 쭈욱 뻗고 잠을 청할 수 있을 것이란 생각에 불만 따위는 생기지 않았다.

"아, 그러고 보니……."

조금 전, 너무 당황하여 미처 전하지 못했는데, 도극성의 몸에 그가 설명한 일을 제외하고도 특이한 현상이 벌어졌었다는 것을 떠올렸다.

"뭐, 알 게 뭐야. 언젠가는 알 수도 있겠지. 모르면 할 수 없는 것이고."

만총은 이제는 소무백과 도극성이라는 이름을 떠올리는 것 자체가 끔찍한지 세차게 고개를 흔들고는 제자를 불렀다.

"염아, 고염이 게 있느냐?"

"예, 사부님."

고염이 득달같이 달려와 허리를 숙였다.

"당분간 쉬어야겠다."

"예?"

"쉬어야겠단 말이다. 한 두어 달 푹 쉴 터이니 일체의 환자를 받지 말거라."

"알겠습니다."

"그리고 인명원 주변으로 듬뿍, 아주 듬뿍 소금을 뿌려라."
"예?"
고염이 이해를 하지 못하자 만총이 버럭 화를 냈다.
"뿌리라면 뿌려!"
"아, 알겠습니다."
고염이 명을 받고 황급히 물러나자 만총은 방금 전만 해도 도극성이 누워 있던 침상에 그대로 몸을 누이며 그 짧은 시간 동안 무려 십 년은 더 늙어버린 초췌한 모습으로 잠을 청했다.

소무백이 주던 죽음의 공포에서 벗어난 지금, 심신은 피곤에 찌들었는지 몰라도 표정만큼은 그렇게 평온할 수가 없었다.

第六章

극과 극

 뙤약볕이 쨍쨍 내리쬐는 오후, 예닐곱 명의 아이들이 냇가에서 멱을 감고 있었다. 옷가지를 벗어놓은 곳에 서책들이 있는 것을 보면 인근 학당에서 공부를 마치고 온 아이들이 틀림없었다.
 한데 서로 어울려 신나게 노는 아이들과는 달리 멀찌감치 외따로이 떨어져 애처로운 시선으로 그들을 바라보는 아이가 있었다.
 터질 듯 부풀어 오른 볼에 눈과 코가 완벽하게 파묻혔고, 출렁이는 뱃살은 헐렁한 옷으로도 감추지 못할 정도였다.
 팔다리 역시 우람하기 그지없었는데, 아이의 키가 또래와 비슷하다고 가정을 했을 때 비대해도 보통 비대한 것이 아니었다.

아이의 이름은 곽월(郭鉞). 천문산(天門山) 산자락에 위치한 조그만 마을에서 늙은 할머니와 단둘이 살고 있는 아이였다.

"하아."

비대한 몸만큼이나 더위를 많이 타는 듯 팔소매로 육수처럼 쏟아지는 땀을 닦는 곽월의 입에서 덩치에 어울리지 않는 한숨이 흘러나왔다.

"집에… 가야 되는데……."

곽월이 힘없이 중얼거리며 주저앉았다.

곽월은 또래와는 다른 외모, 체구 때문에 늘 친구들로부터 놀림과 조롱을 당했고, 심지어 매까지 맞는, 흔히 말해 왕따였다.

지금 한숨을 내쉬고 주저앉아 있는 이유도 아이들 때문에 냇가를 건너서 집에 가지 못하기 때문이었다.

"잠이나… 자자."

경험으로 마냥 기다리는 것은 시간도 가지 않고 지치기만 한다는 것을 알고 있는 곽월은 나무 그늘에 누워 차라리 잠을 청했다. 하지만 그마저도 여의치 않았다. 곽월이 자신들을 몰래 훔쳐보고 있음을 눈치 챈 한 아이가 뒤로 몰래 다가와 그의 귀를 냅다 잡아챘기 때문이다.

"아야야야!"

깜짝 놀란 곽월의 입에서 비명이 터져 나오자 그의 귀를 낚아챈 꼬마가 의기양양한 목소리로 친구들에게 소리쳤다.

"얘들아~ 여기 봐봐! 내가 더위 먹어 누워 있는 돼지 한 마리를 잡았어!"

돼지라는 말에 이미 어떤 상황이 벌어지고 있는지 알아챈 꼬마들이 우르르 몰려들었다.

"왜, 왜 이래?"

곽월이 울상이 되어 말했다. 그는 이미 앞으로 벌어질 일을 예상하고 있었다.

"어휴, 이 땀 좀 봐."

한 아이가 곽월의 이마를 타고 흘러내리는 땀을 가리키며 말했다.

"냄새는 어떻고? 썩은 내가 진동하잖아."

"이, 이러지 마."

곽월이 자신의 머리채를 잡아 흔드는 아이의 손을 잡으며 애원했다. 그러자 손을 잡힌 아이의 눈빛이 매서워졌다.

"이 새끼, 더러운 손으로 어디를 잡아!"

앙칼지게 소리친 아이가 갑자기 발길질을 하자 그 옆의 아이, 또 그 옆의 아이도 돌아가며 마구 발길질을 해대기 시작했다.

곽월은 양손으로 머리를 감싸며 웅크린 자세로 바닥에 납작 엎드렸다. 그러자 쏟아지는 매질이 더욱 매서워졌다.

퍽! 퍽! 퍽!

하루 이틀 해본 솜씨가 아닌 듯 아이들은 조금의 망설임도, 죄책감도 없이 곽월의 몸을 무참히 구타했다.

곽월은 조금의 반항도 하지 못했다. 매를 맞는 것에 이골이 났는지 신음 소리도 흘리지 않았다.

그렇게 얼마의 시간이 흘렀을까?

때리다 지친 아이들이 하나둘씩 떨어져 나갈 즈음 곽월이 슬며시 고개를 들었다. 표정이 밝은 것이 이제 매질이 끝났음을 감지한 듯 보였다.

하나, 안타깝게도 그 표정이 지친 아이들의 자존심을 건드리고 말았으니.

"이 곰 같은 새끼가 정말!"

한 아이가 불같이 화를 내며 옆에 있던 돌멩이 하나를 집어 들었다. 그리곤 추호의 망설임도 없이 등판을 내리찍었다.

돌멩이라 봐야 고작 조약돌 수준에 불과했으나 그래도 맨손에 비하면 무서운 흉기와 다름없었다.

"악!"

등줄기로부터 전해오는 충격에 곽월의 입이 쩍 벌어졌다. 눈동자가 급격히 커지며 사지를 파르르 떨었다.

비로소 반응이 온다는 생각에 지쳐 떨어졌던 아이들의 눈에 생기가 돌았다. 그리곤 저마다 돌멩이 하나씩을 집어 들었다. 아이들에겐 새로운 유희의 시작이었다.

그것을 보는 곽월의 눈에 공포감이 깃들기 시작했다.
퍽! 퍽! 퍽!
돌멩이를 쥔 손이 매섭게 내리꽂히고, 그때마다 곽월의 입에서 끔찍한 비명이 터져 나오더니 얼마 못 가 몸이 축 늘어지고 말았다.
바로 그때였다.
가장 먼저 돌멩이를 든, 그리고 친구들의 움직임을 막은 뒤 어깨를 으쓱이며 최후의 결정타를 날리려던 꼬마를 향해 난데없이 발길질이 날아들었다. 그것도 단순한 발길질이 아니라 두 발을 한데 모은 뒤 온몸의 힘을 다해 날린 날아차기였다.
퍽!
날아차기는 꼬마의 가슴을 정확하게 강타했다.
"악!"
비명 소리와 함께 곽월을 내리찍으려던 꼬마가 발랑 나동그라졌다.
꽤나 충격이 컸을 텐데도 아이는 아픔보다는 창피함 때문인지 냉큼 일어나 자세를 바로 하곤 자신을 공격한 상대를 씩씩거리며 노려보았다.
"너!"
"어때? 아프지? 저걸로 후려칠까 하다가 봐준 줄 알아."
어느샌가 곽월의 앞에 선 꼬마가 어른 주먹만 한 돌멩이를

극과 극 167

가리키며 말했다.

"도극성, 너 이 새끼! 죽었어!"

꼬마가 이글거리 눈빛으로 도극성에게 달려들었다.

도극성 역시 입을 앙다물고 주먹을 꽉 움켜쥐며 정면으로 달려들었다.

어른 흉내를 내기라도 하듯 주먹을 교환하던 둘은 곧 한데 엉켜 바닥을 구르기 시작했다.

뒤엉킨 상황에서 아이들이 할 수 있는 공격이란 뻔했다.

서로 할퀴고, 깨물고, 머리로 들이받고, 꼬집고, 온갖 유치하고 치사한 공격은 다 동원되었다.

"악!"

한참 동안이나 바닥을 구르다 겨우 상대의 몸 위에 올라탄 도극성이 얼굴을 부여잡고 쓰러졌다. 옆에서 지켜보던 아이 하나가 슬그머니 다가와 얼굴에 흙을 뿌린 것이었다.

밑에 깔렸던 아이가 그 틈을 노려 재빨리 위치를 바꾸며 도극성의 몸 위로 올라탔다. 그리곤 마구 주먹질을 해대기 시작했다.

눈도 뜨지 못한 상태에서 결정적인 위치까지 빼앗긴 상황이니 싸움은 끝이 난 것이나 다름없었다.

위에 올라탄 아이는 도극성의 입술이 터지고 코피가 줄줄 흘러내릴 때까지 주먹질을 한 뒤에야 몸을 일으켰다.

"그, 그만 해."

곽월은 엉금엉금 기어와 자신 때문에 구타를 당하는 도극성을 몸으로 감싸 안았다.

온몸이 피투성이가 된 두 아이가 서로 안고 있는 모습은 절로 눈살을 찌푸릴 정도였다.

생각보다 일이 커졌다고 생각했는지 아이들도 더 이상은 손을 대지 않았다.

"재수없는 새끼들! 한 번만 더 엉겨봐! 그땐 아예 죽을 줄 알아!"

도극성의 몸에 올라타 구타를 하던 아이가 이마에 번들거리는 땀을 닦으며 소리쳤다. 얼굴엔 승자의 미소가 지어져 있었다.

아이가 도극성과 곽월에게 마지막으로 발길질을 하고 침을 탁 뱉으며 몸을 돌리자 나머지 아이들이 우르르 몸을 돌려 아이의 뒤를 따라갔다.

도극성과 곽월은 아이들이 사라진 뒤에야 비로소 땅바닥에 사지를 뻗고 나란히 누웠다.

제법 시간이 흐르고 도극성의 입술과 코에서 흐르는 피가 멎을 즈음해서 곽월이 천천히 몸을 일으켰다.

"아퍼?"

"그럼 안 아프겠냐?"

도극성이 퉁명스럽게 대꾸했다.

"그러게 왜 나서? 이기지 못할 게 뻔한데."

"이길 줄 알았지."

"어떻게 이겨? 다들 우리보다 덩치도 크고 나이도 한두 살 많잖아."

"나이는 몰라도 덩치는 아니다. 네가 더 크잖아."

"그런가?"

곽월이 무안한 웃음을 흘리며 뒷머리를 긁자 비로소 통증이 밀려드는지 오만상을 찌푸린 도극성이 입을 열었다.

"그런데 이번엔 또 왜 지랄들이래?"

"그냥……"

곽월이 쓴웃음을 짓자 도극성이 한숨을 내쉬었다.

"하긴, 하루 이틀 일도 아니지. 그나저나 걸을 수는 있겠어?"

"응."

"단단하기도 하다. 난 제대로 일어설 힘도 없는데 말이야. 에구구구! 죽겠다."

도극성은 이제 겨우 열 살 난 꼬마의 것이라고는 보기 힘든 행동거지와 말을 내뱉으며 몸을 일으켰다.

"난 갈란다. 늦으면 우리 영감이 날 죽이려 할지도 몰라."

"여전히?"

"그래. 조금만 늦어도 끝장이야."

도극성이 손으로 목을 그으며 혓바닥을 길게 뺐다.

"하지만 이렇게 다쳤는데도?"

"그런 건 상관 안 해. 왜, 지난번에도 개코 그 자식하고 한 판 제대로 붙었잖아."

"응."

곽월이 고개를 끄덕였다.

모를 수가 없었다.

그때 역시 자신을 보호하다 그랬던 것이니까.

무슨 인연인지 학당에 다니기 시작한 다음날, 곽월은 매섭게 생긴 눈을 가진 할아버지와 그 손에 이끌려 온 도극성을 만나게 되었다. 그리고 상대와는 외모부터 성격, 지능, 말투, 행동거지 등, 모든 것이 극과 극을 이루면서도 알 수 없는 동질감에 누가 먼저라 할 것도 없이 자연스레 친구가 되었으며 또한 함께 왕따가 되었다. 물론 왕따라 해도 친구들에게 당하는 것은 주로 곽월이었고, 강단이 있는 데다가 약간은 유아독존(唯我獨尊)의 성격을 지니고 있는 도극성은 그런 곽월을 위해 싸운 것뿐이었다.

"그때 왼쪽 발목이 거의 부러질 뻔했잖아. 그런데 다리가 왜 다쳤는지, 무슨 일로 그랬는지는 묻지도 않더라. 그저 시간에 늦었다고 어찌나 타박을 하는지. 명색이 사부잖아."

생각만으로도 분한지 도극성이 몸을 부르르 떨었다.

그런 도극성을 보며 곽월이 살에 파묻혀 제대로 보이지도 않는 눈을 씰룩이며 웃음 지었다.

"웃지 마!"

도극성이 버럭 성질을 냈지만 한 번 터진 곽월의 웃음은 멈춰지지 않았다.

한데 언제부터인가 그런 둘을 조용히 바라보는 한 노인이 있었다.

얼마 떨어지지 않은 곳에, 딱히 몸을 숨긴 것도 아니고 자연스레 팔짱을 낀 채 쳐다보고 있음에도 도극성과 곽월은 그의 존재를 전혀 눈치 채지 못하고 있었다.

노인의 눈빛은 너무나 강렬해 마치 금방이라도 불꽃이 뿜어져 나올 것 같았다.

한참 만에 시선을 거둔 노인이 문득 하늘을 올려다보며 한숨을 내쉬었다.

'십 년… 참으로 긴 세월이었다. 드디어… 찾았구나!'

* * *

"후~"

도극성의 입에서 꽤나 긴 탄식이 흘러나왔다.

한숨이 몇 번이나 이어지자 참다못한 소무백이 냅다 소리를 질렀다.

"놈! 어린 녀석이 무슨 할 짓이 없어서 아침부터 그리 한숨이더냐?"

"그냥요."

시큰둥한 대답에 소무백의 미간이 살짝 찌푸려졌다.

도극성의 입에서 그 즉시 변명과도 같은 설명이 흘러나왔다.

"친구 때문에요."

"친구? 곽월인가 뭔가 하는 녀석 말이냐?"

"예."

"그 녀석이 왜?"

"벌써 닷새째 학당에 나오질 않아서요. 오늘도 안 나오면 어쩌나 걱정돼서요."

"쯧쯧, 별일도 아닌 것을 가지고 쓸데없는 걱정을 하는구나. 무슨 사정이 있겠지. 몸이 조금 아프다든가."

"그런 것 같지가 않아요. 그날도 조금 맞기는……."

말을 하던 도극성이 아차 하는 표정으로 황급히 입을 틀어막았다.

그 모습을 보던 소무백이 묘한 웃음을 지었다.

며칠 전, 엉망이 되어 돌아온 도극성의 모습을 상기한 것이다.

본인은 아니라고 하지만 얼굴에 난 상처는 누가 보아도 싸움을 하고 얻어터진 행색이었다. 하나, 본인이 죽어도 아니라 하는데 일부러 캐물을 필요는 없다고 여겨 더 묻지는 않았다. 물론 지난 몇 개월 동안 학당을 다니면서 그런 일이 한두 번이 아니라는 것도 알고 있었으나 시련은 스스로 극복해야 하는 것. 장차 그보다 백배 천배는 힘들고 위험한 무림에 몸담기 위해선 어려서부터 스스로 모든 일을 극복하고 이겨내는 것을 미리부터 익히는 것이 좋다고 여긴 것이다.
 그래도 사부 된 입장으로 관심을 가질 필요는 있었다.
 "하면 너도 맞은 것이냐?"
 소무백의 물음에 도극성이 도리질을 쳤다.
 "아니요. 오히려 놈들을 흠씬 두들겨 주었지요."
 "그… 래?"
 믿지 못하겠다는 듯 소무백이 고개를 갸웃거리자 도극성이 정색을 했다.
 "정말이라니까요. 놈들이 떼거지로 달려들어 조금 다치기는 했어도 박살을 낸 건 나라고요."
 "어련하겠느냐?"
 소무백이 피식 웃음을 터뜨렸다.
 '쯧쯧, 울컥하는 것이나 곧 죽어도 지지 않으려는 성격만큼은 나를 닮았군. 하지만 아직은 몸이 따라주지 않으니 답답하기도 하겠지.'
 도극성을 바라보는 소무백의 눈에 안타까운 빛이 살짝 스쳐 지나갔다.
 지난날, 온갖 영약과 공청석유, 그리고 자신의 진원지기까지 손상해 가며 음양팔맥단절지체를 치료하는 데 성공은 하였으나 그 이후로 문제가 아주 없는 것은 아니었다.

너무 어린 나이에 감당키 힘든 일을 겪어서 그런지 도극성은 평범한 아이들과는 달리 발육이 무척이나 느렸다. 다섯 살이 넘어서야 겨우 걸음마를 떼었고 일곱 살 때까지 제대로 걷지를 못하고 툭하면 넘어져 무르팍이 깨지기 일쑤였다. 그런 점을 보완코자 또다시 몇 가지 영약을 구해 먹여보았으나 이상하게도 아무런 효과도 얻지 못하고 몸 상태는 전혀 개선되지 않았다. 그러다 보니 언감생심 제자로 삼고도 무공을 가르칠 엄두를 내지 못했다. 그나마 지난 겨울을 보내면서 그동안의 세월을 보상이라도 받으려는 듯 급격한 성장을 하고 있어 내심 안도하고 있었다. 늦었지만 이제부터라도 본격적인 무공을 가르칠 수 있을 것이란 생각 때문이었다.

 '그러고 보면 참 신기한 노릇이란 말이야. 신체의 발육은 그리 더디면서 말문은 빨리 터진 것을 보면. 게다가 머리는 얼마나 비상한지… 한데 정말 비상하긴 한 건가?'

 소무백도 판단하기가 힘들 정도로 요상한 도극성의 능력.

 어려서부터 은현선문의 방대한 서고에 푹 파묻혀 살다시피 한 도극성은 아무리 어려운 책이라도 단 한 번 읽는 것만으로 내용을 파악했고 어지간한 책은 슬쩍 훑어보는 것만으로도 통째로 암기를 해버리는 엄청난 능력을 보여줬다.

 처음 그런 도극성의 능력을 알게 되었을 때 소무백은 천하가 떠나가라 웃어 젖히며 하늘이 자신을, 은현선문을 버리지 않았음에 기뻐했다.

하지만 기쁨도 잠시, 그 능력 또한 완벽하지 않음을 깨달은 소무백은 탄식에 탄식을 하고 말았다. 도극성이 지닌 엄청난 이해력과 기억력이 고작 단 하루를 넘기지 못하고 자고 일어나면 마치 사막의 신기루처럼 허망하게 사라져 버린다는 것을 알게 된 것이었다.

학당을 다닌 지 벌써 수개월, 소무백은 아직도 도극성이 두 살도 되기 전에 달달 외워 자신을 기함케 만들었던 천자문(千字文)을 배우고 있다는 것을 상기하며 씁쓸한 웃음을 흘렸다. 그래도 상관은 없었다. 아직 문제가 있기는 해도 도극성이 뭔가 특별한 능력을 지녔다는 것은 충분히 증명이 되었고, 어차피 학당은 공부를 가르치기보다는 학당까지 먼 길을 오고 가며 몸을 튼튼히 하고 또 인간으로서 인간과 살아가는 방법을 배우라고 보낸 것에 불과했기 때문이다.

한데 그런 소무백의 마음을 알 길 없는, 그저 그가 지은 쓴웃음을 다른 쪽으로 이해한 도극성이 가슴을 치며 답답해했다.

"진짜라니까요! 사부가 돼서 왜 제자의 말을 못 믿어요? 내가 놈들을 작살 낸 것이라니까요. 아무튼 그 정도에 학당을 빠질 녀석이 아니에요. 그랬다면 벌써 수십 번도 넘게 빠졌을 테니까요."

대수롭지 않게 듣던 소무백의 표정이 살짝 변했다.

한두 번도 아니고 수십 번이라면 아이들의 싸움치고는 생각보다 심하다는 생각이 들었다.
"수십… 번? 그 정도로 심했단 말이냐?"
"예."
"하면 그동안 너는 뭘 했느냐? 친구라는 놈이."
"……."
도극성은 곽월과 함께 죽어라 싸웠으나 나이나 수적으로 너무 힘들다는 얘기를 하고 싶었다. 그래도 알량한 자존심 때문에 입을 꽉 다물었다.
"허~ 도대체 아이들이 어째서 그런다 하더냐? 그리 괴롭힌다면 어떤 이유가 있을 것이 아니냐?"
그러자 도극성이 진지한 표정으로 입을 열었다.
"그 일로 한 가지 물어보고 싶은 것이 있어요."
평소 진지함과는 거리가 멀었던 도극성이기에 소무백 역시 보다 신중한 표정이 되었다.
"무엇이더냐?"
"반골상이라는 것이 정말 있는 건가요?"
뜻밖의 질문에 소무백의 안색이 절로 굳어졌다.
"반골… 상?"
"예."
"어디서 그런 말을 들었느냐? 혹?"
"딴 건 묻지 마시고 일단 말씀해 주세요. 반골상이 정말 있느냐니까요?"

"흠, 글쎄다."

잠시 생각에 잠기던 소무백이 단정 짓듯 말했다.

"그 모든 것은 사람들의 편견이 만들어낸 잘못된 것이 아닐까 싶구나."

"편견이요?"

"그래. 사람들 말대로 반골상이 있을 수도 있다. 아니, 있으니까 그런 말이 나왔겠지. 하지만 한 사람을 볼 때 그 사람의 인간됨이 아니라 단지 조금 다른 인상이나 특징을 지녔다고 언젠가는 반드시 배반을 할 것이라는 편견을 가지고 본다면 그는 어찌 되겠느냐? 그가 하는 말이며 행동은 무조건 의심의 대상이 되고 말 것이며, 아무리 진정성이 담긴 마음이라 할지라도 무조건 배척을 당할 것이다. 결국 그는 자신이 아닌 타인에 의해 반골이 되고 마는 것이다. 만약 누군가가 그를 편협된 시선으로 보지 않고 그의 말을, 행동을 끝까지 믿어주었다면 어찌 되었겠느냐?"

"……"

"어쩌면 그는 사람들이 흔히 말하는 반골이 되지 않을 수도 있었을 게다."

"그렇… 군요."

도극성이 입술을 꽉 깨물며 고개를 끄덕였다.

"한데 네 친구가 반골상이라더냐?"

"예. 애들 말로 곽월이 반골상이래요. 그래서 마을에 저주가 내린 것이고."

"저주? 그건 또 무슨 말이냐?"

"그 녀석들이 그러는데 곽월이 태어나기 며칠 전부터 마른 하늘에 벼락이 치고 폭풍이 몰려왔대요. 그리고 태어나던 날엔 원인 모를 불이 일어나 마을이 쑥대밭이 되었다나 뭐라나. 뭐, 그 불로 꽤나 많은 사람이 죽은 모양인데, 솔직히 말도 안 되는 헛소리잖아요? 한데 녀석들은 그것이 모두 곽월의 잘못이라 말하는 거예요."

"음."

소무백은 알 수 없는 느낌에 눈살을 찌푸렸다.

"하지만 내가 볼 때는 그건 다 핑계에 불과해요."

"핑계에 불과하다?"

"예. 어리긴 해도 머리가 얼마나 좋은지 학당에서 녀석보다 공부를 잘하는 애들이 없어요. 자기 나이보다 네댓 살은 더 많은 형들도 보지 못하는 서책을 줄줄이 읽어낼 때는 솔직히 얄미울 만도 해요. 그러다 보니 다들 질투를 하는 거예요. 게다가 덩치에 맞지 않게 워낙 착해서 놈들에게 당해도 그냥 웃고 말아요. 그러니 더 괴롭히는 것이고요."

"흠, 그렇게 머리가 좋더냐?"

"예. 웬만한 서책은 한 번 보면 그냥 외워 버려요. 뜻도 완벽하게 파악하고요. 문일지십(聞一知十:하나를 들으면 열을 안다)의 능력을 지녔다고 가르치시는 선생님마저도 깜짝깜짝 놀란다니까요."

 도극성이 그것이 마치 자신의 능력이라도 되는 듯 자랑을 하자 소무백이 콧방귀를 뀌었다.

 "문일지십이라……. 그러고 보니 문백지일(聞百知一:백을 들어야 하나를 안다)인 어떤 놈과는 정말 딴판이로구나."

 "여기서 왜 그 말이 나와요? 자꾸 까먹어서 그렇지, 따지고 보면 녀석도 나한테는 안 된다고요. 알면서 그러시네."

 "뭐, 그럴 수도 있겠지. 단지 하루 동안이라면……."

 "아, 진짜! 자꾸 그러실 거예요!"

 도극성이 언성을 높이며 대들자 소무백이 슬그머니 손을 들어 턱을 쓰다듬었다.

 "지금… 화를 내는 것이냐?"

 깜짝 놀란 도극성이 슬그머니 꼬랑지를 내렸다.

 "아, 아니요. 그건 아니고요."

 "아니면?"

 "전 그냥… 다녀오겠습니다."

 책 보따리를 낚아챈 도극성이 뒤도 안 돌아보고 내달렸다.

 그런 도극성을 물끄러미 바라보던 소무백이 조용히 중얼거렸다.

 "반골상이라……. 한번 내려가 봐야겠구나."

*　　　*　　　*

"어떻게 된 거야?"

도극성이 걱정했던 것과는 달리 건강한 모습으로 학당에 나타난 곽월을 보며 물었다.

"할머니가 많이 아프셨어."

"아, 그랬구나. 지금은 괜찮으셔?"

곽월이 밝은 표정으로 고개를 끄덕였다.

"응. 사부님 덕에 이제는 괜찮아."

"사부님?"

도극성이 의아한 얼굴로 되묻자 곽월이 조금은 난처한 표정을 짓다가 입을 열었다.

"다른 사람한테는 절대 말하지 말라고 하셨지만 극성이 너한테는 말해줄게. 나 사부님 생겼어."

"그래? 언제?"

"그날. 너하고 냇가에서 흠씬 두들겨 맞던 날 우리를 보고 계셨던 모양이야. 네가 간 다음에 집까지 찾아오셨더라고."

"뭐 하시는 분인데?"

"나도 잘 몰라. 눈이 조금 매섭게 생기긴 했는데 그래도 얼마나 인자하신지 몰라. 이것저것 많은 말씀도 해주시고. 게다가 할머니가 아프실 땐 의원처럼 침까지 놓으시더라고. 꼭 할아버지가 생긴 것 같은 느낌이야."

"이야! 그거 정말 잘됐다."

도극성이 진심으로 축하를 해줬다.
"고마워. 아, 그리고 어제는 몇 가지 무공도 가르쳐 주셨다."
"무공을?"
"응. 볼래?"
도극성이 고개를 끄덕이자 곽월이 사뭇 긴장된 표정으로 자세를 잡더니 꼭 춤을 추는 것같이 손과 발을 움직였다.
"그게 무공이야?"
도극성이 약간은 실망한 표정으로 묻자 곽월이 쑥스러운 표정과 함께 히죽 웃었다.
"아직 이상하지? 그래도 열심히 배우면 앞으로 맞고 다닐 일은 없다고 하셨어."
언제나 소극적이던 곽월이 조금은 변한 것 같아 기뻤던 도극성이 엄지손가락을 치켜세우며 격려를 해줬다.
"그래, 열심히 해. 너는 머리가 좋으니까 틀림없이 끝내주는 무공을 익힐 수 있을 거야."
바로 그때였다.
"놀고들 있다."
육 일 전, 그들을 흠씬 두들겼던 아이, 운강이라는 이름을 지니고 있었지만 도극성이 개코라 부르는 아이와 그 무리가 어느샌가 몰려와 있었다.
"그딴 게 무공이면 이건 뭐 호랑이냐?"

운강이 고양이 한 마리를 틀어쥐고 흔들며 비웃음을 흘렸다. 순간, 볼 살에 파묻혀 잘 보이지 않던 곽월의 눈동자가 급격히 커졌다.
"나, 나비야!"
곽월이 무의식적으로 손을 뻗자 운강이 차갑게 노려보며 소리쳤다.
"손 안 치워?"
"그, 그러지 마."
"내가 학당에 고양이새끼 가져오지 말라고 했어, 안 했어?"
"해, 했어."
"그런데 왜 가져와. 내 말이 같잖다 그거야?"
"……."
곽월이 뭐라 말을 하지 못하자 도극성이 발끈해 나섰다.
"네가 뭔 상관인데? 고양이를 데려오든 강아지를 데려오든 그건 이 녀석 맘이잖아."
"바보 새끼. 또 나설 줄 알았다. 넌 입 닥치고 가서 천자문이나 외워. 학당에 다닌 지가 얼만데 아직도 하늘 천이야?"
"반 각이면 다 외워."
도극성이 반발하자 운강이 놀랍다는 듯 눈을 크게 뜨며 과장스런 몸짓을 했다.
"오~ 그래? 한데 그러면 뭐 해? 다음날이면 또 다 까먹는

데. 늙어 뒈질 때까지 하늘 천만 하다 말래?"

"그러게."

"정말 바보라니까."

운강을 따라온 무리가 맞장구를 치며 마구 웃어댔다. 도극성의 얼굴이 매섭게 일그러졌다.

"죽었어!"

"어쭈, 아직 덜 맞았다 이거지. 얘들아."

운강이 턱짓을 하자 무리에서 몇 명이 나와 도극성을 에워싸더니 사방에서 달려들었다.

도극성이 필사적으로 반항했지만 여러 명을 당할 수는 없었다. 결국 며칠 전과 마찬가지로 바닥에 깔려 매질을 당했다.

"그, 그러지 마. 제발."

곽월이 운강의 팔을 잡으며 애원했다. 하지만 돌아온 대답은 차가웠다.

"너나 걱정해, 돼지새끼야."

곽월의 얼굴을 후려친 운강이 나이에 어울리지 않는 차가운 웃음을 흘리며 볼을 잡고 쓰러진 곽월 앞에 고양이를 흔들었다.

"내 말을 무시하면 어찌 되는지 보여주지."

그리곤 애처롭게 떨고 있는 고양이의 꼬리를 잡고는 풍차처럼 빙빙 돌려댔다.

"아, 안 돼!"

운강이 무슨 짓을 하려는지 눈치 챈 곽월의 비명에 가까운 외침에도 불구하고 고양이는 땅바닥에 무참히 팽개쳐졌다.

꼬리를 잡혀 옴짝달싹하지 못한 채 단단히 다져진 바닥에 부딪친 고양이는 짧은 비명과 함께 몸을 파르르 떨다 곧 축 늘어졌다.

"나, 나비야."

까마득히 어린 날, 기억이라는 것이 존재하는 순간부터 함께했던, 도극성을 만나기 전까지 유일하게 친구가 되어주었고 형제가 되어주었던 고양이다. 지금은 비록 늙고 병들어 곧 보내줘야 한다는 것도 어렴풋이 느끼고 있었지만 이런 식은 결코 아니었다.

"아아아!"

머리가 깨져 즉사한 고양이를 향해 기어가는 곽월의 얼굴은 처절했다.

하지만 그마저도 여의치 않았다. 운강이 곽월이 기어오는 때를 기다려 고양이의 시체를 발로 걷어차 버린 것이었다.

붕 떠서 날아가 또다시 처박히는 고양이의 주검.

그것을 멍하니 바라보는 곽월의 눈에서 어느 순간 검은 눈동자가 사라졌다.

"으아아아아!"

벌떡 일어난 곽월이 운강을 향해 돌진했다.

"어, 어!"

운강이 조금은 당혹스런 표정으로 뒤로 물러났다. 지금껏 무수히 많은 매질과 괴롭힘을 당해도 반항이라는 것을 해본 적 없는 곽월의 뜻밖의 행동에 다소 놀란 것이었다. 물론 곧바로 비웃음이 터져 나왔다.

"지렁이도 밟으면 꿈틀대기는 한다지만 어디서 까불어!"

운강이 돌진해 오는 곽월의 몸을 슬쩍 피하더니 다리를 걸었다. 그리곤 다리에 걸린 곽월이 제 힘을 이기지 못하고 쓰러지자 재빨리 위에 올라타 주먹질을 해대기 시작했다.

퍽! 퍽! 퍽!

운강의 주먹이 곽월의 얼굴에 인정사정없이 꽂히기 시작했다.

곽월은 피하려고 몸부림치지 않았다.

때리면 때리는 대로 고스란히 주먹을 맞았다.

눈도 감지 않았다.

어느샌가 사라졌던 눈동자도 제자리를 찾고 있었다. 다만 조금 전과 다른 점이 있었으니, 검은색을 띠어야 할 눈동자에서 붉은 기운이 뻗치고 있다는 것.

운강이 그것을 보고 흠칫 놀랄 때 곽월의 입에서 도저히 인간의 것이라고는 여길 수 없는 음성이 흘러나왔다.

"죽… 일… 테… 야."

말이 끝나는 것과 동시에 운강의 몸이 붕 떠서 나뒹굴었다.

곽월이 손을 쓴 것은 아니었다. 그냥 알 수 없는 기운이 그를 밀어낸 것이었다.

곽월이 천천히 몸을 일으켰다.

머리카락이 하늘로 뻗쳐 올라가고 너덜너덜해진 옷이 요란하게 흔들렸다.

무엇보다 온몸에서 쏟아져 나오는, 도저히 열 살짜리 어린아이가 뿜어내는 것이라고는 믿을 수 없는 끔찍한 살기가 주변을 차갑게 얼려 버렸다.

"으으으."

갑작스레 변한 곽월의 모습을 보며 운강의 얼굴이 하얗게 질렸다.

곽월이 운강을 향해 움직였다.

천천히 걸어오는 것에 불과했으나 그의 살기에 압도당해 버린 운강은 어찌할 엄두를 내지 못하고 벌벌 떨었다. 바지는 이미 축축이 젖은 상태였다.

"죽… 어."

곽월이 운강을 향해 손을 뻗었다.

그 움직임이 조금 전 도극성에게 보여준 춤사위와 비슷했다.

느릿느릿 흐느적거리며 접근한 손이 운강의 가슴팍까지 접근했고, 닿았다고 생각하는 순간 놀랍게도 가슴 어귀를 그대로 뚫고 들어가 버렸다.

다행히 심장에서 조금 벗어나기는 했지만 엄청난 고통에 하얗게 눈을 뒤집으며 입을 떡 벌린 운강은 제대로 비명도 지르지 못하고 그대로 쓰러지고 말았다.

털썩!

운강의 몸이 힘없이 쓰러지고 그의 가슴에서 손을 뺀 곽월이 피가 철철 묻어 흐르는 손을 물끄러미 바라보다가 슬쩍 고개를 돌렸다.

아이들은 바로 옆에서 어떤 일이 벌어졌는지도 모른 채 여전히 도극성을 괴롭히고 있었다.

"죽… 여……."

흐느끼듯 한마디 말을 내뱉은 곽월이 매질에 열중인 아이들을 향해 다가갔다.

"어, 어!"

누군가의 입에서 놀람의 외침이 터져 나오고 아이들이 일제히 곽월을 향해 시선을 돌렸다.

아이들의 눈에 숨 막힐 듯한 살기와 핏물이 줄줄 흘러내리는 손을 앞세우며 다가오는 곽월과 그 뒤로 무참히 널브러져 있는 운강의 몸이 들어왔다.

"주, 죽었나 봐."

"으, 으악!"

아이들은 너나 할 것 없이 비명을 내질렀다. 하나, 도망도 치지 못했다. 그러기엔 곽월이 내뿜는 살기가 너무도 강력했다.

 살기에 얽매인 아이들은 마치 고양이 앞에 바들바들 떠는 생쥐처럼 그저 닭똥 같은 눈물을 흘리고 두려움에 울부짖을 뿐이었다.

 "악!"

 곽월과 가장 가까이에 있던 아이의 입에서 외마디 비명이 터져 나왔다.

 아이는 아랫배를 부여잡고 쓰러졌는데, 얼굴을 땅에 처박는 순간 입에서 핏물이 왈칵 쏟아져 나왔다.

 그것이 시작이었다.

 곽월은 악마의 화신처럼 아이들을 유린하기 시작했다.

 빠르게 움직이지도 않았고 서두르지도 않았다. 그러나 동작 하나하나에 치명적인 살수를 담고 있어 그가 움직일 때마다 아이들은 처절한 비명을 내지르며 쓰러졌다.

 먼저 쓰러진 운강을 포함해 순식간에 주변에 모인 일곱 명의 아이들이 쓰러졌다. 다행히 목숨을 잃은 것 같지는 않았지만 다들 움직이기도 힘들 정도로 심한 부상을 당한 것 같았다.

 "무, 무슨 짓이야?"

 한참 동안 매를 맞다가 겨우 정신을 차린 도극성이 곽월이 저지르는 참상을 보며 기겁을 했다.

 "죽… 여… 버릴… 거야."

곽월은 정확하지도 않은 발음으로 계속 중얼거리며 아이들을 공격했다.
"사, 살려줘!"
곽월이 내뿜는 살기보다는 죽음에 대한 공포가 더 큰 것인지, 아니면 몸에 입은 상처 때문에 비로소 정신을 차린 것인지 아이들이 저마다 비명을 지르며 도망치기 시작했다. 그래 봤자 부상 때문에 굼뜨기 짝이 없었지만.
"으아악!"
엉금엉금 기다가 곽월의 발에 등짝을 밟힌 아이가 사지를 흔들며 울부짖었다.
"도대체 왜 그래? 그만, 그만 해!"
도극성이 곽월을 밀치며 소리쳤다. 그 힘에 두어 걸음 밀려 나간 곽월이 고개를 홱 돌리며 노려봤다.
"헉!"
숨이 턱 막혔다.
전신에 힘이 쭈욱 빠지는 것이 손가락 하나 까딱일 힘이 없었다.
도극성은 아이들이 어째서 도망도 치지 못하고 그렇게 멍하니 당하게 되었는지 비로소 느낄 수 있었다.
하지만 그런 두려움을, 곽월의 살기를 몸으로 느끼는 순간, 도극성의 몸에서도 알 수 없는 기운이 흘러나오기 시작했다.
본인도 의식하지 못하는 사이에 곽월이 뿜어내는 살기, 죽음의 기운과는 정반대로 온화하면서 격동치는 생명력이 도극성의 주변을 에워쌌고 도극성의 움직임을 제어했던 살기는 그 영향력을 잃었다.

도극성은 어떤 힘에 이끌리듯 곽월에게 다가갔다.

두려움은 이미 사라졌다.

붉게 충혈된 눈, 미친 듯이 펄럭이는 머리카락과 의복이 무섭기는 했지만 그래도 친구였다.

곽월의 코앞에 선 도극성이 고개를 흔들었다.

"그러지 마."

"비… 켜."

곽월의 눈에서 더욱 진한 혈기가 뿜어져 나오기 시작했다.

"이 정도만 해도 충분하잖아. 나쁜 놈들이긴 해도 그래도 같이 공부하는 친구야. 그만 해."

도극성은 양손을 쫙 벌리고 곽월의 움직임을 막았다.

"크아아!"

괴성을 지른 곽월이 도극성을 향해 손을 뻗었다.

느릿하기는 해도 치명적인 살수, 운강을 쓰러뜨린 바로 그 움직임이었다.

피해야 한다는 것은 알고 있었지만 왠지 그럴 수가 없었다.

도극성은 질끈 눈을 감았다.

이제 끔찍한 고통이 시작되리라.

한데 뭔가가 이상했다.

제법 시간이 흘렀음에도 아무런 일도 없었다.
도극성이 슬그머니 한쪽 눈을 떴다.
피 묻은 곽월의 오른손이 목덜미에 간발의 차이를 두고 멈춰져 있었다.
그 손을 멈춘 것은 다름 아닌 곽월의 왼손이었다.
"으으으."
곽월이 온몸을 떨고 있었다.
죽여야 한다는 본능과 절대 그럴 수 없다는 뜨거운 감정.
얼굴에 오만 가지 표정이 나타났다가 사라졌다.
격렬히 떨던 곽월의 눈에서 혈기가 사라졌다.
"그, 극성아… 난… 나는……."
흐느끼는 소리로 뭔가를 말하려던 곽월은 미처 말을 끝내지 못하고 힘없이 무너져 내렸다.
"월아!"
깜짝 놀란 도극성이 곽월의 몸을 부둥켜안고 흔들었다.
"정신 차려! 월아, 정신 차려봐!"
곽월은 깨어나지 못했다.
한데 그 순간, 언제 나타났는지 한 노인이 도극성의 등 뒤에 서 있었다.
일전에 냇가에 모습을 드러낸 노인.
곽월이 사부로 삼았다는 바로 그 노인이었다.
그는 도저히 믿을 수 없다는 표정으로 도극성을 바라보고 있었다. 하지만 곽월을 돌보느라 정신이 없던 도극성은 노인이 접근하는 것을 알지 못했다. 물론 알아도 막을 길이 없기는 했다.

'이걸 어찌 받아들여야 하는가? 어찌 이런 꼬마가 이 아이의 살기를 억누를 수 있단 말인가! 설마하니 내가 잘못 판단한 것이란 말인가? 아니다. 절대 그럴 리가 없다. 몇 번이고 확인하지 않았던가.'

고개를 절레절레 흔든 노인의 시선이 무참히 쓰러진 아이들에게 향했다.

'본능을 살짝 일깨워 준 것만으로 이 아이가 엄청난 변화를 보였다. 내 판단은 틀리지 않았다. 그렇다면……'

노인의 시선이 다시 도극성에게 향했다.

'단순히 친한 친구라는 이유 때문인가, 아니면 내가 모르는 다른 무엇인가가 있는 것인가?'

심각한 표정으로 도극성을 살피던 노인의 눈에 이채가 흘렀다. 이미 희미해지긴 했지만 도극성의 몸에서 흘러나오고 있는 묘한 기운을 느낀 것이었다.

정기(正氣)와 선기(仙氣).

곽월이 지닌 힘과는 그야말로 정반대라 할 수 있는 기운.

'설마하니 극성이란 말인가?'

곽월이 손을 멈춘 이유가 비로소 이해가 됐다. 물론 곽월의 몸에 숨은 힘이 완벽하게 깨어나지 못한 상태이기에 가능한 일이겠으나 그것이 장차 어떤 영향을 줄지 몰라 영 마음에 걸렸다.
 '화근은 미리 제거하는 것이 좋겠지.'
 마음의 결정을 내렸다.
 노인의 눈에서 죽음의 기운이 스멀스멀 피어오르기 시작했다.
 '제자의 친구라는 점을 감안하여 내 편안히 보내주마.'
 노인은 동정 같지도 않은 동정을 하며 손을 쓰려 했다.
 하나, 그럴 수가 없었다.
 누군가의 싸늘한 음성이 그를 석상처럼 굳게 만든 것이었다.
 "숨도 쉬지 마라. 머리카락 하나라도 흔들리면 네놈은 죽는다."
 '누… 누가?'
 노인의 얼굴이 딱딱하게 굳었다.
 그가 도극성의 배후로 몰래 접근한 것처럼 누군가 그의 뒤로 접근한 것. 아무리 도극성에게 신경을 빼앗기고 있다 하더라도 결코 있을 수 없는 일이었다.
 그렇다고 명색이 무림의 밤을 휘어잡고 세인들에게 죽음의 공포와 두려움을 심어준 초혼살루(招魂殺樓)의 루주로서 겁을 집어먹을 수는 없었다. 오히려 그런 오만한 말을 지껄인 대가를 톡톡히 치르도록 만들어야 했다. 그것이 당연한 처사였다.

 그러나 그마저도 할 수가 없었다. 그를 지금까지의 위치에 이르게 만든 예리한 본능이 무시무시한 경고를 마구 보내왔기 때문이다.

 스윽.

 단 몇 마디로 초혼살루의 루주 묵운혈월(墨雲血月) 음곡(陰谷)의 움직임을 막은 노인이 그의 어깨를 스치며 지나갔다.

 그 순간, 온몸에 전율감이 밀려들었다.

 음곡은 뭐라 말로 표현할 수 없을 정도로 거대한 힘을 느끼면서 자신이 올바른 판단을 하게 만들어준 본능에 감사, 또 감사를 했다.

 "사, 사부님."

 방금 전의 음성으로 사부의 등장을 알게 된 도극성이 울먹이는 얼굴로 소무백을 바라봤다.

 "이 녀석이 이상해요. 막……."

 도극성은 너무 놀라고 당황한 상태인지라 뭐라 설명을 하지 못했다.

 소무백은 고개를 끄덕이며 곽월의 상태를 살폈다.

 맥박이 미친 듯이 빠르다는 것을 제외하면 몸에 그다지 큰 이상은 없는 것 같았다.

 "괜찮다. 잠시 정신을 잃은 것뿐이야."

 걱정하지 말라는 말로 우선 제자를 진정시킨 소무백이 약간은 떨리는 손으로 곽월의 상의를 살짝 젖혔다.
"음."
순간적으로 옷을 여미는 소무백의 입에서 무거운 신음이 흘러나왔다.
그는 자신도 모르게 도극성을 바라보았다. 동시에 아침나절 도극성이 던진 질문이 뇌리에 떠올랐다.

"반골상이라는 것이 정말 있는 건가요?"

아울러 자신이 해준 대답도.

"그건 사람들의 편견이 만들어낸 잘못된 것이 아닐까 싶구나."

'천… 살성(天殺星)이란 말인가?'
소무백은 곽월의 가슴에서 천살성의 흔적을 발견했다. 그러고 보니 지금은 거의 사라져 없어졌다지만 곽월의 전신에서 은은히 피어오르는 살기가 보통이 아니었다.
'어찌해야 하는가?'
반골상에 대한 생각은 변함이 없었다. 하지만 천살성이라면 이야기 자체가 달랐다.
팔룡전설의 하나로써 천살성은 그야말로 하늘이 내리는

죽음의 기운. 그로 인해 얼마나 많은 이의 목숨이 사라질지 몰랐다.

"사부… 님."

이상한 낌새를 눈치 챈 도극성이 소무백의 팔소매를 붙잡았다. 마치 꼭 그래야 한다는 사명이라도 받은 것처럼 꽉 움켜잡았다.

소무백의 시선이 도극성에게 향했다.

눈물이 그렁한 눈동자에서 곽월을 생각하는 마음을 읽을 수가 있었다.

'하긴 태어나서 처음 사귄 친구일 테니까.'

소무백은 지그시 눈을 감고 한참 동안이나 깊은 생각에 잠겼다.

잠시 후, 천천히 눈을 뜬 그가 도극성에게 말했다.

"사람들이 네 친구에게 반골상이라고 하는 것도 무리는 아니구나. 하나, 일전에 말했듯 단순히 머리의 골격이나 얼굴의 생김새가 그 사람의 운명을 결정짓는 것은 아니다. 문제는 이 아이의 운명 자체가 많은 이들로 하여금 피를 보게 만든다는 것. 필시 그 길을 걸을 수밖에 없다는 것이다."

"사, 사부님."

도극성이 기겁을 하며 도리질을 했다.

"어쩌면 네 친구를 죽여 천 명의 목숨을 구할 수도 있다. 반대로 말하자면 네 친구를 살려 보냈을 경우 천 명의 목숨이 사라질 수도 있다는 말이지."

"모, 모든 것은 그 사람의 마음에 달려 있는 것이라고……."

"그랬지. 하지만 하늘이 정해준 운명이라는 것도……."

"그런 게 어딨어요! 사부님께서 운명이란 건 개척하기 나름이라고 늘 말했잖아요. 한데 지금 와서 하늘의 운명 운운하시면 말이 안 되잖아요!"

도극성이 씩씩거리며 소리쳤다. 그런 도극성의 태도에 놀란 소무백이 눈을 동그랗게 치켜떴다.

"허! 이놈 보게나. 운운이라니? 사부에게 그게 무슨 말버릇이냐?"

"한입으로 두말을 하시니까 그렇잖아요."

"허, 그래도!"

"방금 그러셨잖아요. 하늘의 운명 때문에 제 친구를 죽여야 한다고."

"그런 말은 한 적이 없다."

"예?"

"난 그냥 하늘이 정한 운명으론 그저 그렇다고 말하려는 것뿐이었다."

"그게 그거잖아요!"

"들어보라니까!"

엄한 눈초리로 도극성의 입을 막은 소무백이 착 가라앉은 음성으로 말을 이었다.

"내 너에게 팔룡전설에 대해 말했을 것이다."

"팔룡… 이요? 그런데요?"

팔룡전설이라는 말이 나오자마자 도극성의 얼굴이 일그러졌다.

어릴 적부터, 말귀를 알아듣는 순간부터 듣고 자란 말이 바로 팔룡전설이었고, 전설을 무너뜨려야 한다는 말이었다.

듣기 좋은 소리도 몇 번을 들으면 짜증이 나는 법. 하물며 그다지 좋지도 않은 말을 귀에 딱지가 내려앉을 정도로 듣고 자랐으니 팔룡전설과 팔룡에 대한 반감은 상상을 초월할 정도였다.

도극성의 그런 마음을 익히 알고 있던 소무백이 쓴웃음을 지었다.

"유감스럽게도 녀석이 팔룡 중 하나다."

"예… 예?!"

깜짝 놀란 도극성이 소무백과 곽월을 번갈아 바라보았다.

"하늘은 녀석에게 천살성이란 운명을 지웠다. 예언에 따르자면 곽월이란 녀석은 분명 많은 피를 보게 될 것이다. 주변을 보거라. 안타깝게도 이미 예언은 시작된 것 같구나."

"……."

무참히 쓰러진 학당 친구들을 보며 도극성이 고개를 떨궜다.

"하지만 걱정하지 마라. 지금 이 자리에서 녀석을 해칠 생각은 없으니까."

"사, 사부님!"

그제야 도극성의 얼굴이 환해졌다.

"나는 예전부터 팔룡의 문제는 네게 일임한다고 했다. 팔룡을 무너뜨리는 것, 죽이고 살리는 일도 전적으로 네게 맡긴다고 했다. 친구로 삼든 동료로 삼든, 또는 적으로 삼든 그것 역시 네가 판단할 문제며 결정할 문제다. 그저 내가 원하는 것은……."

"팔룡전설을 무너뜨리는 것이지요."

도극성이 대신 대답했다.

"그래, 바로 그것이다. 난 그것이면 된다."

"약속드릴게요! 제가 하지요! 한다구요!"

도극성이 가슴을 탕탕 치며 소리쳤다.

그것이 얼마나 힘들고 고통스러우며 험난한 길인지 그는 아직 알지 못했다.

"그리 쉬운 일은 아닐 게다. 그들은 어려서부터 승천할 준비를 해왔을 것이야. 반면에 너는 아직 본 문의 내공심법조차 제대로 익히지 못했다. 또한 자질 면에서도… 아니다."

소무백이 한숨을 푹 내쉬며 말을 돌렸다. 하지만 도극성의 관심사는 애당초 딴 데 있었다.

"어쨌든 제 친구를 해치진 않을 거지요?"

"팔룡은 네 차지라고 분명히 말했을 텐데."

"알았어요. 히~"

도극성이 씨익 웃으며 곽월을 부둥켜안았다.

워낙 덩치가 커서 제대로 안을 수도 없었지만 그것만으로도 좋았다.

그런 둘을 보며 소무백은 수심에 잠겼다.

'후~ 잘하는 것인지 모르겠군.'

소무백은 자신의 판단으로 장차 얼마나 많은 인명이 희생될지 걱정이 앞섰다. 다만 운명이든 천명이든 그것은 자신이 아니라 그 아이들의 대에서 해결해야 한다고 여길 뿐이었다.

그렇다고 상황이 완전히 끝난 것은 아니었다.

소무백의 시선이 어찌할 바를 모르고 엉거주춤 서 있는 음곡에게 향했다.

"누구냐, 넌?"

"……."

대답이 없자 소무백의 음성이 한층 싸늘해졌다.

"누구냐고 물었다."

"으, 음곡이라 하오."

음곡이 떨떠름한 표정으로 대답했다.

"음… 곡?"

고개를 갸웃거리던 소무백이 다시 물었다.

"뭐 하는 놈이냐?"

순간, 음곡의 얼굴이 수치심으로 물들었다.

"대답을 못하겠… 아니지. 가만있자……."

발끈하려던 소무백이 뭔가 생각이 났는지 잠시 생각에 잠기더니 곧 입을 열었다.

"음곡이라면 혹시 네가 묵운혈월이냐, 초혼살루의 루주라는?"

"그, 그렇소."

이제라도 자신의 존재를 기억해 주는 것이 고맙다는 듯 음곡이 힘차게 고개를 끄덕였다.

"어딘가 익숙한 느낌이다 싶었다. 그나저나 이것도 인연이라면 인연인 모양이다. 사부라는 놈은 나를 죽이려 했고, 제자라는 놈은 다시 내 제자를 죽이려 했으니 말이다."

뭐라 대꾸를 하고 싶었지만 말뜻을 이해할 수 없었기에 음곡은 침묵을 지킬 수밖에 없었다.

"네 사부가 혹사신(黑死神) 왕교(王狡)라는 놈이렷다?"

"그, 그렇소만… 사부님을 아시오?"

소무백의 입가에 비릿한 미소가 흘렀다.

"알다마다. 잘 알지. 어쩌면 나보다 그놈이 더 잘 기억하고 있겠구나."

"말씀을 삼가주시오!"

음곡이 정색을 하며 소리쳤다.

오래전에 저승으로 간 사부였지만 비렁뱅이에 불과했던

자신을 거두고 지금의 자리까지 끌어올려 준 사람이다.

무엇보다 사부에게 이놈저놈 하는데 참고 있을 제자는 세상천지에 없었다.

그러나 그것도 사람 나름, 그는 오늘 상대를 잘못 골랐다.

"말을 삼가라? 누가 제자 아니랄까 봐 네놈도 그놈만큼이나 싹퉁머리가 없구나."

"……"

음곡의 눈이 착 가라앉았다. 동시에 얼굴에 싸늘히 깔리는 것은 분명 섬뜩한 살기.

"까불지 마라. 내 제자를 죽이려 했음에도 지금껏 참아준 것은 네놈이 내 제자의 하나밖에 없는 친구와 관계가 있는 듯해서였다. 하지만 더 이상은 아니야."

"비록 노인장 눈에 차지 않을지는 모르나 나 음곡, 그렇게 허술한 사람은 아니오."

"허! 어쩌면 네놈 사부와 토씨 하나 틀리지 않고 똑같은 말을 지껄이느냐? 왕교도 그런 말을 지껄이다 단전이 파괴되고 사지가 부러졌지, 아마? 그 길로 다시는 칼을 잡지 못했을 게다."

순간, 음곡의 얼굴에 깔렸던 살기가 언제 그랬냐는 듯 순식간에 사라졌다.

그의 뇌리에 이십여 년 전 어느 날, 살수행에 실패하고 처참한 모습으로 돌아온 사부가 혼절하기 직전에 남긴 말이 떠올랐다.

"무명신군! 그 이름을 반드시 기억해라. 무슨 일이 있어도 그와는 절대로 충돌해선 안 될 것이다."

그날 이후, 사부는 폐인이 되어 삼 년을 넘기지 못하고 숨을 거두고 말았다.
"혹시 노인… 어르신이 무명신군이시오?"
"별로 마음에 들지는 않지만 날 아는 놈들은 그리 부르기도 하지."
다리에 힘이 쫙 빠졌다.
구백구십구 번의 살수행을 성공시킨 사부가 유일하게 실패한 인물. 그럼에도 복수 대신 피하라는 경고까지 하게 만든 인물이 바로 눈앞에 있는 것이었다.
"왜? 계속 덤벼보지 그러느냐?"
소무백의 조롱에도 음곡은 아무런 대꾸를 하지 못했다.
"저 아이와는 어찌 되느냐?"
소무백이 웃음기를 거두고 물었다.
"며칠 전, 제자로 거뒀습니다."
"살수로 키울 생각이냐?"
"……."
"물어볼 필요도 없는 것이었군. 살수 나부랭이의 제자라면 자연히 살수로 키워질 것을. 하나만 더 묻자."

"……."

음곡이 계속해서 침묵을 지키자 소무백의 입꼬리가 살짝 올라갔다.

"계속 입 닥치고 있어라. 영원히 열지 못하게 해줄 테니까."

무시무시한 경고 뒤에 질문이 이어졌다.

"네가 한 짓이냐?"

뜬금없는 질문이었지만 음곡은 질문의 요지를 정확하게 파악하고 있었다.

영원히 입을 닫고 싶지는 않았는지 얼른 고개를 끄덕였다.

"그, 그렇습니다."

"어찌하였느냐?"

"간단한 내공심법과 몇 가지 동작을……."

소무백의 콧잔등에 주름이 잡히자 음곡이 황급히 덧붙였다.

"잠재해 있는 천살성의 살기를 깨우기 위해 음살지기(陰煞之氣)를 살짝 불어넣었습니다."

"단지 그뿐이냐?"

"예."

"음."

소무백은 곽월이 벌인 참상을 살피며 또다시 심각한 고민에 빠졌다.

'천살성은 천살성이란 말인가? 단지 음살지기를 접한 것만으로 이리 돌변하다니. 아무래도……'

소무백은 곽월의 생사(生死)를 두고 고민에 고민을 거듭해야 했다. 하지만 사부를 하늘(?)같이 여기며 따르는 제자에게 한입으로 두말을 하는 옹졸함을 보일 수는 없기에 길게 한숨을 내쉬는 것으로 더 이상의 생각을 접었다.

오히려 음곡에게 충고 아닌 충고를 던졌다.

"네가 더 잘 알고 있겠지만 명색이 천살성을 지닌 아이다. 시답지 않게 삼류 쓰레기들의 목숨 따위나 노리는 시시껄렁한 살수 나부랭이로 키우려면 아예 데리고 가지 마라. 기왕 제자로 삼았다면 그 누구도 범접하지 못할 강자로 키워라. 결코 함부로 움직이지 않되, 한 번 움직이면 무림이 벌벌 떨 정도로 강한 살수. 팔룡전설의 일인답게 네 방식대로 밤의 제왕으로 키우란 말이다."

"그리… 하겠습니다."

"누구에게도 패해선 안 된다. 그 아이에게 패배를 안길 사람은 오직 나의 제자뿐임을 명심해야 할 것이야."

'오히려 그 반대가 될 것이오. 내 그리 만들 것이오. 반드시!'

음곡이 각오를 다졌지만 입 밖으로 내지는 않았다.

"아울러 오늘부로 초혼살루는 문을 닫아야 한다."

"예? 그 무슨……."

"쓸데없는 데 헛심을 쓰지 말고 심력을 다해 제자를 키우라는 말이다. 이것은 경고다. 봉문은 노부의 제자가 무림에 나설 때 풀릴 것이다. 만약 어길 시에는……."

소무백의 전신에서 무시무시한 기세가 피어올랐다.

그 기세는 수십, 수백의 칼날이 되어 음곡의 몸을 훑고 지나갔다.

옷이 찢기고 피부가 갈라지며 피가 사방으로 튀었다.

그래도 음곡은 꼼짝을 할 수가 없었다.

손끝 하나라도 움직이는 순간 온몸이 아예 갈기갈기 찢겨나갈 것임을 알고 있기 때문이었다.

잠시 후, 소무백이 일으킨 기세가 사라지고 음곡은 만신창이가 되어버린 몸으로 우두커니 서 있었다.

전신을 뒤덮은 상처가 꽤나 고통스러울 만도 한데 명색이 무림의 밤을 지배하는 살수의 우두머리답게 그는 얼굴 하나 찡그리지 않았다.

"이해했느냐?"

소무백이 무심한 표정으로 물었다.

"예."

"그럼 됐다. 그리고 이건 조금 전 내 제자를 해하려 했던 벌이다."

소무백의 손이 움직였다.

쫘!

"큭!"

경쾌한 격타음과 함께 그토록 심한 부상을 당하면서도 아무런 반응이 없던 음곡에게서 비명에 가까운 신음이 흘러나왔다.

머리가 핑 돌며 중심을 잡을 수가 없었다.

온몸에 힘이 쭈욱 빠지는 것이 절로 무릎이 꺾였다.

게다가 코에서 흘러나오는 끈적한 액체의 감촉. 별것은 아니었지만 무인에게 그것만큼 수치심을 주는 것은 없었다.

고개를 푹 숙인 채 한쪽 무릎을 꺾고 있던 음곡이 정신을 수습한 것은 제법 시간이 흐른 뒤였다.

"후~ 데리고… 가도 되겠습니까?"

어지러운지 인상을 잔뜩 구기고 여전히 힘들어하는 표정인 음곡을 보며 소무백이 고개를 끄덕였다.

허락을 받은 음곡은 다소 비틀거리는 걸음으로 걸어가더니 곽월을 품에 안고 있는 도극성을 한참이나 응시하다가 곽월을 등에 업었다.

"사부… 님."

도극성이 당황한 눈빛으로 소무백을 바라보았다.

"이런 일을 벌이고 이곳에서 어찌 산단 말이냐?"

소무백의 말에 도극성의 얼굴이 울상이 되었다.

학당의 여러 아이들이 곽월에게 당해 피투성이가 된 지금,

어리긴 해도 그 또한 사부의 말대로 곽월이 예전처럼 학당에 다니며 살 수 없다는 것은 잘 알고 있었다.

"너무 아쉬워하지 말거라. 녀석은 팔룡의 전설을 타고난 운명이고 너는 팔룡의 전설을 깨야 할 몸. 언젠가 다시 만날 날이 있을 게다."

"그래도……."

아쉬움에 도극성은 한참이나 곽월의 손을 놓지 못했다.

음곡과 소무백은 두 아이의 이별을 묵묵히 지켜봐 주었다.

음곡이 발걸음을 내딛고 도극성이 곽월의 손을 놓아야 할 시간이 되었다.

도극성이 조용히 중얼거렸다.

"나중에… 보자. 꼭."

곽월은 여전히 정신을 잃고 있었지만 도극성은 그의 얼굴에서 희미한 웃음을 보았다.

"쳇."

시야에서 음곡과 그의 등에 업힌 곽월이 사라질 때 도극성의 눈에서 애써 참았던 눈물이 흘러내렸다.

그날, 도극성은 유일한 친구를 잃는 슬픔을 맛보았다.

그의 나이 열 살이었다.

第七章

만남

 물결이 조금만 거세도 섬 전체가 물에 잠겨 버린다는 소군산.

 사방 백 장밖에 되지 않는 조그만 섬에 그날따라 엄청난 인파가 몰려들었다. 그래 봤자 이삼십 남짓이기는 하지만 일 년 내내 어부 몇을 제외하고는 찾는 이가 전혀 없다는 것을 감안하면 엄청난 인원이 아닐 수 없었다.

 그들은 은연중 세 무리로 나뉘어져 있었는데, 섬의 북방에 자리한 이들은 화산, 무당, 소림 등 소위 정파라 자부하는 문파들이었고, 정반대 쪽엔 사도천, 그리고 섬의 정중앙엔 수라검문이 차지하고 있었다.

십 년 전, 같은 날, 같은 시각에 모인 이들이 고작 다섯뿐이었다는 것을 감안하면 상당한 변화가 아닐 수 없었다.

"옵니다!"

누군가의 외침이 들려오고, 서로를 잡아먹을 듯 노려보던 이들의 시선이 일제히 한쪽으로 향했다.

아직 안개 사이로 무엇인가가 명확히 보이는 것은 아니었으나 안개를 뚫고 밀려오는 거대한 기운을 느낀 이들은 저마다 바싹 긴장을 했다.

바로 그때, 누군가가 앞으로 나섰다.

현 화산파의 장문인 화산일검 이진한이었다.

열 살 남짓한 어린 소녀가 그의 뒤를 따랐다.

그들은 물결이 발밑까지 출렁이는 곳에 이르러 걸음을 멈추고 공손한 자세로 시립했다. 마치 누군가를 기다리는 것처럼.

화산파의 뒤를 이어 정파무림의 사람들이 하나둘 곁으로 모여들더니 그들과 같은 자세를 취했다.

그러자 소군산에 묘한 기류가 흐르기 시작했다.

각기 다른 문파의 사람들이었지만 그들에겐 단 한 가지 공통점이 있었는데, 바로 소무백에 의해 문파의 신물이나 보물을 빼앗겼다는 것. 그런 상황에서 화산파와 정파인들이 소무백을 영접(?)하기 위해 움직인 것이다.

소무백의 성질을 익히 알고 있는 다른 문파들은 자연 입장이 난처해질 수밖에 없었다.
"망할 놈들! 저리 꼬랑지를 살살 친다고 뭐가 달라진단 말인가!"
수라검문을 대표하는 강호포가 잔뜩 못마땅한 표정을 지었다. 하지만 그의 발걸음은 어느새 소무백이 도착할 곳으로 향하고 있었다.
남은 것은 남쪽에 진을 치고 있는 사도천뿐.
"흥! 잘들 논다."
어느새 사도천의 태상장로가 된 예당겸이 정파에 이어 수라검문까지 움직이자 코웃음을 쳤다.
"우리도 움직여야 하는 것 아니오?"
사도천만큼은 아니어도 한 지역의 패자로 사도천의 듬직한 우군이었던 환환전(幻幻殿)의 전주 혈해마군(血海魔君) 이기(李驥)가 다소 염려스런 말투로 물었다.
"놈들이 저런다고 우리까지 따라 하면 꼴사납지 않겠습니까?"
"그렇지만 무명신군을 생각하면……."
말하기가 민망해서인지 말끝을 흐렸지만 그가 무슨 말을 하고 싶은 것인지 모를 예당겸이 아니었다. 솔직히 그 역시 큰소리를 치고는 있어도 모두들 영접하는 상황에서 사도천만 빠졌을 경우 소무백이 어떤 행동을 할지는 안 봐도 뻔했다. 하나, 이미 뱉은 말인지라 다시 주워 담기도 힘들었다.

만남 215

그런 예당겸의 마음을 이해했는지 이기가 다시 한 번 청했다.

"내 태상장로의 마음을 모르는 바 아니오. 나라고 왜 그런 마음이 없겠소. 그래도 약점이 잡혀 있는 사람은 우리이니 괜히 꼬투리 잡혀봐야 좋을 것이 없소이다. 그냥 눈 딱 감고 저들과 같이 행동합시다."

"자존심이……."

예당겸이 한층 누그러진 음성으로 다시 한 번 빼려고 할 때 안개 사이로 조그만 나룻배의 형상이 아른거렸다. 순간, 예당겸의 맥박이 갑자기 빨라졌다. 그리곤 나룻배와 이기를 번갈아 바라보았다.

예당겸의 속내가 훤히 보였지만 이기는 내색하지 않고 다시 청했다.

"좋은 게 좋은 것 아니겠소이까? 자, 가십시다. 늦으면 더 곤란해집니다."

"전주께서 정 그리 말씀하신다면……."

예당겸은 더 이상 거부하지 못하고 어쩔 수 없다는 표정으로 따라나섰다. 한데 걸음걸이는 이기보다 배는 빨랐다.

예당겸을 보는 이기의 눈에 황당함이 깃들었다.

'쯧쯧, 그리 떨 거면서 처음부터 못 이기는 척하고 따라오면 좋았을 것을.'

동정호의 짙은 안개를 가르며 서서히 앞으로 나아가는 나룻배.

뒷짐을 진 소무백은 뱃머리에, 도극성은 배의 후미에 앉아 있었다.

"준비됐느냐?"

안개 사이로 소군산의 그림자가 언뜻언뜻 보이기 시작하자 소무백이 조용히 물었다.

"예."

"만만치 않은 놈들이다. 다들 무림에서 힘깨나 쓰는 놈들이야. 또 그만한 세력과 실력도 있고."

"예."

"그렇다고 두려워하거나 주눅 들 필요는 없다. 넌 그저 곁에서 사부가 하는 일을 지켜만 보면 되는 것이다."

"예, 사부님."

"아, 그리고 오늘, 어쩌면 장차 네가 상대해야 할 녀석들도 보게 될지 모르겠구나."

'팔… 룡.'

도극성의 뇌리에 팔룡이라는 단어와 함께 정확히 한 달 전, 이별을 하게 된 곽월의 모습이 떠올랐다.

생각을 정리할 틈도 없이 미끄러지듯 수면을 내달리던 나룻배가 마침내 소군산에 닿았다.

약간의 흔들림과 함께 도극성의 상체가 약간 앞으로 기울었다. 그에 비해 선미에 꼿꼿이 서 있는 소무백의 자세엔 아무런 변화가 없었다.
 소무백은 여전히 뒷짐을 풀지 않고 오연한 자세로 자신을 기다리고 있는 뭇 군웅들을 바라보았다.
 "오셨습니까?"
 소군산에 모인 이들이 일제히 허리를 꺾었다.
 "제법 많이 왔군."
 딱히 누구에게 들으라고 던진 말은 아니었기에 대답은 들려오지 않았다.
 소무백은 바람결에 흩날리는 은빛 수염이 제자리를 찾을 즈음 배에서 내렸다.
 "내리거라. 물건 잊지 말고."
 "예."
 재빨리 대답한 도극성은 사부가 맡긴 긴 자루를 백사장에 집어 던진 후 나룻배에서 훌쩍 뛰어내렸다.
 걸음을 옮기던 소무백이 화산파 장문인의 앞에서 문득 걸음을 멈췄다.
 "풀었느냐?"
 소무백이 다짜고짜 물었다.
 다들 영문 모를 물음에 귀를 쫑긋거리며 화산일검 이진한의 대답을 기다렸다.
 "예."

이진한이 정중히 대답했다.
"잘됐군. 그래, 언제 풀었느냐?"
"한 일 년 되었습니다."
"일 년이라면……."
말끝을 흐린 소무백의 눈이 이진한의 왼팔을 잡고 말똥말똥한 눈으로 자신을 응시하는 어린 소녀에게 향했다.
소녀의 얼굴에 잠시 동안 시선을 고정시켰던 소무백이 고개를 돌려 다시 물었다.
"이 아이더냐?"
"예."
"매벽검의 비밀을 풀어낸 것도?"
"그렇습니다."
"훌륭하게 키웠구나. 잠재된 내력도 상당하고. 탈태환골을 한 것을 보니 화산파의 늙은이들이 꽤나 죽어나갔겠군."
"……."
비록 목숨을 잃은 정도는 아니었으나 화산파의 원로들이 그 아이를 위해 온갖 고생을 하며 희생했다는 것을 상기하며 이진한은 쓴웃음을 지었다.
"게다가 겉으로 드러나는 것이 없으니 더욱 좋다."
소무백은 진심으로 만족한 듯 입가에 미소를 띠었다.
그의 웃음을 보는 뭇 군웅들, 특히 정파무림의 사람들은 바싹 긴장했다.

지금껏 소무백의 입가에 웃음이 깃들었을 때 좋게 끝난 적이 단 한 번도 없었다는 것을 떠올린 것이다.

게다가 소무백이 주변의 음파를 차단했는지 언제부터인지 그와 이진한이 나누는 대화가 전혀 들리지 않았다. 대화의 내용을 알 수 없으니 더욱 불안했다.

다행히도 그들이 염려하는 일은 벌어지지 않았다.

이진한과의 대화를 끝낸 소무백은 느긋한 발걸음으로 섬의 중앙으로 움직였고, 뒤늦게 배에서 내린 도극성이 긴 자루를 질질 끌다시피 하며 뒤를 따랐다.

십 년 전 천괴성이 태어나던 날, 소무백이 천하에 자신의 제자라 선언한 아이의 존재를 떠올린 이들이 날카로운 시선으로 그를 살피기 시작했다.

그들의 따가운 시선을 아는지 모르는지 도극성은 그저 낑낑대며 자루를 옮길 뿐이었다.

"어때 보이십니까?"

소림사의 대표로 온 나한전(羅漢殿)의 전주 공성(空性)이 이진한에게 넌지시 물었다.

"글쎄요. 근골은 좋아 보이기는 한데……."

이진한은 말을 아꼈다. 그러자 곁으로 다가온 무당파 장로 청산 진인이 이해하지 못하겠다는 표정으로 말했다.

"그다지 영기가 느껴지지 않습니다. 게다가 아직 본격적으로 무공을 배운 것 같지는 않군요. 아무리 어린아이라지만 저토록 무거운 발걸음이라니……."

다른 사람도 아니고 소무백의 제자이기에, 그 아이를 통해 장차 팔룡의 전설을 깨버리겠다고 선언까지 했기에 더욱 이상했다.

"그 이유가 있겠지요. 우리 같은 사람이 신군의 속을 어찌 알겠습니까?"

이진한이 짧은 한숨과 함께 옆에 있던 어린 소녀, 영운설의 머리를 쓰다듬었다.

영운설은 어린 나이와는 전혀 어울리지 않는 침착한 눈으로 도극성을 물끄러미 바라보고 있었다.

그사이 도극성이 섬의 중앙에 도착하고, 먼저 도착한 소무백은 그가 도착하기를 기다렸다가 자루를 건네받더니 조용히 일렀다.

"이제부터 무림을 휘어잡고 있는 무공이 어떤 것인지 볼 수 있을 게다. 아직 뭐가 뭔지 잘은 모르겠지만 그래도 좋은 기회이니 정신 똑바로 차리고 지켜보거라."

"예."

손짓으로 도극성을 물러나게 한 소무백이 군웅들을 둘러보며 소리쳤다.

"방식을 설명할 필요는 없겠지? 누가 먼저 할 테냐?"

나서는 사람도 문파도 없었다.

매는 먼저 맞는 것이 좋다는 말이 있다지만 이런 식의 경우 뒤로 가면 갈수록 유리하다는 생각 때문이었다.
"한심한 놈들. 그렇게 눈치를 봐서야 어디… 좋다. 네놈들이 결정을 하지 못하겠다면 내가 결정을 해주마."
소무백이 다소 짜증나는 목소리로 소리쳤다. 그리곤 도극성이 운반해 온 자루를 뒤지더니 하나의 물건을 꺼내 들었다.
"이것이 무엇이더라… 그렇지. 공작선(孔雀扇)이로군."
소무백이 자루에서 꺼낸 물건을 흔들자 한 자 남짓한 크기의 부채가 우아한 자태를 뽐내며 쫙 펴졌다.
신병이기가 많기로 소문난 무림에서도 열 손가락 안에 들 정도로 뛰어난 무기가 바로 공작선이었는데 그것은 단순한 무기 말고 다른 의미도 지니고 있었다.
"당가는 어디에 있느냐?"
소무백이 공작선을 살랑거리며 당가를 찾았다. 그러자 좌측에서 조손으로 보이는 두 사람이 걸어나왔다.
"당온(唐穩)이 신군께 인사드립니다."
소무백은 당온의 인사는 거들떠보지도 않고 그와 함께 온, 이제 갓 약관에 이른 나이로 보이는 청년에게 시선을 두었다.
무림을 쩌렁쩌렁 울리는 고수도 벌벌 기게 만드는 소무백의 시선을 받으면서도 청년은 별다른 동요를 보이지 않았다. 오히려 정기 어린 눈빛을 뽐내며 입가엔 담담한 미소를 짓고 있었다.
당온의 안색이 파리해졌다.

소무백의 성격을 익히 아는 터, 행여나 날벼락을 맞을까 걱정한 것이었다. 하지만 소무백은 오히려 그런 당당함을 마음에 들어하는 것 같았다.

"네 이름이 뭐냐?"

"당초성이라 합니다."

순간, 숨죽이며 지켜보던 이들의 입에서 탄성이 터져 나왔다.

"오!"

"문곡성이로구나!"

팔룡전설의 시작을 알렸다 하여 초성이라는 이름을 얻은 당초성.

문곡성의 정기를 받았다는 그가 처음 무림에 모습을 드러낸 것이었다.

이미 어느 정도 짐작하고 있던 소무백이 흥미로운 얼굴로 물었다.

"네가 당가의 대표더냐?"

"아닙니다."

"아니다?"

뜻밖의 대답에 소무백도 꽤나 의외라는 눈치였다. 그러자 당초성 대신 당온이 얼른 나서서 설명했다.

"당가는 비무에 나서지 않을 것입니다."

"어째서? 이것이 필요없단 말이냐?"

소무백이 공작선을 흔들며 물었다.

"공작선은 당가의 가주를 상징하는 것이자 모든 암기술이 집대성된 최고의 무기. 어찌 필요하지 않겠습니까? 다만 이 아이를 위험에 빠뜨리면서까지 얻어야 할 정도로 귀한 것이라 말할 수는 없습니다."

"무슨 뜻이냐?"

"신군께서도 아시겠지만 여타 문파나 가문과는 달리 당가를 상징하는 물건은 종종 변하곤 합니다. 당가에서 만들어진 가장 강한 무기, 암기가 곧 당가의 상징이 되는 것이지요. 다만 오랜 세월 동안 그것이 변하지 않은 것은 공작선을 뛰어넘을 만한 물건이 나오지 않았기 때문입니다."

"하면 이제 당가에서 공작선을 능가하는 무기를 만들었단 말이더냐?"

"그렇습니다."

당온이 뿌듯한 표정을 지으며 고개를 끄덕였다. 그 순간, 소무백은 당온이 아니라 당초성을 응시하고 있었다.

"네가 만들었겠지?"

"만들지는 않았습니다. 원리는 제공을 했지만요."

당초성이 싱긋 웃으며 대꾸했다.

"음."

소무백이 고개를 끄덕였다.

'팔룡은 팔룡이란 말이로군.'

문득 새롭게 당가의 상징이 된 물건의 위력을 보고 싶은 마음이 들었으나 그런 무기를 함부로 내돌릴 당가가 아니었다. 그렇다고 이대로 물러서자니 영 마음에 들지 않았다. 무엇보다 눈앞에 있는 당초성의 실력을 보고 싶었다.

"그렇다면 이제 이것은 쓸모가 없다는 말이겠고……."

소무백이 중얼거리며 손에 힘을 주자 그의 손에 들린 공작선이 무참히 우그러지며 마치 조그만 공처럼 돌돌 말리고 말았다.

천금을 주고도 살 수 없다는 기병이 한낱 쓰레기로 변하는 것을 보며 많은 이들의 눈에 안타까운 빛이 흘렀다.

"기왕지사 이리 만났으니 실력이나 한번 발휘해 보거라."

"신군!"

당황한 당온이 당초성의 앞을 가로막았으나 이미 당초성의 실력을 보기로 마음먹은 소무백은 신경도 쓰지 않았다.

"둘이 덤벼도 상관은 없다."

오연히 소리친 소무백이 두 조손을 향해 천천히 걸어갔다. 순간, 그의 몸에서 태산과 같은 기운이 일어나더니 바람 한 점 없던 소군산에 일진광풍이 불어 닥쳤다.

"재주라고는 암기술 몇 개 익힌 것이 전부입니다."

홀쩍 뒤로 물러난 당초성이 소매를 펄럭거리자 소매에서 웬만해선 눈치 채기 힘든 비침 수십 개가 쏟아져 나왔다.

단숨에 거리를 좁힌 비침이 소무백의 주변을 보호하는 호신강기를 단숨에 뚫고 얼굴로 향했다.

"호~ 제법이로군."

다른 문파가 암기를 썼으면 비겁하다 하여 그 자리에서 물고를 냈을 소무백이었지만 애당초 당가의 무공 자체가 독과 암기였기에 그다지 개의치 않았다. 오히려 흥미진진한 표정이었다.

소무백이 얼굴을 향해 짓쳐 오는 비침을 향해 입김을 내뿜었다.

그러자 매서운 기세로 날아들던 비침이 마치 커다란 장벽에 막힌 것처럼 그 자리에서 멈춰 버리더니 곧 바닥으로 힘없이 떨어져 내렸다.

푸스스스스.

바닥에 떨어진 비침이 삽시간에 녹아내리며 주변으로 검은 연기가 피어올랐다.

검은 연기에 노출된 수풀이 금방 말라 죽는 것을 보면 독이 틀림없었다.

바닥에 잔잔히 깔린 연기는 살아 있는 생명체처럼 꿈틀대더니 소무백의 발을 타고 위로 오르기 시작했다.

한데도 소무백은 그다지 신경 쓰는 모습이 아니었다.

연기가 다리를 휘감고 오르면 오르는 대로 피부 속으로 파고들면 파고드는 대로 공기와 함께 코로 스며들면 스며드는 대로 내버려 두었다.

그걸 보고 있는 당온의 얼굴이 심각하게 굳었다.

'비침은 별것이 아닐지 모른다. 하지만 저 독은 다르다. 비록 무색무취(無色無臭)는 아니나 그만큼 독성은 강하다. 절혼탈백연(切魂奪魄煙)에 중독되면 대라신선이 와도 고치지 못해.'

중독이라는 것은 말 그대로 독이 체내에 침투하여 작용하는 것으로, 고수들에게 독이 통하지 않는다는 것은 체내에 침투시키지 못했다는 말과 같았다. 한데 소무백은 아무런 거리낌 없이 절혼탈백연을 들이마셨다. 육안으로도 확연히 인식할 수 있을 정도로.

그럼에도 불구하고 당온은 소무백이 중독됐다고 확신하기가 힘들었다.

눈앞에서 보았으면서도, 그리고 절혼탈백연의 위력을 익히 알면서도 믿지 못하는 이유는 오직 하나, 그가 바로 소무백이기 때문이었다.

독으로써 소무백을 어찌하지 못한다는 것은 당초성도 잘 알고 있는 모양이었다.

그는 처음 공격을 할 때부터 이미 다음 수를 준비했다.

비침보다, 절혼탈백연보다 믿고 있는 비장의 한 수.

그것은 소무백이 움직이는 길을 향해 돌멩이 몇 개를 툭툭 차는 것으로 시작되었다.

소무백이 절혼탈백연에 아무런 영향도 받지 않고 다가왔

을 때, 당초성의 손에는 당온에게 건네받은 검 한 자루가 들려 있었다.

"그 정도의 독으로는 나를 어쩌지 못한다."

"알고 있습니다. 해서 부족하나마 준비를 해보았습니다."

빙그레 웃으며 대답을 한 당초성이 검을 치켜 올렸다.

소무백은 아무런 반응도 보이지 않았다. 까짓 마음만 먹는다면 당초성이 검을 어찌하기도 전에 끝장을 낼 수도 있었지만 그는 그러지 않았다. 오히려 지닌 재주를 마음껏 부려보라는 듯 뒷짐까지 지었다.

소무백의 배려(?)에 당초성은 마음껏 움직일 수가 있었다.

그의 검이 힘차게 땅에 박히는 순간, 소무백은 주변의 풍경이 갑자기 바뀌는 것을 볼 수가 있었다.

"허!"

소무백의 입에서 절로 탄성이 터져 나왔다.

소군산은 이미 사라지고 없었다.

섬에 모여 있던 사람들은 물론이고 넓디넓은 동정호까지 감쪽같이 사라졌다. 아니, 사라졌다기보다는 아예 보이지 않는다는 것이 정확한 표현이었다.

그의 눈에는 오직 한 치 앞도 보기 힘들 정도로 짙은 안개만 가득 들어왔다.

"이게 무엇이냐?"

소무백이 물었다.

"들어보셨는지 모르겠지만 운무탈혼진(雲霧奪魂陣)이라는 것입니다. 급한 대로 손을 조금 보기는 했는데 제대로 펼쳤는지 모르겠습니다."

소무백의 고개가 음성을 따라 움직였다. 그리고 태양 대신 하늘을 차지하고 있는 당초성의 얼굴을 볼 수가 있었다.

"훌륭하다. 그 짧은 시간에 고작 돌멩이 몇 개로 이런 멋진 진을 만들어내다니."

소무백은 진심으로 감탄하고 있었다.

"과찬입니다. 답례로 조금 더 변형을 시켜보겠습니다."

하늘에서 당초성의 얼굴이 사라졌다.

진법 안으로 슬쩍 얼굴을 들이밀었던 당초성이 소무백 주변을 천천히 돌며 돌멩이 몇 개를 더 추가하기 시작했다.

그럴 때마다 외부의 사람들은 전혀 알 수 없는, 그들에겐 그저 우두커니 서 있는 소무백의 모습만이 보일 뿐이었고, 오직 진법에 갇힌 소무백만이 엄청난 변화에 직면했다.

그 짙던 안개가 걷히며 주변의 풍경이 북풍한설이 몰아치는 동토(凍土)로 변했다가 모래바람이 휘몰아치는 사막으로도 변했다. 집채만 한 파도가 몰아치는 바다의 모습도 보였다.

그럼에도 소무백은 아무런 반응도 보이지 않았다. 그저 지그시 눈을 감고 평정심을 유지할 뿐이었다.

그러던 어느 순간, 난데없이 벼락이 치며 땅이 그대로 지하로 꺼져 버렸다.

남은 땅이라고는 오직 딛고 있는 곳뿐. 주변으론 밑도 보이지 않는 까마득한 절벽이었고, 그 절벽 아래에서 화염이 들끓으며 지금껏 단 한 번도 보지 못한 괴물들이 꾸역꾸역 밀려오고 있었다.

'지독하군.'

소무백은 변화를 거듭하는 진법의 위력에 혀를 내둘렀다.

자신이 진법에 갇힌 것임을, 주변의 풍광은 물론이고 절벽 아래에서 밀려드는 괴물 역시 진법이 만들어낸 한낱 허상임을 알고는 있었지만 단순히 허상으로 치부하기엔 온몸으로 느껴지는 위기감이 상당했다.

더 이상 방치했다간 문제가 생길 것도 같았다.

이제는 벗어날 시간인 것이다.

"그만하면 훌륭했다."

진법을 빠져나가기 전, 소무백이 고개를 들어 붉은 보름달 옆에 나란히 자리하고 있는 당초성의 얼굴을 보며 말했다.

"진법을 거둘까요?"

지금껏 침착히 잘 대응하던 당초성이 자신도 모르게 내뱉은 말.

약간은 승리감에 도취된 듯한 음성에 나름 칭찬을 해주던 소무백의 안색이 싸늘해졌다. 순간, 당초성은 자신이 큰 실수를 했다는 것을 느꼈지만 진법에 자신이 있었기에 별다른 반응을 보이진 않았다.

연이은 실수였다.

"고얀."

차갑게 내뱉은 소무백이 지그시 눈을 감더니 두어 번 호흡을 가다듬고 걸음을 내디뎠다. 조심스러운 걸음걸이가 아니라 평상시와 다름없는 속도에 보폭이었다.

절벽에서 올라온 괴물들이 그를 에워싸고, 운무탈혼진의 기운이 일으킨 허상이 그를 괴롭히고자 달려들었지만 소무백의 걸음걸이엔 추호의 흔들림도 없었다. 그리고 감았던 그의 눈이 번쩍 떠졌을 때, 그는 이미 운무탈혼진을 벗어나 당초성 앞에 서 있었다.

"어, 어찌……."

당초성은 눈앞의 상황을 믿을 수 없다는 듯 놀라고 있었다.

"무얼 그리 놀라느냐? 하면 네 녀석은 이런 진 따위로 나를 어찌할 수 있을 것이라 여겼느냐? 물론 네 나이에 비해 꽤나 훌륭했다. 하지만 감히 내 사정을 봐줄 수 있을 정도로 대단한 것은 아니다."

"죄, 죄송합니다."

당초성이 머리를 조아렸다. 하나, 유감스럽게도 소무백은 뒤끝(?)이 있는 사람이었다.

"죄송하면 벌을 받아야겠지."

소무백의 손바닥이 당초성의 얼굴을 향해 움직였다.

당초성은 그 손길을 보면서도 움직일 수가 없었다.
그저 당가를 떠나기 전, 부친이 해주었던 말을 떠올릴 뿐이었다.

"그 늙은이의 심기를 건드리지 마라. 뭐, 죽지는 않아. 다만 죽음보다 더한 치욕을 맛볼 수 있다."

"신군! 자비를!"
당온이 다급히 외쳤으나 유감스럽게도 소무백의 손길을 멈출 만한 힘은 없었다.
의외로 소무백을 멈추게 한 음성은 따로 있었다.
"사부님!"
육포를 우물거리며 싸움을 지켜보던 도극성이 소무백을 불렀다. 순간, 당초성의 코앞까지 육박했던 소무백의 손이 거짓말처럼 딱 멈췄다.
"나에게 맡긴다면서요. 팔룡."
소무백은 예상치 못한 도극성의 말에 멍한 표정을 짓고 말았다. 지금껏 그토록 명확히, 또 당당하게 자신의 의견을 피력하는 제자의 모습을 본 적이 없기 때문이었다.
그러고 보니 언제부터인가 조금씩 변하고 있는 것 같은 느낌을 받기는 했다.
'곽월과의 일이 있은 다음부터였던가……'

정확히 무엇이, 어떻게 변화하는 것인지는 몰랐지만 어쨌든 바람직한 변화였다.

소무백은 기꺼운 마음으로 도극성의 청을 받아들였다.

"그래, 네게 맡긴다고 했다. 놈, 운이 좋구나."

소무백은 당초성의 뺨을 후려치는 대신 손가락으로 이마를 한 대 튕기곤 몸을 돌렸다.

"윽!"

이마를 맞은 당초성의 얼굴이 무참히 일그러지는 것을 보니 그의 말대로 딱히 운이 좋은 것 같지는 않았다.

"자, 다음은 누구냐?"

소무백의 외침에 청산 진인이 앞으로 나섰다.

"무당이 가르침을 청합니다."

"호~ 무당? 좋다. 바람직한 자세다."

고개를 끄덕인 소무백이 자루를 뒤지더니 낡은 불진(拂塵) 하나를 꺼내 들었다.

불진을 바라보는 청산 진인의 안색이 감개무량해졌다.

다른 이들에겐 그저 하잘것없는 낡은 불진에 불과했지만 무당파의 제자들에게 그 불진의 의미라는 것은 뭐라 말로 할 수 없을 정도로 귀했으니 그것이야말로 무당파의 개파조사인 삼봉 진인(三峯眞人)이 사용하던 물건이었다.

"부담은 갖지 말고 최선을 다하여라."

청산 진인이 소무백과 비무를 준비하고 있는 제자의 어깨를 두드리며 말했다.
 "죽을힘을 다해 맞서보겠습니다."
 무당파 제자의 각오는 대단했다.
 각 문파의 자존심을 건 비무는 그렇게 시작됐다.

 "하~ 암."
 도극성이 입이 찢어져라 하품을 해댔다.
 벌써 다섯 번째로 접어든 비무.
 무당파에 이어 개방이 도전을 했고, 개방에 이어 종남과 청성이 비무를 마쳤다.
 결과는 간단했다.
 그 누구도 소무백의 일 초식을 감당하지 못했다.
 나름 열심히 선전했다고 평가받은 무당파의 제자는 물론이고 죽을힘을 다해 도망을 다녔던 개방의 제자도 소무백의 손길을 피하지는 못했다. 그리고 지금은 환환전의 대표가 소무백과 싸우는 중이었다.
 처음 사부의 말대로 열심히 싸움을 지켜보던 도극성은 일방적으로만 흘러가는 비무에 슬슬 지루함을 느끼고 있었다. 그 단적인 예가 연거푸 흘러나오는 하품이었다.
 바로 그때였다.
 "입 찢어지겠네. 무슨 하품을 그리 요란하게 한담."
 찔끔 배어 나온 눈물을 훔치던 도극성이 움찔하며 목소리의 주인을 찾았다.

어느새 다가왔는지 왼편에 조그만 체구의 여자 아이가 쭈그리고 앉아 있었다.

도극성은 멍한 눈으로 아이를 바라보았다.

예뻤다.

다른 미사여구는 필요치 않았다.

그저 예쁘다는 한 가지 말만이 머릿속을 맴돌았다.

"네가 도극성이지?"

여자 아이가 물었다.

"……."

도극성은 아무런 말도 하지 못하고 여전히 멍한 눈으로 바라만 보았다.

그런 도극성의 태도에 여자 아이의 인상이 살짝 찌푸려졌다.

고운 눈매가 살짝 가늘어지고 햇빛을 받아 빛나던 콧잔등에 잔주름이 만들어졌다.

발그스름한 양 볼이 조금 부풀어 오르더니 앵두보다 붉고 아름다운 입술이 동글게 말리며 살짝 내밀어졌다.

그 모습을 본 도극성이 마침내 참지 못하고 한마디 내뱉었다.

"젠장, 더럽게 예쁘네."

그건 정말 실수였다.

비록 나이는 어려도 여자는 여자였다.

그냥 예쁘다고 했으면 끝이었다. 문제는 그 앞에 쓸데없는 말이 두 마디나 들어갔다는 것.

'젠장'과 '더럽게'라는 말이 가슴에 콱 박힌 뒤에 따라온 '예쁘다'란 말은 그다지 의미가 없었다. 다른 사람은 그것을 예쁘다는 표현을 과장되게 한 것이라 여길지 몰라도 지금 도극성 앞에서 수치심에 입술을 꽉 깨물고 있는 아이, 화산파에서 온 문도의 사랑을 독차지하며 지낸, 천괴성의 정기를 받고 태어난 뒤 소무백에게 직접 운설이라는 이름을 얻은 그 아이는 그것을 모욕이라 여겼다.

"지금… 뭐라 그랬어?"

영운설이 표독스럽게 노려보며 물었다. 그 모습까지 그렇게 앙증맞고 예쁠 수가 없었다.

"젠장, 무슨 계집애가 정말……."

또 한 번의 실수였다. 도극성으로선 정말 돌이키기 힘든 실수.

말이 끝나기도 전에 뺨이 화끈했다.

도극성은 자신의 뺨이 왜 아픈지, 순식간에 벌겋게 부어올랐는지 알지도 못한 채 눈을 동그랗게 떴다.

"정말 저질이야."

도극성의 뺨을 올려붙인 영운설이 냉기를 풀풀 풍기며 노려보고 있었다.

비로소 어찌 된 영문인지 파악한 도극성의 얼굴이 창피함으로 시뻘겋게 달아올랐다.

명색이 소무백의 제자요, 자신은 절대적으로 부정하지만 함께 생활한 지 십 년이 지난 지금 그의 성격까지 그대로 닮아버린 도극성이었다. 아무리 귀엽고 예쁜 얼굴을 지녔다지만 이건 아니었다.

"이런 빌어먹을 계집애가!"

"계… 집애? 어디서 망나니 같은 자식이!"

영운설도 날카롭게 쏘아붙이며 지지 않고 맞섰다.

"어휴, 이게!"

도극성이 손을 번쩍 치켜 올렸다. 물론 때릴 생각은 추호도 없었다. 그냥 엄포였는데…….

짝!

경쾌한 격타음과 함께 오히려 도극성의 몸이 비틀거렸다.

어려서부터 화산파가 혼신의 힘을 다해 키운 영운설은 이미 상당한 무공을 지니고 있었다. 제대로 무공을 배우지 못한 도극성이 감히 맞서 상대할 수준이 아니었다.

"죽었어!"

도극성이 불같이 화를 내며 달려들었다. 하지만 흥분하면 흥분할수록 당하는 것은 도극성이었다.

영운설은 청색 무복을 팔랑거리며 나비처럼 움직였고, 그때마다 도극성은 볼썽사납게 나뒹굴거나 뺨을 움켜잡아야 했다.
 도극성은 몇 번을 그렇게 당한 후에야 씩씩거리며 움직임을 멈췄다.
 그의 얼굴에 어린 계집애에게 당했다는 억울함과 분통함이 하나 가득 깃들었다.
 "왜? 더 까불어보시지."
 영운설이 빈정거리며 약을 올렸지만 도극성은 움직이지 않았다. 인정하기는 싫었지만 힘으로 안 된다는 것을 뼈저리게 느낀 것이었다.
 '무공을… 제대로 배웠으면…….'
 도극성의 고개가 느긋한 자세로 한창 유희(?)를 즐기고 있는 소무백에게 향했다.
 사부가 천하제일이면 무슨 소용인가? 그 자신이 익히지 못해 어린 계집애한테도 꼴사납게 희롱당하는 처지인 것을.
 억울했다.
 불같이 화가 치밀었다.
 다른 누구에게도 아닌 바로 그 자신에게 참을 수 없는 분노가 일었다.
 도극성이 피가 배어나도록 입술을 꽉 깨물었다.
 그 모양을 본 영운설의 안색이 살짝 어두워졌다. 아무리 욕을 했어도 자신이 조금 심했다는 생각이 들었다. 하지만 이내 도리질을 하고 말았다.

'젠장은 뭐고 더럽게는 뭐야? 그리고 뭐, 계집애? 홍!'

도극성은 꿈에도 몰랐으나 영운설은 이미 도극성이라는 존재를 알고 있었다.

그가 천하제일인의 후계자라는 것과 약간(?)은 강제적인 성격을 띠기는 했어도 태어나자마자 자신과 혼약을 맺은 사이라는 것을.

그래서 약간은 기대를 하고 있었다.

비록 자의가 아니라 어른들에 의해 일방적으로 결정된 것이었으나 명색이 약혼자가 아니던가. 호기심이 생기는 것은 어쩔 수가 없었다. 그랬기에 나룻배가 도착하면서부터 시선을 소무백이 아닌 오직 도극성에게만 두었다.

그런데 처음부터 하는 꼴이 영 마음에 들지 않았다. 영민함도 보이지 않았고 별다른 기백도 느껴지지 않았다. 게다가 첫 만남부터 젠장이니 더럽다느니 계집애 운운해 대니 호기심과 기대는 실망과 분노로 돌변하지 않을 수가 없었다.

둘 사이에 어색한 침묵이 흘렀다.

침묵을 깨는 음성이 들려온 것은 극도의 실망감에 사로잡힌 영운설이 짧은 한숨을 내쉬며 몸을 돌리려 할 때였다.

"하하하! 어린 아가씨가 성격 한번 대단한걸."

낭랑한 웃음소리에 영운설과 도극성의 고개가 동시에 한 곳으로 향했다.

언제 다가왔는지 소무백에게 날벼락을 맞을 뻔했던 당초

성이 환하게 웃고 있었다.
 한데 혼자가 아니었다. 당초성 옆에는 도극성과 나이가 비슷해 보이는 여자 아이 둘과 서너 살은 훌쩍 많아 보이는 사내 둘도 함께였다.
 그들도 처음부터 함께는 아니었다.
 다만 하늘의 운명이 그들로 하여금 자신도 모르게 일행과 떨어져 도극성에게 다가오게 만든 것이었다.
 "아까는 소형제 덕에 살았다. 난 당초성이라고 한다."
 당초성이 활짝 웃으며 인사를 했다.
 웃는 낯에 침 못 뱉는다고, 화가 날 대로 난 도극성이었지만 마주 인사를 했다.
 "도극성입니다."
 그러자 당초성과 함께 온 아이들이 앞 다투어 자신을 소개했다.
 "난 벽하라고 해. 소벽하(蘇碧河)."
 옥접(玉蝶)으로 고운 머리를 말아 올린 여아가 싱긋 웃으며 말했다. 아주 예쁘다고는 할 수 없었어도 웃음만큼은 보는 이의 마음을 환하게 해줄 만큼 아름다웠다.
 당초성이 곧바로 부연 설명을 했다.
 "어린 아가씨라고 얕보면 큰일 나. 무림일마(武林一魔)의 수염을 잡아당길 수 있는 유일한 사람이니까."
 당초성이 말한 무림일마가 수라검문의 문주 좌패천임을

알 리 없는 도극성이 고개를 갸웃거릴 때 그 옆에 있던 여아가 다소 차가운 음성으로 말했다.

"유선(柳仙)이야. 검각 출신."

표정이나 음성은 싸늘해도 얼굴만큼은 영운설에 못지않게 예뻤다. 특히 흑진주보다 더욱 아름다운 눈동자를 보며 도극성은 좀처럼 눈을 떼지 못했다.

"흥!"

누군가의 콧방귀 소리에 정신을 차린 도극성이 살짝 얼굴을 붉힐 때 칠 척 장신의 사내가 도극성의 어깨를 덥석 잡았다.

"하하하! 반갑네. 나는 무광(無光)이라 하네. 피 끓는 열여섯 청춘이지."

걸쭉한 음성, 커다란 몸짓과는 다르게 얼굴은 꽤나 동안인, 누가 봐도 열여섯으로 볼 수 없는 사내였다.

당초성이 고개를 절레절레 흔들며 말했다.

"저래 봬도 소림의 제자라지, 아마?"

"한데 머리카락이······."

도극성이 길게 자란 무광의 머리카락을 보며 의아해하자 무광이 탄식성을 내뱉었다.

"이해하게, 소형제. 내 일찌감치 머리카락을 잘랐어야 하나 하늘이 내게 금강불괴(金剛不壞)의 몸을 주는 바람에 어쩔 수가 없다네. 이건 뭐, 칼이 들어야 머리카락을 자르지."

"아!"
 도극성이 놀랍다는 듯 고개를 끄덕였다. 그러자 방금 전, 콧방귀를 뀐 영운설이 또다시 톡 쏘아붙였다.
 "멍청하긴!"
 "뭐라고?"
 도극성이 발끈하여 소리치자 영운설이 한심하다는 표정을 지으며 고개를 홱 돌려 버렸다. 대꾸하기도 싫다는 태도였다.
 "자자, 싸우지들 말고. 무광 스님도 장난은 그만 하시지요. 정말로 알아듣지 않습니까?"
 당초성이 화를 내려는 도극성을 달래고 무광을 보며 핀잔을 주었다.
 무광이 자신보다 나이는 어려도 소림에서의 배분이 상당히 높은지라 존대를 하며 함부로 하지는 못했다.
 "하하하! 그냥 농을 한 것뿐입니다. 소형제, 너무 화내지 말게나. 내 앞으로 그리할 것이라는 각오를 미리 말한 것뿐이니까."
 무광이 호탕하게 웃으며 사과를 했다. 하나, 이미 빈정이 상해 버린 도극성은 대답하지 않았다.
 "이런, 소형제가 화가 단단히 난 모양이군."
 무광이 다소 민망한 표정을 지으며 물러나자 마지막 남은 한 소년이 도극성에게 다가왔다.
 날카로운 눈매 하며 다부진 턱 선이 벌써부터 사내다움을 풍기는 소년. 그는 머리 하나는 더 되는 높이에서 무척이나 호전적인 눈빛으로 도극성을 쏘아보았다.

"네가 팔룡전설을 깬다는 그놈이냐?"

그가 한없이 빈정거리는 말투로 물었다.

도극성의 표정이 싹 변했다.

오는 말이 고와야 가는 말이 고운 법. 상대가 예를 차리지 않는데 먼저 예를 차릴 도극성이 아니었다.

"그러는 네놈은 누구냐?"

상대를 제대로 무시하는 듯한 표정이며 억양이 영락없는 소무백이었다.

"사도천의 후계자이자 탐랑성의 정기를 받고 태어난 팔룡전설의 일인. 장차 무림을 손아귀에 움켜쥘 장영(張英)이 바로 나다."

장영의 태도는 자신감을 넘어 거만하기까지 했다. 한데 이상하게 거부감이 들지 않는 것을 보면 당연히 그리될 것이라 여기는 당당한 표정 때문이리라.

하나, 이에 질 도극성이 아니었다.

"난 도극성이다! 똑똑히 알아둬! 네가 무림을 움켜쥐든 찜쪄 먹든 내 알 바 아니지만 팔룡의 전설은 나에게 깨질 테니까!"

어깨를 활짝 펴고 당당히 외치는 도극성의 기세는 장영에 비해 조금도 뒤처지지 않았다.

만남 243

그 모습에 실망감으로만 가득 찼던 영운설의 눈빛에 처음으로 변화라는 것이 생겨났다. 그 변화는 여전히 밝은 미소를 짓고 있는 소벽하와 싸늘한 표정을 풀지 않는 유선에게도 동시에 일어났다.

"먼 훗날의 일을 가지고 벌써부터 각을 세울 필요는 없고."

행여나 치고받는 싸움이라도 날까 걱정한 당초성이 쓴웃음과 함께 서둘러 중재를 했다.

그렇게 몇몇 팔룡과 도극성이 운명적인 만남을 하고 있을 때 소무백이 벌이는 비무도 거의 끝이 나고 오직 마지막 문파만이 그 순서를 기다리고 있었다.

"무광, 무광은 어디에 있느냐?"

다급한 공성의 음성에 무광이 도극성의 어깨를 툭 치며 말했다.

"소형제와 싸우기에 앞서 우선은 자네의 사부와 한판 벌이게 생겼다네. 후아~ 아까 보니 소문대로 겁나게 세던데. 소형제가 말 좀 해주겠나? 좀 살살 해달라고 말이야."

그러자 도극성이 퉁명스럽게 대꾸했다.

"팔룡을 나에게 맡긴다고 했으니 죽이진 않을 겁니다."

"허!"

넉살 좋은 무광도 그 말에 할 말을 잃었다.

"뭐, 어찌 되었든 일 초식만 버티면 되겠지."

말과 함께 빙글 몸을 돌렸다.

한데 몸을 돌렸다고 여기는 순간, 그의 몸은 이미 소무백이 있는 섬의 중앙에 도착하고 있었다.

"무영신보(無影神步)!"

당초성의 입에서 탄성이 터져 나왔다.

설마하니 그 어린 나이에 소림사에서 연대구품(蓮臺九品)과 더불어 쌍벽을 이룬다는 무영신보를 펼칠 줄은 생각지도 못한 것이다.

"재밌는 싸움이 되겠군."

당초성은 보다 자세히 비무를 살피기 위해 몸을 움직였다. 물론 무광이 소무백을 이긴다거나 하는 생각은 꿈에도 하지 않았다. 단지 천강성의 정기를 받은, 팔룡의 일인인 무광의 실력을 보다 자세히 관찰하고 싶은 마음 때문이었다.

그것은 다른 사람들도 마찬가지였다. 이미 무영신보라는 절세의 신법을 목격한 그들은 상당히 굳은 얼굴로 소무백과 무광의 비무에 촉각을 기울였다.

"네가 소림의 대표더냐?"

소무백이 물었다.

"예. 무광이라 합니다, 신군."

무광이 정중히 예를 표했다.

그런 무광을 찬찬히 살피던 소무백이 고개를 끄덕였다.

"소림은 소림이구나. 제대로 키웠어."

"과찬이십니다."

"어디, 마음껏 재주를 발휘해 보거라."

"사양치 않겠습니다."

상대에 대해선 이미 귀에 딱지가 내려앉을 정도로 들어왔다.

오십 년 전, 소림의 가장 큰 어른이자 무림에서 불성(佛聖)으로 추앙받는, 당시 장문인 만선(滿善) 태사조를 패퇴시키고 장문인의 신물인 녹옥불장(綠玉佛杖)을 강탈해 간 인물. 뿐만 아니라 구파일방은 물론이고 수라검문, 사도천의 신물까지 간단히 빼앗아 버린 알려지지 않은 절대자.

이긴다는 생각을 하진 않았지만 끝을 알 수 없는 강자와 비무를 하게 되었다는 생각에 더없는 긴장감과 희열감이 스멀스멀 피어올랐다.

'흐흐흐흐, 태사조께 잡혀 지금껏 죽어라 갈고닦은 실력을 시험해 보기엔 조금도 부족함이 없는 상대란 말이지.'

무광은 부드럽게 숨을 내뱉으며 무상반야신공(無相般若神功)을 운기하기 시작했다.

스윽.

무광이 왼쪽 발을 슬쩍 앞으로 전진시키며 오른쪽 주먹을 힘껏 내질렀다.

순간, 소무백과 그의 사이에 있는 공기가 주먹이 주는 압력을 견디지 못하고 폭발하듯 밀려나고 주먹에서 뿜어져 나온 무형의 강기가 소무백의 가슴을 향해 엄청난 속도로 짓쳐들었다.

 소림이 자랑하는 백보신권(百步神拳)이었다.

 제아무리 천강성을 타고났다지만 아직 약관도 되지 못한 무광이 설마하니 백보신권을, 그것도 완벽하게 사용할 줄 몰랐던 이들이 깜짝 놀라 소리를 질렀지만 정작 소무백은 태연했다.

 소무백은 손바닥을 펴서 좌에서 우로 한 번 훑는 것으로 밀려드는 기운을 간단히 해소했다.

 쾅!

 엄청난 충격음이 주변을 뒤흔들었다.

 그것이 시작이었다.

 "타핫!"

 힘찬 기합성과 함께 무광의 몸이 허공으로 뛰어올랐다. 그리곤 몸을 비스듬히 뉘어 발길질을 하기 시작했다.

 왼발과 오른발이 교차하며 전후좌우 방향도 마구 바뀌었다.

 단 한 번의 도약으로 무려 열여덟 번이나 이어지고, 눈으로 따라가기 힘들 정도로 빠른 데다가 발길질 하나하나에 만근 거석이라도 단숨에 부숴 버릴 것 같은 위력이 담겨 있었으니 소림 각법의 최고봉인 무상십팔각(無上十八脚)이었다.

 하지만 소무백에겐 그저 별다른 것 없는 발길질에 불과했는지 뒷짐을 지고 있는 왼손은 풀지도 않고 오른손만으로 열

여덟 번의 발길질을 모조리 막아냈다.

얼굴로 향하는 것은 손등으로 툭 밀어 방향을 바꾸고 가슴으로 밀려드는 것은 손바닥으로 밀쳐 냈다.

아랫배 쪽을 향한 발길질 역시 교묘하게 짓눌러 그 위력을 잃게 만드니 무광의 공격은 먼지만 풀풀 날릴 뿐 소무백에게 조금의 타격도 주지 못했다.

백보신권은 그렇다 쳐도 무상십팔각마저도 생각보다 너무 쉽게 막히자 자신만만했던 무광의 얼굴도 살짝 굳었다.

'역시.'

그 정도는 이미 각오한 상태.

무광은 이를 꽉 깨물고 다음 공격을 시도했다.

발이 묘하게 움직였다.

공간이 일시에 축소되는 듯한 착각과 함께 눈 깜짝할 사이에 무광의 신형이 소무백의 코앞까지 접근했다.

무광이 손을 쭉 펴서 내질렀다.

우우우웅.

웅후한 떨림과 함께 양손이 금빛 휘광으로 물들더니 손끝에서 강맹한 강기가 뿜어져 나와 소무백의 가슴팍으로 짓쳐 들었다.

금룡탐해(金龍耽海)라는 대력금강수(大力金剛手)의 절초 중 하나였다.

소무백은 침착히 손바닥을 폈다. 그리고 무광이 발출한 강기에 정면으로 맞부딪쳤다.

격한 충돌음과 함께 금빛 휘광이 사방으로 흩어지더니 곧 힘없이 사그라졌다.

그 힘을 이기지 못하고 몸이 휘청거렸으나 무광은 공격을 포기하지 않았다.

그는 무상반야신공을 바탕으로 뿜어져 나오는 막강한 내력을 이용해 용(龍), 호(虎), 표(豹), 사(蛇), 학(鶴)으로 대표되는 소림오권(少林五拳)을 비롯하여 뇌음벽력장(雷音霹靂掌), 대력금강장(大力金剛掌)의 절예 등을 연거푸 사용했는데 무영신보의 오묘한 움직임이 뒷받침되어 그 위력은 배가 되었다.

군웅들은 무광의 손끝에서 끝없이 쏟아져 나오는 무공을 보며 혀를 내둘렀다. 하나하나가 신공이 아닌 것이 없었고, 상승무공이 아닌 것이 없었다.

하지만 그보다 더욱 놀랄 일은 그럼에도 불구하고 소무백은 여전히 한쪽 손과 발로 무광의 공격을 막아내고 있다는 것이었다.

"무명신군… 역시 넘을 수 없는 벽이란 말인가?"

청산 진인이 고개를 절레절레 흔들며 체념의 표정을 지었다. 여타 군웅들의 표정도 별반 다르지 않았다.

그들과 유일하게 다른 표정을 짓고 있는 사람이 있다면 오직 한 명. 꼿꼿이 허리를 펴고 소림 제자의 싸움을 지켜보는 공성뿐이었다.

비무가 시작된 지도 벌써 이각이란 시간이 흘렀다.

그사이 스물일곱 번의 공격을 감행했던 무광도 서서히 지쳐 가는지 동작이 눈에 띄게 느려졌다.

모두들 끝이라 여겼다. 무광에게 더 이상 공격할 여력이 남아 있다고 생각하는 사람은 아무도 없었다.

그건 소무백도 마찬가지였다.

바로 그때, 혼신의 힘을 다한 무광의 최후 공격이 이어졌다. 소림칠십이절예 중 하나이자 소림사에서도 오직 허락된 자 몇만이 익힌다는 일지선공(一指禪功)이었다.

무광의 손가락 끝에서 뻗어나간 강기가 소무백의 미간을 노리며 날아들었는데 어찌나 빠르고 강맹한지 소무백도 깜짝 놀랄 정도였다.

소무백이 황급히 손을 휘둘렀다.

한데 실로 믿기지 않는 일이 벌어졌다.

지금껏 수많은 공격을 막아낸 소무백의 오른손이, 이번 공격 역시 무난히 막아내리라 여겼던 바로 그 손이 일지선공의 강기를 견디지 못하고 튕겨져 버린 것이었다. 물론 그가 다소 방심한 탓도 있었지만 그만큼 일지선공의 위력이 강했음을 반증하는 것이기도 했다.

그래도 무광의 공격이 성공을 거둔 것은 아니었다. 곧바로 움직인 왼쪽 손이 일지선공의 방향을 바꿔 버린 것이었다. 하나, 뒷짐을 지고 있는 그의 왼손을 움직이게 했다는 것을 감안하면 상당한 성과가 아닐 수 없었다.

그런데 놀라기는 아직 이른 듯했다.

빗나간 듯 보였던 강기가 갑자기 방향을 틀며 소무백의 옆구리를 노리며 짓쳐드는 것이 아닌가!

손을 들어 막기엔 너무 늦었다.

단순히 몸을 틀어 피하기에도 늦었다.

소무백은 본능적으로 발걸음을 놀렸다.

훗날, 도극성에게 이어질 은현선문의 독보적인 보법이 펼쳐지고 무방비로 당할 것만 같았던 소무백의 신형은 어느새 무광의 뒤로 돌아가 있었다.

"놈, 대단하구나."

진심이었다. 수많은 비무를 해왔지만 지금처럼 당황해 본 적이 없었다.

"자, 이제 내 공격을 막아보거라!"

낭랑히 외친 소무백이 손을 뻗었다.

딱히 빠르지도, 그렇다고 화려하지도 않으면서 일직선으로 뻗어오는 공격.

하지만 주변에 모인 군웅들은 알고 있었다. 그런 평범한 공격이야말로 오히려 가장 강력한 공격이 될 수 있는 것이었으니, 그 한 수에 얼마나 많은 이들이 피를 뿌리며 쓰러졌고 문파의 비원을 이루지 못하고 피눈물을 흘렸던가.

그들 모두는 나름대로 최고의 선전을 했다고 인정받은 무광 역시 같은 꼴을 면키는 힘들 것이라 예상했다.
 소무백의 손이 무방비 상태인 무광의 가슴을 후려치면서 그들의 예상은 적중한 듯했다.
 "크으으으!"
 무광이 고통스런 비명을 내지르며 연거푸 뒤로 밀려났다.
 한 걸음, 한 걸음.
 그의 발이 닿는 곳의 땅이 푹푹 꺼졌다.
 무광은 정확히 일곱 걸음 만에 걸음을 멈추고 흔들리는 몸을 바로 세웠다. 입가에 엷은 핏줄기가 보이는 것을 보니 적지 않은 내상도 입은 것 같았다.
 한데 그것이 전부였다.
 그는 쓰러지지 않았다.
 소무백의 일장을 정면으로 받아내면서 끝까지 버틴 것이었다.
 "와아!"
 너나 할 것 없이 함성이 터져 나왔다.
 오십 년, 무려 오십 년 만에 처음으로 소무백의 일초를 견디는 사람이 나타난 것이니 정파는 물론이고 수라검문, 사도천의 인물들까지 축하의 함성을 내질렀다.
 "가, 감사합니다, 신군."
 무광이 힘이 쭉 빠진 모습으로 걸어가 예를 차렸다.

"금강불괴를 이룬 것이냐?"

"이제 초입 단계입니다."

말은 그리했지만 무광이 이미 상당한 경지에 이르렀음을 소무백은 알고 있었다. 그렇지 않았다면 비록 힘을 사성까지 줄였다고는 해도 저렇듯 멀쩡히 서 있을 수가 없을 것이다.

"죽을 수도 있었다."

소무백이 무광이 공격을 막기는커녕 오히려 가슴을 내밀어 공격을 받은 것을 상기하며 말했다.

"예."

"그런데도 그런 모험을 한 것이냐?"

"확신이 있었습니다."

"확신?"

"신군께서 이 몸을 죽이시지 않을 것이란 확신 말입니다."

"어째서냐? 난 그럴 이유가 없는데."

"하하하! 신군의 제자를 만났습니다. 그 아이가 말하기를, 신군께서 팔룡을 자신에게 맡겼기 때문에 절대로 죽이지는 않을 것이라 했습니다. 뭐, 약간은 제 몸뚱이를 믿기도 했지만요."

소무백의 시선이 멀리 떨어져 지켜보고 있는 도극성에게 향했다가 무광에게로 되돌아왔다.

"덩치에 어울리지 않게 꽤나 영악하구나."

"죄송합니다."

"고얀……."

그러나 소무백은 화를 내지 않았다. 어쨌든 그만큼 열심히 싸운 상대도 없었고 비록 약은 수를 쓰기는 했지만 자신의 일초를 견뎌낸 것도 사실이기 때문이었다.

소무백이 자루를 뒤지기 시작했다. 그리곤 소림사의 제자들이 꿈에도 그리던 녹옥불장을 꺼내 들었다.

"나의 일초를 받았으니 약속대로 이것은 돌려주겠다."

"아… 미타불!"

털썩 무릎을 꿇은 무광의 입에서 자신도 모르게 불호가 튀어나왔다.

공손히 녹옥불장을 받아 드는 무광의 눈에서, 나란히 무릎을 꿇은 공성의 눈에서 뜨거운 감격의 눈물이 흘러내렸다.

반면에 그것을 지켜보는 군웅들의 눈에선 만감이 교차했다.

소림은 성공했고 자신들은 실패했다. 그것은 곧 신물을 찾고 싶으면 다시 십 년을 기다려야 한다는 것을 의미했다.

"그간 애썼다. 더욱 정진하여라."

무광과 공성에게 뜻 모를 위로의 말을 던진 소무백이 빙글 몸을 돌렸다. 그리곤 우두커니 앉아 있는 도극성을 향해 손짓을 했다.

"가자꾸나."

소무백의 부름을 받은 도극성이 천천히 몸을 일으켰다. 한데 그의 안색이 조금 전과는 달리 가히 좋지 않았다. 물론 조금 전에도 영운설에게 망신을 당한 터라 그다지 좋다고는 할 수 없었지만 단지 그 이유 때문만은 아닌 것 같았다.

사실 팔룡들과 함께 무광의 싸움을 지켜보던 그는 꽤나 큰 충격을 받았다.

무광은 강했다.

무공의 문외한인 그가 보기에도 엄청난 실력을 지닌 듯했다.

교묘히 놀리는 발걸음은 아예 보이지 않았고 손끝에서 뿜어져 나오는 강기는 입을 쩍 벌리게 만들 만큼 어마어마했다. 게다가 그 움직임은 어찌나 빠른지 도저히 눈으로 식별하기가 불가능할 정도였다.

한데 다른 사람은 달랐다.

그들은 무광이 움직일 때마다 그가 사용하는 무공을 정확하게 알고 있었으며 어찌 움직일지, 또 결과가 어찌 될지도 정확하게 예측하고 있었다. 뿐만 아니라 자신이라면 이런 공격을, 또 이런 식으로 방어를 하고 반격을 하겠다고 토론까지 벌였다. 그건 곧 그들 역시 무광에 버금가는 무공을 지녔다는 것을 의미했다.

바로 그 점이 도극성에겐 엄청난 충격으로 다가왔다.

당초성과 장영은 논외로 치더라도 자신과 비슷한 나이에 있는 영운설과 소벽하, 유선까지 그 정도의 실력을 지니고 있다고 생각하니 얼굴이 화끈거려 견딜 수가 없었다.

그들의 발끝에도 미치지 못하는 실력을 가지고 팔룡의 전설을 깨니 어쩌니 했으니 얼마나 가소롭게 보였겠는가.

'제길, 제길.'

분했다.

미치도록 화도 났다.

태어나 지금처럼 창피한 적이 없었다. 도대체 지금까지 뭘하고 있었나 싶었다.

"뭘 하느냐, 빨리 오지 않고?"

도극성이 자꾸만 굼뜨게 행동하자 소무백이 역정을 냈다.

"후~ 정말 성격 한번 대단하시군. 어서 가봐."

당초성이 쓴웃음을 지으며 말했다.

"잘 가. 나중에 봐."

소벽하가 예의 기분 좋은 웃음을 보이며 손을 흔들었다.

유선은 그저 고개를 까딱일 뿐이었다.

장영은 시선조차 주지 않고, 영운설은 온갖 복잡한 눈빛으로 그를 배웅했다.

도극성은 그들에게 간단히 인사를 한 후 터벅터벅 걸음을 옮겼다.

"무슨 일이냐?"

소무백이 기가 팍 죽은 도극성의 모습을 괴이하게 여기며 물었다.

"……."
도극성은 아무런 말도 하지 못했다.
"무슨 일이냐니까?"
소무백이 다시 물었다.
"그게……."
도극성이 뭔가를 말하려다가 한참 동안이나 머뭇거렸다. 평소라면 당장 호통을 쳤을 터이나 어찌 된 일인지 소무백도 인내를 가지고 그의 대답을 기다렸다.
"무공을… 무공을 가르쳐 주세요."
뜻밖의 말에 힐끗 뒤를 돌아보는 소무백. 그의 눈에 제자리로 돌아가는 팔룡의 모습이 들어왔다.
그제야 도극성의 행동을 이해한 소무백이 도극성의 머리를 쓰다듬었다.
"걱정하지 말거라. 네 사부가 누구더냐? 천하의 소무백이다. 그리고 너는……."
"사부님의 제자 도극성입니다."
"그래, 그것이면 된 것이지. 서둘 것 없다. 앞으로 시간은 많으니까 말이다."
"예."
"가자꾸나."
고개를 끄덕인 도극성이 소무백을 따라 발걸음을 옮겼다.
그렇게 몇 걸음을 움직였을까?

갑자기 뒤를 돌아본 도극성이 조용히 중얼거렸다.
"기다려. 팔룡전설… 틀림없이 깨줄 테니까."
태어나 그때처럼 도극성의 눈이 반짝인 적은 없었다.

第八章
천문동부(天門洞府)

"따라오너라."

동정호 소군산에서 돌아온 다음날 이른 아침, 곤한 잠을 자고 있던 도극성에게 물세례를 안겨준 소무백이 던진 한마디였다.

도극성은 눈도 제대로 뜨지 못하고 간신히 바지춤을 추켜올리며 사부를 따라나섰다.

소무백은 빠른 걸음으로 서쪽 숲으로 사라지고, 숲 속의 차가운 공기와 풀잎을 적신 이슬에 비로소 정신을 차린 도극성은 행여나 사부의 자취를 놓칠까 거의 뛰다시피 했다.

서쪽 숲을 지나 까마득한 절벽 위에 홀로 자리를 지키고 있는 취운정(醉雲亭)에 도착해서야 슬쩍 고개를 돌린 소무백은 도극성이 숨을 할딱이며 쫓아오는 것을 확인하곤 다시 발걸음을 움직였다.

신선이 놀고 갔다는 전설이 내려오지만 근래 들어 도극성의 놀이터로 변한 넓은 바위, 신선좌(神仙座)를 지나친 소무백은 마침내 사시사철 낮과 밤을 가리지 않고 안개가 짙게 끼는 용두암(龍頭岩)에 도착했다.

여의주를 물고 승천하는 용의 모습을 닮았다 하여 용두암이란 이름이 붙은 바위는 안개 속에서 더욱 그럴듯한 풍취를 자랑하고 있었다.

용두암의 하단부를 슬쩍 어루만지며 묘한 감상에 젖던 소무백이 거친 호흡을 내뱉으며 도착한 도극성에게 버럭 호통을 쳤다.

"왜 이리 꾸물대느냐?"

"죄, 죄송합니다."

숨이 턱밑까지 차올라 왔지만 도극성은 다른 변명을 하지 않았다.

사부와 지내온 세월이 벌써 십 년, 눈 아래로 살짝 처진 눈꼬리가 정확히 반대로 치고 올라갔을 때 군소리를 했다간 어찌 되는지 너무도 잘 알고 있기 때문이었다.

"이곳이 어디인지 아느냐?"

"용두암이요."

당연히 그런 대답을 할 줄 알았다는 듯 피식 웃은 소무백이 갑자기 도극성의 뒷덜미를 잡더니 절벽 아래로 집어 던졌다.
"으아아악!"
기겁을 한 도극성의 입에서 비명이 터져 나오고 본능적으로 사지를 발버둥 쳤다.
쿵!
"윽!"
둔탁한 소리와 함께 도극성의 입에서 고통스런 신음이 흘러나왔다.
"함부로 움직이지 마라. 잘못하면 진짜 떨어진다."
소무백의 말에 그 즉시 움직임을 멈춘 도극성이 주변을 찬찬히 살피기 시작했다.
너무도 짙은 안개에 시야가 가려 아무것도 보이지 않았지만 일단 자신이 떨어진 곳이 용두암 바로 아래 절벽이 살짝 돌출된 곳이고, 주변으로 팔을 뻗어 바닥을 더듬는 것으로 자신이 고작 일 장 남짓한 공간에 머물고 있다는 것을 확인할 수 있었다.
"따라오너라."
어느새 나타났는지 안개 속에서 모습을 드러낸 소무백이 도극성의 팔을 잡아끌었다. 이미 바싹 겁에 질린 도극성은 어찌할 바를 모르고 그저 사부에게 손을 맡긴 채 움직일 수밖에 없었다.

소무백이 도극성을 데리고 간 곳은 용두암 바로 아래에 위치한 곳.

놀랍게도 그곳에 조그만 동굴이 하나 있었다.

동굴의 입구는 허리를 숙인 성인 한 명이 들어갈 수 있을 정도로 작았는데, 안으로 걸어 들어가면 갈수록 점점 공간이 넓어져 도극성이 정신을 차리고 주변을 살펴보았을 땐 입을 쩍 벌리고 놀랄 정도로 넓은 광장에 도착해 있었다. 한데 광장을 중심으로 또다시 몇 개의 동굴이 뚫려 있는 것을 보면 그 규모가 실로 엄청난 듯싶었다.

광장은 그다지 밝다고 할 수는 없었다. 그렇다고 완전히 어둡다고도 할 수 없는 것이 곳곳에 형형색색 빛을 내는 돌들이 박혀 있는 데다가 가장 상층부에선 희미하나마 외부의 빛이 들어오고 있었기 때문이다.

"여, 여기가 어딥니까?"

도극성이 고개를 이리저리 돌려가며 물었다.

"천문동부(天門洞府)다."

"천문동이요? 그건 저 아래에 있는데요."

도극성이 천문산 중턱에 거대하게 뚫려 있는 동굴을—그냥 산허리가 뻥 뚫려 있는 것이었지만—떠올리며 물었다.

"그건 말 그대로 천문동이고, 여기는 천문동부라고 한다. 또한 이곳이 바로 우리 은현선문의 조사동(祖師洞)이다."

"예? 조사동이요? 그런 것도 있었나요?"

도극성이 눈을 동그랗게 뜨고 물었다. 순간, 소무백의 얼굴이 일그러졌다.

"이놈! 별 시답잖은 문파도 조사동 운운해 가며 존경하고 숭배하며 난리를 치는데, 하물며 천 년 역사를 자랑하는 우리 은현선문이 조사동 하나 갖추지 못했을까!"

"죄, 죄송합니다."

"죄송이고 뭐고 따라오너라."

소무백이 못마땅한 표정으로 몇몇 동굴 중 유일하게 문이 달려 있는 곳으로 향했다.

쿠쿠쿠쿵.

육중한 소리와 함께 문이 열렸다.

문은 반 뼘 두께의 강철 문으로 되어 있었는데 꽤나 오랜 세월이 흘러서인지 곳곳에 녹이 슬지 않은 곳이 없었다.

"들어가거라."

소무백이 착 가라앉은 음성으로 말했다.

지금껏 그처럼 진지하고 근엄한 사부의 음성을 들어보지 못했기에 도극성은 절로 긴장하지 않을 수 없었다.

안은 생각보다 넓지 않았고 별다른 치장도 없었다. 그저 가운데에 커다란 화로와 화로 북쪽에 놓인 단출한 제단에 열세 개의 위패가 모셔져 있을 뿐이었다.

소무백은 우선 화로에 불을 지피더니 곧 제단에 향을 올리고 정중히 예를 차렸다.

천문동부(天門洞府)

"인사드리거라. 조사님들이시다."

도극성은 소무백이 시키는 대로 향을 올리고 최대한 조심히 구배를 올렸다. 그가 구배를 마치자 소무백이 화로 앞에 털썩 주저앉았다.

"앉아라."

"예. 아쿠!"

자리에 앉던 도극성이 머리를 부여잡고 비명을 내질렀다. 소무백이 들고 있던 나뭇가지로 머리통을 후려친 것이었다.

"여기가 어디라고 함부로 퍼질러 앉아! 무릎 꿇고 제대로 앉지 못해!"

행여나 또 맞을까 도극성이 황급히 무릎을 꿇자 소무백이 느릿느릿 말을 시작했다.

"내 오늘 너를 이곳에 데리고 온 것은 조사님들께 너를 은 현선문의 정식 제자로 삼는다는 것을 고하기 위함이다."

순간, 도극성의 얼굴에 실망의 빛이 흘렀다.

"하면, 지금까지는 제자도 아니었다는 말인가요?"

"이놈! 누가 아니라더냐! 다만 본격적으로 본 문의 무공을 가르치기에 앞서 다시 한 번 조사님들께 예를 올리기 위함이니라."

"아, 예."

도극성이 멋쩍은 웃음을 흘리며 슬그머니 고개를 숙였다. 소무백은 부글부글 끓어오른 화를 간신히 억누르고 말을 이어갔다.

"일전에도 살짝 언급했듯이 은현선문은 천백여 년 전, 조사이신 소요 선인(逍遙仙人)께서 혼돈에 빠진 세상을 구하시고자 세상에 모습을 드러내셨고, 이후 여러 조사님들을 거쳐 이 사부의 대까지 이르게 된 것이다."

"사부님은 몇 번째 문주신가요?"

"이 사부는 은현선문의 십사대 문주다."

소무백이 감개무량한 음성으로 말했다.

'세상에, 십사대면……'

도극성은 천 년이 넘는 동안 고작 십사대에 불과했다는 사부의 말에 고개를 절레절레 흔들었다.

"왜 그러느냐?"

"아, 아니요. 아무튼 그럼 저는 십오대가 되겠네요."

"네가 은현선문을 제대로 이어받는다면."

"이어받겠지요."

도극성이 당연한 것 아니냐는 표정으로 말하자 소무백이 의미심장한 표정으로 말했다.

"그거야 두고 보면 알 것이지. 다만 이것 한 가지는 알아둬라. 은현선문의 문주가 된다는 것은 네가 생각하는 것처럼 결코 쉽지만은 않다는 것을 말이다."

"……."

도극성이 말이 없자 소무백이 벌떡 일어났다.

"자, 나가자꾸나."

"화로에 불은……."

"놔두거라. 시간이 지나면 저절로 알아서 꺼질 테니까."

도극성의 대답도 듣지 않고 밖으로 나간 소무백은 맨 좌측 첫 번째 동굴로 들어갔다.

동굴은 그 길이가 꽤나 깊었는데 한참을 들어가자 또다시 널찍한 공간이 나타났다. 그리고 그곳엔 특이하게도 두 개의 조그만 연못이 있었다.

"너는 앞으로 이곳에서 본 문의 내공심법을 익히며 내력을 쌓게 될 것이다. 바로 저 위에서."

소무백이 꼭 관과 같이 생긴 석판을 가리켰다. 도극성이 뭐라 묻기도 전에 설명은 이어졌다.

"이 돌판은 평범한 석판이 아니다. 무림인들이 그야말로 눈에 불을 켜고 찾는 음양석(陰陽石)이 바로 이것이다."

"음양… 석이요?"

음양석의 가치를 알 리 없는 도극성이 고개를 갸웃거렸다.

"그래. 음과 양의 성질을 동시에 가지고 있는 참으로 귀한 돌이지. 게다가 음양석의 아랫부분이 잠겨 있는 물을 보거라."

도극성의 시선이 자연적으로 아래로 향했다. 아닌 게 아니라 음양석은 밑 부분 한 치 정도가 물에 잠겨 있었다.

"그 물 또한 예사 물이 아니다. 바로 지극열천(地極熱泉)과 지극냉천(地極冷泉)이 합쳐져서 만들어진 물이다. 바로 저것이 지극열천이고, 그 맞은편의 것이 지극냉천이다."

소무백이 마주 보고 있는 두 개의 연못을 가리키며 말했다.

"네~ 한데 그게 뭔데요?"

"음......"

뭐라 설명을 하려던 소무백은 귀찮은 듯 손사래를 쳤다.

"그냥 자연이 만들어낸 가장 강한 양기와 음기를 지닌 물이라고 해두자꾸나."

"그렇군요."

도극성은 두어 번 고개를 끄덕이며 놀랍다는 표정으로 연못을 번갈아 바라보았다.

"두 연못에서 넘친 물이 공교롭게도 바로 이곳에서 모인다. 천지간에 가장 강한 음과 양의 기운이 하나로 합쳐지는 곳이니 어쩌면 음양석이 생기는 것도 당연한 것일지도 모르지."

"어? 그럼 음양석이 처음부터 이곳에 있었던 모양이네요?"

"당연하지. 그렇지 않으면 저 큰 돌을 어찌 여기까지 가져왔겠느냐? 원래부터 있던 돌을 삼대 조사님께서 단지 수련하기에 편하라고 조금 다듬은 것으로 알고 있다. 아무튼 음양석이 주는 효과란 이루 말할 수 없을 정도로 무궁무진하다. 단 한 번의 운기만으로도 몇 곱절의 내력이 생기고, 병자가 누워 잠을 자면 병이 씻은 듯이 사라지며, 기력이 쇠한 자가 잠을 자면 곧 충만한 기력을 되찾게 된다더구나. 심지어 죽은 지 하루가 지나지 않아 이곳에 누이면 다시 생명이 돌아온다고까지 하니……."

"에~이, 그런 말도 안 되는……."

죽은 사람도 살린다는 말에 자기도 모르는 사이 야유 아닌 야유를 던진 도극성은 살벌하게 노려보는 소무백의 시선에 찔끔하여 고개를 어깨 사이로 쑥 집어넣었다.

"말이 그렇다는 것이다."

그 옛날, 음양팔맥단절지체를 고치기는 하였으나 도극성이 영 발육이 늦고 제대로 걷지도 못하자 소무백은 혹시나 하는 마음에 도극성을 데리고 거의 일 년 동안 하루도 빠짐없이 음양석을 찾았다. 처음엔 약간의 효과가 있는 듯했다. 하지만 천하에 못 고치는 병이 없다는 음양석에서도 도극성의 상태는 그다지 나아지지 않았고 결국 발걸음을 끊고 말았으니, 도극성이 정확히 두 살 때의 일이었다.

"너는 기억을 하지 못하겠지만 네가 어렸을 적에 근 일 년 동안 이곳에서 살다시피 한 적이 있다."

당시를 떠올리는 것만으로도 심란한지 소무백의 얼굴이 살짝 상기되었다.

"그랬… 군요."

도극성이 기어들어 가는 음성으로 대답했다.

"쯧쯧."

영 마음에 들지 않는다는 듯 혀를 찬 소무백이 도극성의 팔을 잡아채더니 휙 던졌다. 그러자 도극성이 음양석 위로 사뿐히 날아가 떨어졌다. 마치 깃털이 날아와 앉은 것처럼 부드러우니 소무백의 진기가 그를 보호했음이 틀림없었다.

도극성이 영문을 몰라 멀뚱히 쳐다보자 소무백이 간단히 말했다.

"뭘 쳐다보느냐? 당장 정좌를 하거라. 지금부터 수련을 시작할 것이다."

"지, 지금 말인가요?"

"천문동에 들어선 순간부터 이미 시작되었다. 어서 정좌를 하고 정신을 집중하여라. 그리고 조화심결(造化心訣)을 운기하여라."

정확하게 백팔십 자의 구결로 이루어진 조화심결은 무공을 익히기 위함이라기보다는 단순히 심신을 맑게 하고 몸을 튼튼히 하는 내공심법으로 그렇게 심오하지도, 난해하지도 않았다. 게다가 정좌를 한 자세는 물론이고 누워서도 운기를 할 수 있다는 장점이 있었으니 몸이 약했던 도극성이 익히기엔 안성맞춤이었던 내공심법이라 할 수 있었다. 물론 그마저도 제대로 익히기 위해 도극성이, 아니, 소무백이 들인 공은 상상을 불허할 정도였지만.

어쨌든 도극성은 소무백이 이르는 대로 지그시 눈을 감고 지금까지 유일하게 배운 무공이라 할 수 있는 조화심결을 운기하기 시작했다.

애당초 성취라는 것이 보잘것없기에 딱히 단전에 내력이 쌓였다거나 기가 마음껏 활개를 친다거나 하지는 않았다. 그저 차분히 호흡을 하는 것이 전부였다.

한데 얼마의 시간이 흘렀을까?

나름 편안한 얼굴이었던 도극성의 눈가에 살짝 경련이 일었다.

도극성이 운기를 시작하는 것과 동시에 뚫어져라 그를 살피고 있던 소무백은 그 변화를 놓치지 않고 재빨리 전음을 날렸다.

[음양석의 기운이 네게 영향을 미치는 것이니 당황하지 말고 계속 운기를 하여라. 몸에 일어나는 현상을 두려워하지도 말고.]

도극성의 얼굴이 급격하게 일그러지는 것을 본 소무백이 빠르게 말을 이었다.

[음양석에서 뿜어져 나온 음기와 양기가 네 몸을 돌며 끊임없이 부딪치고 또 부딪칠 터, 꽤나 고통스러울 게다. 하지만 참아내야 한다. 참지 못하면 그 자리에서 폐인이 되거나 죽을 수도 있다.]

그사이 도극성의 얼굴이 시뻘겋게 변하고 목 주변의 심줄이 툭툭 튀어나왔다.

[고통없이 얻을 수 있는 것은 아무것도 없는 법이다. 죽을

만큼 고통스러워도 참아야 한다. 고통에서 벗어나고 싶다면 악착같이 운기를…….]

"으아아아악!"

번쩍 눈을 뜬 도극성이 천문동부가 떠나가라 비명을 질러 대며 몸을 일으켰다. 그러나 미처 허리를 세우기도 전에 그대로 혼절을 하고 말았다.

통상적으로 그런 상황이라면 주화입마에 빠져 폐인이 되거나 심하면 목숨을 잃을 수도 있었다. 하지만 소무백이 있는 이상 그럴 일은 없었다.

"후~"

그리되지 않기를 바랬지만 그렇게 될 수밖에 없었다고 예견하고 있던 소무백이 한숨을 내쉬며 도극성의 몸을 살폈다.

다행스럽게도 수련이 깊지 않았기에 생각보다 상황은 심각하지 않았다.

소무백의 보살핌으로 혼절을 한 지 반 각 만에 정신을 차린 도극성은 사부로부터 온갖 꾸지람과 호통을 듣고는 다시 운기를 시작했다. 그러나 사부에게 다짐했던 굳은 의지와는 달리 그는 금방 혼절을 하고 말았다.

도극성은 그날 하루만 그렇게 일곱 번이나 혼절을 했다가 깨어나기를 반복했다.

그날 이후, 도극성에게 '피할 수 없다면 차라리 그 고통을 즐겨라' 라는 말은 가장 듣기 싫고 생각만으로도 끔찍한 한마디로 개 짖는 소리보다 못한 말이 되었다.

"으으으으."

나지막한 신음과 함께 음양석에서 내려온 도극성은 그대로 땅바닥에 몸을 누이고 말았다.

음양석에서 내공 수련을 한 지 벌써 일 년. 이제는 어느 정도 적응도 되련만 한 번 운기를 끝낼 때마다 몸이 녹초가 되는 것은 어쩔 수가 없었다. 그래도 예전처럼 운기 도중 고통을 참지 못해 기절을 하거나 하지는 않았다. 처음 수련을 시작하고 한 달간 하루에도 몇 번씩 기절한 것을 생각하면 장족의 발전이라 할 수 있었다. 하나, 소무백은 여전히 못마땅한 모양이었다.

"얼마나 했다고 그 모양이냐? 냉큼 일어나지 못할까?"

소무백이 도끼눈을 치켜뜨며 소리쳤다.

오만상을 찌푸리며 몸을 일으킨 도극성이 뭔가를 발견하고 눈을 반짝였다.

"그게… 뭔가요?"

도극성이 소무백의 손에 들린 괴이한 생물체를 보며 호기심에 찬 얼굴로 물었다.

"물고기지 무엇이겠느냐."

"물고기요? 물고기라고 하기엔……."

그의 말대로 물고기라 부르기엔 어딘가 이상했다.

머리며 몸통은 분명 잉어를 닮았는데 엉뚱하게도 발이 여섯 개나 달려 있었고 몸뚱이만큼 긴 꼬리는 새의 깃털 모양을 하고 있었다. 게다가 아가미를 움직일 때마다 흘러나오는 울음소리가 영 거슬렸다.
"합합어(鮯鮯魚)라는 것이다."
이름도 괴상했다.
"합합어요? 으~ 이름이 꼭 울음소리 같네요."
합합어가 내지르는 울음소리에 도극성이 몸서리를 치며 말했다.
"그런데 왜 갑자기……."
불현듯 이상한 생각이 들어 질문을 던지는 도극성. 불길한 예감은 어김없이 들어맞았다.
"먹어라."
"예?"
도극성이 기겁을 하며 뒤로 물러났다.
"놀랄 것 없다. 보기엔 이래 보여도 영물이라면 영물일 수 있는 녀석이니까."
"아무리 그렇다 해도 저 징그러운 것을 어찌……."
"과거에 이 사부도 합합어의 도움을 많이 받았다. 무공을 익히는 데 큰 도움이 될 게다."
"사부님도… 먹었다고요?"
아주 질색을 하던 도극성이 조금은 풀린 얼굴로 물었다.

"그래. 맛이 있다고는 말할 수 없지만 아주 못 먹을 정도는 아니다."

한데 은근한 어조로 말하는 소무백의 음성이 어딘지 모르게 수상했다.

아니나 다를까, 은근슬쩍 도극성을 바라보는 그의 눈빛이 참으로 묘했다.

"어서 먹거라."

"그, 그래도."

"어허!"

"아, 알았어요."

소무백의 음성이 다소 높아지자 도극성은 어쩔 수 없다는 듯 고개를 끄덕였다. 그리곤 천천히 몸을 돌렸다.

"어디를 가려느냐?"

"나뭇가지라도 가져와야……."

"왜?"

"불을 지피려면……."

도극성은 어째서 자신의 음성이 점점 작아지는지 그 이유도 알지 못한 채 불안한 눈으로 소무백을 응시했다.

"이건 익혀서 먹는 것이 아니라 날것으로 먹어야 한다."

"……."

알 수 없는 불안감의 이유였다.

"어서 오너라."

"……."

 도극성이 움직이지 않자 소무백이 버럭 소리를 질렀다.

 "어서!"

 머뭇거리는 손길로 사부가 건네주는 합합어를 받아 든 도극성의 얼굴은 첫 수련 당시 음양석에 죽을 고생을 했을 때보다 더욱 참담하게 일그러졌다.

 "머리까지 먹을 필요는 없다. 하지만 피는 한 방울도 남겨선 안 된다. 피를 마시고 고기를 씹어라."

 몇 번이고 망설이던 도극성은 점점 살벌해지는 사부의 눈빛을 보며 합합어의 몸뚱이에 어쩔 수 없이 입을 갖다 댔다.

 자신의 신세를 눈치 챈 것인지 합합어가 난리를 쳤다.

 울음소리는 더욱 거세지고 여섯 개의 발이 마구 꿈틀댔다.

 새의 깃털을 닮은 꼬리는 마치 뱀처럼 꿈틀대며 도극성의 얼굴을 후려쳤다.

 "으으으."

 "물어!"

 소무백이 마치 동네 개에게 명을 내리듯 소리치자 도극성은 순간적으로 합합어의 몸통을 물어뜯었다.

 차가웠다.

 그것이 합합어를 물어뜯은 첫 느낌이었다.

 입 안 가득 냉기가 밀려들었다. 하지만 합합어의 피가 입 안으로 흘러들어 오면서 언제 냉기가 있었냐는 듯 따뜻해졌다. 아니, 따뜻함의 정도가 지나쳐 금방 델 것처럼 뜨거워졌다.

'돌겠네.'

뜨겁기도 뜨거웠지만 요동치는 합합어의 다리 때문에 할 수만 있다면 당장에라도 입을 떼고 싶었다. 그러나 두 눈을 부라리고 있는 사부 때문에 그럴 수가 없었다.

'이럴 바엔 빨리 먹는 것이 낫겠다.'

피할 수 없다면 사부의 원대로 차라리 빨리 먹어치우는 것이 지금의 곤란한 상황을 면할 수 있는 길이라 판단한 도극성은 미친 듯이 피를 빨았다.

그다지 크지 않은 덩치임에도 합합어의 피는 한참 동안이나 마를 줄을 몰랐다.

얼마나 그렇게 열심히 마셨을까?

요동치던 합합어의 움직임이 눈에 띄게 약해지더니 곧 잠잠해졌다. 움직임이 멈췄을 때 나오던 피도 딱 그쳤다.

"꺼억!"

거한 트림으로 합합어의 피를 모조리 마셔 버렸음을 선언한 도극성에게 소무백은 몸뚱이의 살도 마저 먹으라는 신호를 보냈다.

이미 피까지 마신 이상 못할 것이 없었다.

도극성은 두 눈을 질끈 감고 합합어의 살을 우걱우걱 씹기 시작했다. 냉기가 입 주변을 차갑게 식혔지만 미처 의식할 사이도 없이 머리를 제외한 대부분의 몸뚱이를 먹어치웠다.

　도극성은 또 한 번의 트림으로 소무백이 명한 일을 끝마쳤음을 알렸다.

　"잘했다. 자, 이제 음양석에 올라가라."

　"또요? 조금 전에 끝마쳤는데요?"

　도극성이 울상이 되어 물었다.

　"내 말했지 않느냐? 합합어는 영물이다. 그 힘을 몸에 흡수하려면 연공을 해야 한다."

　"그러면 그냥 이곳에서……."

　도극성은 가급적 음양석에서의 연공은 피하고 싶었다. 그만큼 고통스러웠기 때문이었다.

　"올라가래도!"

　소무백의 호통에 울상을 지으며 또다시 음양석에 오른 도극성은 정좌를 하고 지그시 눈을 감았다. 그리고 은현선문 무공의 시작이요, 끝이라 할 수 있는 삼원무극신공(三元無極神功)을 운기하기 시작했다.

　조화심결 대신 반년 전부터 익히게 된, 천하에 짝을 찾기 힘들 정도로 뛰어난 상승내공심법인 삼원무극신공은 모두 일곱 단계로 나뉘어져 있었는데, 그 내용이 워낙 방대하고 심오해 현재 도극성의 성취도는 첫 번째 단계에서도 채 삼성에 이르지 못한 상황이었다. 게다가 하루만 지나면 전날 외웠던 내용을 깡그리 잊어먹는 도극성의 고질병은 그로 하여금 더 이

천문동부(天門洞府) 279

상의 성취를 얻는 데 큰 걸림돌이 되고 있었다. 그나마 그 정도라도 익힌 것은 곽월과의 사건 이후 그를 괴롭혔던 고질병이 조금은 나아졌기에, 하루면 깡그리 잊어먹는 기억력이 일푼이나마 개선되었기에 가능했던 일이었다.

음양석에 앉아 삼원무극신공을 운기하는 도극성의 표정은 차분했다.

여전히 보잘것없기는 해도 단전에 생긴 내력이 꿈틀대는 것을 느끼며 머리가 상쾌해지는 것을 느꼈다.

하지만 어느 순간, 도극성의 얼굴이 딱딱하게 굳어지며 마치 급살이라도 맞은 듯 부르르 떨렸다.

'뭐, 뭐지?'

뜨거웠다. 아니, 차가웠다.

도극성은 뱃속에서 시작하여 목구멍으로 치고 올라오는 냉기와 열기에 어쩔 줄을 몰라 했다.

몸을 불사르기라도 할 듯 뜨겁다고 생각하면 이내 한겨울 얼음물 속에 빠진 것처럼 차가운 한기가 밀려들었다.

얽히고설킨 두 기운은 곧 온몸을 헤집고 다니기 시작했다. 그것은 마치 상처난 살점을 헤집으며 소금을 뿌리는 고통과 같았다.

"으으으으."

전신이 오그라드는 고통에 도극성의 입에선 고통의 신음이 흘러나왔다.

이미 삼원무극신공의 운공은 중단된 상태. 그 부작용까지 더해져 정신까지 혼미해지기 시작했다.
"크아아아아!"
찢어지는 듯한 비명과 함께 도극성이 음양석 위를 구르기 시작했다. 온몸을 헤집고 다니던 두 기운이 오장육부까지 뒤흔들어 버린 것이었다.
도극성은 최대한 몸을 구부리며 조금이라도 고통을 면해 보려 했지만 고통은 조금도 줄어들지 않았다.
바로 그 순간, 도극성은 누군가의 손길에 의해 몸이 붕 뜨는 듯한 느낌을 받았다.
'사부님!'
그렇게 반가울 수가 없었다.
자신에게 고통을 안긴 것이 사부이기는 했지만 고통을 해소시켜 줄 사람도 오직 사부밖에 없었다.
"사… 으으… 사부……."
도극성이 소무백을 부르려는 찰나, 그의 얼굴이 홱 돌아갔다가 다시 제자리를 찾았다.
소무백이 그의 뺨을 후려친 것이었다.
순간적으로 정신이 번쩍 들었다.
"지금부터 정신 똑바로 차리고 삼원무극신공을 운기해라. 고통스럽더라도 참아야 한다. 잘못하면 죽는다. 내가 도와주마."

다급히 외친 소무백이 도극성을 앉히고 재빨리 뒤로 돌아가 그의 명문혈에 장심을 붙이며 눈을 감았다.

정신을 차린 것도 잠시, 도극성은 고통이 더욱 심해지는 것을 느꼈다. 특히 사부의 기운이 몸 안으로 흘러들어 오며 고통은 이루 말로 표현하기 어려울 정도로 극심해졌다.

[정신을 차리래도! 빨리 운공을 시작해라.]

소무백의 전음이 도극성의 뇌리를 강타했다.

몸속에서 한데 뒤섞인 기운에 정신이 아득했지만 도극성도 필사적으로 운공을 시작했다. 그 길만이 목숨을 구하고 고통에서 벗어날 수 있는 것이라 여긴 것이었다.

하지만 시간이 흘러도 고통은 점점 심해졌고 몸을 헤집고 다니는 기운은 좀처럼 진정이 되지 않았다. 설상가상으로 음양석에서 흘러들어 온 기운까지 싸움에 참여하자 도극성의 몸에선 그야말로 백만대군이 싸우는 전장터에 못지않은 치열한 싸움이 벌어졌다.

'크으으으으!'

비명을 지를 수는 없었다.

움직일 수도 없었다.

그리되면 사태는 그야말로 걷잡을 수 없는 지경까지 이를 수 있었다.

믿을 것은 오직 사부뿐. 도극성은 그야말로 이를 악물고 필사적으로 삼원무극신공을 운기했다.

얼마의 시간이 흘렀을까?

도극성의 몸을 헤집으며 분탕질을 치던 기운이 세 갈래로 나뉘었다.

합합어와 음양석이 뿜어내는 두 기운 중 양기는 임맥으로, 음기는 독맥으로 움직였으며 소무백의 기운은 단전을 굳게 지키고 있었다.

힘이 세 갈래로 갈리자 지옥의 유황불보다 참기 힘들었던 고통이 다소 완화되었는지 도극성의 안색이 조금은 편해진 듯했다.

하지만 언제부터인지 소무백은 왠지 모를 불안감에 사로잡혀 있었다. 그것은 합합어의 기운 때문도, 음양석의 기운 때문도 아니었다.

그보다 더욱 근원적인 문제.

그것이 정확하게 무엇인지 알 수는 없었지만 도극성의 몸에 혼신의 힘을 다해 기운을 불어넣는 지금 이 순간에도 그 불안감은 좀처럼 사라지지 않고 있었다.

혼란스러웠다. 아울러 음양석의 도움을 받았음에도 도극성의 성취도가 너무 낮아 어쩔 수 없었다지만 너무 성급하게 합합어를 동원한 것은 아닌지 후회도 되었다.

합합어는 음양석을 만들어낸 지극열천과 지극냉천이 흘러들어 가 만든 또 다른 연못에 살고 있는 영물이었다.

음양석과 마찬가지로 극양과 극음의 기운을 동시에 갖고

있으나 음양석과는 달리 몸 안에 들어가 직접적으로 작용을 한다는 점에 있어 그 효과가 음양석에 비할 바가 아니었다.
 대신 효과가 큰 만큼 위험도 컸다. 그랬기에 과거 어린 도극성에겐 먹일 엄두를 내지 못한 것이었다.
 '위험은 하더라도 삼원무극신공도 익히고 있기에 괜찮을 줄 알았건만……'
 그러나 음양석과 합쳐진 합합어의 기운은 그가 생각한 범주를 벗어나 버렸다. 엄밀히 말하자면 도극성의 수준이 너무 떨어진 것이기는 했으나, 어쨌든 제자의 역량을 제대로 파악하지 못했다는 것은 틀림없는 그의 실수라 할 수 있었다.
 바로 그때였다.
 두근.
 묘한 느낌에 심장이 뛰었다.
 두근.
 또다시 뛰었다.
 '무엇인가? 대체 무슨 일이 벌어지려는 것이지?'
 이유는 금방 알 수 있었다.
 소무백은 도극성의 전신에서 알 수 없는 힘이 서서히 태동하고 있음을 느끼곤 당황하지 않을 수 없었다.
 시발점은 독맥에서 시작되었다.
 원래 독맥은 태생적으로 양의 기운이 흐르는 곳이었다.
 한데 지금 그 독맥을 차지하고 있는 것은 합합어와 음양석에서 흘러나온 극음지기였다. 자연 반발이 일어나지 않을 수 없었는데 그 힘이 생각보다 강력했다.
 소무백은 그 힘이 무엇인지 예의 주시했다.
 어느 순간, 직감적으로 힘의 정체를 알 수 있었다.
 '서, 설마!'
 소무백의 얼굴에 두려움인지 아니면 희열인지 모를 표정이 교차했다.
 그는 황급히 임맥을 살폈다.
 임맥에서도 독맥에서와 같은 현상이 벌어지고 있었다.
 '이럴 수가!'
 믿을 수가 없었다.
 '사라진 것이 아니었단 말인가!'
 그랬다.
 지금 그가 도극성의 독맥과 임맥에서 느낀 힘은 과거에 도극성의 기경팔맥을 막고 있었던, 완전히 중화되어 사라졌다고 여긴 팔맥의 힘이었다.
 임독양맥에 침입한 극양, 극음지기로 인해 서서히 기지개를 켠 두 힘은 그 세력을 급격히 넓혀가며 자신의 영역을 침범한 힘과 정면으로 맞부딪치기 시작했다.
 사실 부딪친다고 하기도 민망했다. 아예 완벽하게 압도하며 침범했던 힘을 순식간에 밀어내 버렸으니까.
 '도대체 어디에 숨어 있었단 말인가? 그토록 찾아도 흔적

조차 없었건만.'

　소무백은 불같이 일어나 삽시간에 임독양맥을 장악하는 기운에 경악하지 않을 수 없었다.

　여기서 또 한 번 믿기 힘든 일이 일어났으니 독맥에 침입했던 극음지기는 임맥으로, 임맥에 침입했던 극양지기는 독맥으로 물러나 각기 자신과 성질이 같은 두 힘에 융합되어 하나의 기운으로 합쳐진 것이었다.

"으으으으."

　도극성의 얼굴이 또다시 고통으로 일그러졌다.

　도극성의 신음에 퍼뜩 정신을 차린 소무백은 다급해졌다.

　놀라고 있을 시간이 없었다.

　어쩌면 이것은 하늘이 준 마지막 기회일지도 몰랐다.

　소무백은 삼원무극신공을 극성으로 운용하기 시작했다. 그러자 그의 몸에서 흘러나온 기운이 그와 도극성의 주변을 에워싸기 시작했다.

　이윽고 장강의 물줄기처럼 도도한 소무백의 힘이 도극성의 몸으로 흘러들어 가며 임독양맥에 흐르는 두 기운과 접촉을 시도했다.

　소무백은 무리하지 않았다.

　두 힘을 억지로 몰아내려고도, 동화하려고도 하지 않았다. 그저 제 갈 길을 가도록 유도할 뿐이었다. 그것만으로도 그에겐 엄청난 부담이었다.

하지만 예전의 힘을 되찾은, 아니, 더욱 막강한 힘을 손에 넣고 어디로 움직여야 할지 잠시 숨을 고르고 있던 두 기운은 소무백의 의도대로 이끌리지 않고 오히려 엄청난 속도로 움직이기 시작했다.

회음에서 시작한 독맥의 양기가 명문, 신주, 대추, 아문혈을 지나 노도처럼 상승하고, 역시 회음까지 내려왔던 임맥의 음기가 관원, 기해, 거궐, 천돌혈을 지나 거침없이 치솟았다.

양 갈래로 갈라져 움직인 두 힘은 마침내 천령개(天靈蓋:정수리)까지 솟구쳐 올랐다. 그리고 거대한 충돌을 일으켰다.

꽝!

그 순간, 도극성은 마치 세상천지가 붕괴되는 듯한 굉음을 느끼며 머리가 터질 것만 같은 고통에 입을 쩍 벌렸다.

그러나 고통은 잠깐이었다.

끔찍하기만 했던 고통의 시간이 흐르자 오히려 천근만근 무거웠던 몸은 깃털처럼 가벼워지고 안개처럼 혼탁했던 머릿속이 그렇게 상쾌해질 수가 없었다.

오랫동안 뇌를 짓누르던 뭔가가 사라지는 듯한 느낌.

고통은 이미 말끔하게 사라진 상태였다.

도극성은 자신도 모르게 삼원무극신공을 운기하며 이전엔 결코 존재하지 않았던 거대한 힘을 사지백해, 기경팔맥으로 부드럽게 이끌기 시작했다.

도극성의 몸에서 무슨 일이 벌어졌는지, 또 지금의 상황이 무엇을 의미하는 것인지 너무도 잘 알고 있던 소무백은 격동에 찬 눈으로 운공에 열중인 도극성을 바라보며 조용히 중얼거렸다.

"하늘은 나를, 우리 은현선문을 버리지 않았도다."

第九章
초혼잠능대법(招魂潛能大法)

 음양석과 합합어의 도움으로 임독양맥에 숨어 있던 팔맥의 기운을 극적으로 되살린 도극성은 생사현관까지 타동하면서 몇 가지 변화된 모습을 보여주기 시작했다.

 우선 그의 최대 약점이었던 기억 능력이 어느 정도는 정상적으로 되돌아왔는데, 소무백은 그것이 생사현관을 타동하면서 뭔가 뇌에 압박을 주던 좋지 않은 기운이 해소된 것으로 여겼으나 그 역시 정확한 이유는 알지 못했다.

 어쨌든 그날 이후 도극성은 과거처럼 하루가 지나면 모든 것을 잃어버리던 고질병을 훌훌 털어버렸고, 또한 음양석의 도움을 받았음에도 칠 단계 중 고작 일단계에서 헤매고 있던 삼원무극신공을 단숨에 이단계까지 끌어올렸는데 그것은 소무백마저 깜짝 놀랄 만한 속도였다.

이후, 도극성은 삼원무극신공을 수련하는 데 최선을 다하여 일 년도 못 되어 이단계를 뛰어넘었고, 다시 일 년이 지났을 땐 이미 사단계마저 완벽하게 익혀 버린 상태였다.

삼원무극신공의 위력이라는 것이 사단계에 이르러서야 본격적으로 발휘가 되기에 모든 것들을 제쳐 두고 오직 삼원무극신공의 수련에만 몰두케 한 소무백은 도극성의 수준이 사단계에 이르자 비로소 본격적인 무공을 가르치기 시작했다. 일반적으로 알려진 상식대로라면 무공을 익히기에 조금 늦은 감이 있기는 하였지만 소무백은 조금도 신경 쓰지 않았다.

하루, 이틀, 사흘…….

한 달, 두 달, 석 달…….

세월은 유수와 같이 흘러가고 그사이 도극성은 매일 아침이면 음양석에서 삼원무극신공을 수련했다.

오후가 되면 소무백으로부터 천 년이 넘는 세월 동안 이어져 내려온 은현선문의 각종 무공을 익혔는데 방대하기 그지없는 무공 중 그가 주로 익힌 무공은 칠초 사십구식으로 이루어진 무극진천검법(無極震天劍法), 무적의 도법인 붕천삼식(崩天三式), 시전할 때마다 태산이 무너지는 굉음이 친다는 풍뢰신장(風雷神掌), 상대의 혼을 쏙 빼놓는 취혼수(取魂手), 그리고 어떠한 상황에서도 몸을 확실히 지켜줄 수 있는 표영이환보(漂影移幻步)와 빠르기가 가히 섬전을 능가한다는 능광신법(凌光身法)이었다.

 무림으로 흘러들어 가면 어느 하나 천하제일을 다투지 않을 것이 없었고, 또한 제각기 난해하기가 하늘을 찌를 정도였으나 소무백의 완벽한 설명과 함께 이어지는 친절한(?) 가르침에 도극성의 실력은 날이 갈수록 일취월장(日就月將)하고 있었다.

 그렇게 사 년이란 세월이 흐르고 도극성도 어느새 열일곱 살이 되었다.

 해가 중천에 뜬 오후, 오늘도 어김없이 도극성의 수련이 이어지고 있었다.

 꽝!

 둔탁한 충돌음과 함께 걸걸한 음성이 튀어나왔다.

 "크으으."

 가슴팍을 맞고 볼썽사납게 처박혔다가 몸을 일으킨 도극성이 옷에 묻은 먼지를 털며 일어났다.

 "이놈! 정신 차리지 못하겠느냐? 보폭이 크면 영활하지 못하고 보폭이 작으면 안정되지 못한다고 누누이 얘기했거늘, 그 엉거주춤한 자세란 뭐란 말이냐? 상대와 대적 시 앞으로 나아가 공세를 취하려면 중심을 낮춰서 전체적인 몸의 균형을 잡아야 하고 동시에 상대방의 역습도 감안해야 한다. 수비로 전환 시에는 공세 때와는 다르게 몸의 중심을 높여야 뒤로 보다 빠른 움직임과 변환을 꾀할 수 있다. 한데 네가 방금 행한 것을 보아라. 정반대였다. 대체 그게 어디를 봐서 표영이 환보란 말이냐?"

 소무백의 추상같은 질책에 도극성은 할 말이 없었다.

 "죄송합니다."

 "죄송한 걸 아는 놈이 그래! 자, 잔말 말고 다시 오너라."

 소무백이 잔뜩 못마땅한 표정으로 손을 까딱거렸다. 그러자 도극성도 약간은 오기에 찬 눈빛으로 몸을 움직였다.

 스윽.

 발걸음이 표홀하게 움직이고 순간, 도극성의 몸이 유령처럼 흔들렸다.

 좌에서 모습을 보이는가 싶으면 어느새 우측에서 모습을 보였고 우측에 나타나는 것과 동시에 배후에서 공격이 시작됐다.

 우우웅.

 웅후한 공기의 떨림에 이어 굉음을 동반한 도기가 소무백을 향해 발출되었다.

 일초에 태산을 무너뜨리고, 이초에 바다를 가르고, 삼초면 하늘마저 무너뜨린다는 붕천삼식.

 비록 육성의 수준에 불과했지만 그 위력이라는 것은 감히 논하기 힘들 정도였다.

소무백은 정면으로 부딪치지 않고 슬쩍 몸을 피했다.

파스스스.

그의 몸을 스치듯 지나간 도기가 주변 나무를 무수히 쓰러뜨리며 숲에 깊은 생채기를 만들어냈다.

"이놈, 숲을 망가뜨릴 셈이냐?"

"……."

도극성은 대답하지 않고 연거푸 공격을 감행했다.

붕천삼식은 한 번 사용하게 되면 적을 쓰러뜨릴 때까지 계속 이어지는 특성이 있었다. 구성이 넘어가면 그걸 제어할 수 있었으나 지금은 그럴 만한 능력이 되지 못했다.

소무백의 안색이 잔뜩 찌푸려졌다.

"하아앗!"

힘찬 기합성과 함께 도극성의 도가 수직으로 내리꽂혔다.

파스스스슷.

도에서 뿜어져 나온 희뿌연 도기가 소무백의 십팔대 사혈을 노리며 날아들었는데 그 빠르기가 마치 짙은 먹구름을 뚫고 지상으로 내려온 한줄기 햇살과도 같았다.

소무백은 피하지 않았다.

오히려 도기에 맞서 손을 뻗었다.

우르르릉.

우렛소리를 내며 주변의 공기가 요동치더니 소무백의 손에서 뿜어진 장력이 도극성의 도기에 맞서 나갔다.

꽝! 꽝! 꽝!

연이은 충돌음이 들리며 도극성의 몸이 주르륵 밀려 나갔다.

단 한 번의 손짓으로 그의 공격을 완벽히 무력화시킨 소무백이 몸을 움직여 나아갔다.

도극성이 다급히 칼을 휘둘렀으나 그의 공격은 번번이 소무백의 손짓에 의해 빗나가거나 현저히 위력이 줄어 아무런 위력이 없었다.

도극성은 이를 악물었다.

사부의 손짓이, 자신의 공격을 모조리 분쇄하는 손짓이 무엇인지 너무도 잘 알고 있기 때문이었다.

상대의 혼을 취한다는 취혼수.

그 어떤 것도 막지 못하는 것이 없고, 막히지 않는다는 절세의 수법(手法).

문제는 취혼수가 펼쳐졌을 때 마지막 결과가 어찌 된다는 것을 너무도 잘 알고 있다는 것이었다.

'아, 안 돼. 피해야……'

하지만 그리할 수 없음은 지난 수년간의 경험으로 너무도 잘 알고 있었다.

쫙!

숲을 울리는 경쾌한 격타음이 있었다.

필사적으로 움직이는 도극성의 움직임을 봉쇄하면서, 또

한 그가 날린 모든 공격을 간단히 무력화시키며 접근한 소무백의 손길이 도극성의 얼굴을 가볍게 훑고 지나간 것이었다.
 정신이 아득했다.
 다리에 힘이 풀리며 그대로 주저앉고 싶었다.
 코끝이 간지러운 것을 보며 코피가 터진 것이 분명했다.
 다른 것은 몰라도 코피라면 정말 지긋지긋했다.
 도극성은 재빨리 숨을 들이켜 막 코 밖으로 나오려던 코피를 안쪽으로 빨아들여 입으로 뱉어버린 후, 능숙한 솜씨로 코 옆의 혈을 눌러 지혈을 시켰다.
 그러나 함부로 사용해선 안 된다는 당부를 어기고 붕천삼식을 사용한 도극성을 그대로 용서할 소무백이 아니었다.
 발을 박찼다고 생각하는 순간, 그가 있던 자리엔 뿌연 환영만이 남았으니…….
 도극성은 그 즉시 눈을 감았다.
 사부가 지금 시전하는 보법은 그 자신도 익히고 있는 표영이환보였다.
 칠성에 불과한 자신의 수준과 십이성에 이른 사부의 수준은 그야말로 하늘과 땅. 막을 수 있는 방법은 눈이 아니라 오직 전신의 감각뿐이었다.
 '왼쪽?'
 도극성은 왼편에서 희미하게 느껴지는 기운을 감지하곤 그 즉시 칼을 찔러 넣었건만 그가 찌른 것은 소무백의 잔상일 뿐이었다.

한데 도극성은 그럴 줄 알았다는 듯 자연스레 몸을 틀어 칼을 휘둘렀다. 승리를 확신하는 표정과 자신에 찬 표정.

그러나 자신만만하던 도극성의 입에서 짧은 경악성이 터져 나오고 칼에 찔린 잔상이 바람결에 흐트러질 때 그의 얼굴로 다가가는 손바닥이 있었다.

쫙!

"크윽!"

단 한 방에 도극성은 무려 일곱 걸음이나 뒷걸음질쳤다. 그래도 그는 쓰러지지 않았다. 칼을 바닥에 꽉 박으며 악착같이 버텼다.

"반응은 잘했다. 생각보다 빠르더구나. 그러나 공격을 하려면 좀 더 신중했어야 했다. 왼쪽이 허상임을 눈치 챘다고 그리 자만을 해서야… 너보다 강한, 아니, 최소한 비슷한 실력을 지닌 상대라면 공격에 앞서 한 번 더 생각을 했어야 했다."

"……."

서 있는 것조차 힘들었던 도극성은 말할 힘도 없었다.

"그리고 붕천삼식은 그 위력만큼이나 오히려 네게 독이 될 수 있다고 했다. 함부로 쓰지 말라고 그리 말을 했건만… 이건 내 말을 무시한 벌이다."

소무백의 손이 다시 한 번 움직이고, 칼에 의지하여 간신히 몸을 지탱하던 도극성의 몸이 허공으로 붕 뜨더니 볼썽사납게 처박혔다.

조금 전, 지혈했던 코피가 연이은 충격으로 다시 터져 폭포수처럼 쏟아져 흘러나왔다.

"죄송……."

도극성은 말을 잇지 못하고 정신을 잃고 말았다.

충격이 꽤나 컸는지 도극성은 삼각 정도가 지나서야 겨우 의식을 되찾았다.

"정신이 드느냐?"

"예."

"흠."

소무백은 호박빛 빛깔이 감도는 술잔을 내려놓고 심란한 표정으로 도극성을 응시했다.

"문제로구나."

"죄송합니다."

도극성이 민망한 얼굴로 고개를 숙였다.

삼원무극신공이 육단계에 접어든 지 벌써 석 달. 한데 이상하게도 진전이 느렸다. 아니, 근래 들어선 아예 정체가 되어 버렸다.

익히고 있는 모든 무공의 근본이라 할 수 있는 삼원무극신공이 정체가 되자 나머지 무공까지 영향을 받았다. 물론 매일같이 이어지는 수련 덕에 실력이 조금씩 늘기는 했지만 소무백마저 혀를 내두를 정도로 무섭게 발전하던 때가 얼마 전이라는 것을 생각하면 현재 도극성의 상태는 심각한 것이라 할 수 있었다.

"그러고 보니 나 역시도 육단계에 들어와선 너처럼 큰 문제가 있었구나. 마치 벽에 부딪친 것처럼 막막하고······."

"그래서 어찌하셨습니까?"

도극성이 말을 끊으며 냉큼 물었다.

"어찌하긴, 벽을 뛰어넘어 버렸지. 당시 사부님의 특단의 조치 덕분이기는 했지만."

"특단의 조치요?"

도극성이 호기심을 보이자 소무백이 은근한 어조로 물었다.

"어떠냐? 너도 해보겠느냐? 조금 힘들기는 하지만 효과는 확실하다."

도극성은 쉽게 대답할 수가 없었다.

지금껏 사부의 행동이나 말투를 살펴볼 때 대부분이 '해라'라는 식의 강경한 명령조였지 지금처럼 당부나 부탁조의 말은 거의 없었다. 그리고 그런 말 뒤에 어떤 고초가 뒤따를지는 몸서리칠 정도로 잘 알고 있었다.

"왜? 하기 싫으냐?"

"아니요. 뭐, 딱히 하기 싫다기보다는··· 일단 제 나름대로 최선을 다해보고······."

"하면, 지금까지는 최선을 다하지 않았다는 말이더냐?"

소무백의 눈이 매서워지자 도극성이 황급히 고개를 저었다.

"아, 아닙니다. 최선을 다했어요. 정말 죽을 정도로."

"한데도 결과가 이 모양이더냐? 지금 실력이면 팔룡은 고사하고 이무기도 상대할 수 없다."

"……"

도극성이 인정할 수 없다는 표정으로 얼굴을 굳히자 소무백이 비웃음이 살짝 실린 어조로 말을 이었다.

"지금 네 실력은 칠 년 전, 소군산에서 싸웠던 어린 중과 비슷하거나 조금 뛰어난 정도다. 한데 그때로부터 칠 년이 지났다. 어쩔 것 같으냐?"

"……"

"팔룡은 하늘에서 내린 기재다. 무공을 익힐 수 있는 완벽한 신체와 뛰어난 머리를 지니고 태어났다. 게다가 팔룡을 키우는 각 문파를 보면 한 문파 문파가 능히 무림을 오시할 힘을 지닌 곳이다. 모르긴 몰라도 문파의 모든 힘을 집중하여 녀석들을 육성하고 있을 것이다. 네가 음양석에서 내력을 키우듯 녀석들도 그와 같은 기물의 도움을 얻고 있을 것이고, 합합어로 내력을 증진시키듯 녀석들은 그 이상의 온갖 영물들과 영약을 동원하여 무시무시한 내력을 갖추고 있을 것이다. 뿐만 아니라 매일같이 수많은 사람들과 각기 다른 무공으로 비무를 하며 실력을 쌓아갈 것이다."

"저도 사부님과……."

"오직 나뿐이지 않느냐? 수년 동안 대련을 통하여 너무도 잘 알고 있는 상대. 게다가 내가 너에게 실력을 맞춘다고 해도 일방적으로 가르치는 것에 불과하다. 네 스스로 문제 해결책을 찾는 데 도움은 되지 못한다. 그것은 오직 너와 비슷한 실력을 지닌 상대와의 싸움을 통해 얻을 수 있는 것이다."

"하지만 본 문의 무공은 저들에 비해 월등히……."

"무슨 소리!"

소무백이 당치도 않다는 듯 호통을 치며 엄숙한 표정이 되었다.

"저들이 내게 각 문파의 신물을 빼앗긴 것은 그들 문파가 지닌 무공이 약해서가 아니라 그들이 약해서이다. 소림의 달마역근경은 네가 익히고 있는 삼원무극신공에 못지않고, 그것은 무당이나 화산의 무공 또한 그러하다. 단지 선조들의 무공을 어리석은 후손들이 제대로 익히지 못해 차이가 날 뿐, 무공 그 자체만 놓고 볼 때엔 본 문의 무공에 못지않은 무공이 무림에 얼마나 많은지 헤아리기조차 힘들 정도다."

물론 말은 그리해도 소무백 자신은 그렇게 생각하지 않고 있었다. 무림에 수많은 무공이 있음에도 불구하고 오직 은현선문의 무공만이 유아독존 격이라 자부하고 있었다.

"……."

도극성은 고개를 숙이고 묵묵히 사부의 말을 경청했다.
소무백은 그에게 생각의 시간을 조금 준 뒤 다시 한 번 넌지시 말했다.
"특단의 조치라는 게 별것 아니다. 어차피 그것도 무공 수련을 하는 과정에 불과해. 이 사부가 해냈듯이 너도 할 수 있을 것이다. 그리고 지금 네겐 앞을 가로막고 있는 벽을 깨버릴 계기가 필요한 상황이다. 그 계기라는 것이 어떤 깨달음이 될 수도 있고 아니면 새로운 경험을 해보는 과정에서 이루어질 수도 있는 것이겠지만, 내 자신하건대 은현선문 대대로 내려오는 대법을 이용한다면 너를 짓누르고 있는 벽은 틀림없이 깨질 것이며 그 과정을 통해 몇 단계 도약을 이룰 수 있을 것이다. 어떠냐, 도전을 해보겠느냐?"
"……"
"도전을……."
"예. 해보겠습니다."
마침내 결심을 굳힌 도극성이 고개를 끄덕였다.
최근 들어 문제의 심각성을 가장 크게 느끼는 사람은 다름 아닌 도극성 자신이었으니, 그 문제점을 해결할 수 있다는데 못할 것이 없으리라 여긴 것이다.
"한데 그 특단의 조치라는 게 어떤 것입니까?"
"별것없다. 그냥 수련의 일종이야."
"수련이라면……?"

어차피 은현선문 대대로 내려오는 대법이라는 말에 일단 허락은 했지만 도극성은 아직도 조심스러워하고 있었다.
"그냥 수련이라고만 알면 된다. 지금처럼 비무를 통한 수련."
부드럽게 웃는 소무백. 순간, 도극성은 알 수 없는 불안감에 사로잡혔다.

*   *   *

"그 대법이라는 것은 언제부터 시작되는 겁니까?"
도극성이 물었다.
"이미 시작되었다. 뭐, 본격적인 수련은 오늘 밤부터겠지만."
소무백의 대답에 도극성이 깜짝 놀라 되물었다.
"예? 벌써 시작되었다고요?"
"그래."
"아니, 도대체 언제… 그런 기억이 없는데요."
"네가 잠을 자는 사이에 준비를 마쳤다. 그냥 그런 줄만 알고 있으면 된다."
소무백은 도극성이 지닌 의문을 말끔히 해소시켜 주지 않고 그냥 두루뭉술하게 말을 얼버무렸다.
되묻는 것을 가히 좋아하지 않는 사부의 성격을 감안해 더 이상은 묻지 않았지만 매사에 맺고 끊음이 확실한 사부의 평소 모습과는 너무도 대비되는 바람에 불안한 마음은 자꾸만 가중되었다.

도극성은 일단 예전과 다름없는 하루 일과를 보냈다.

오전에 음양석에서 삼원무극신공을 수련했고, 오후엔 사부와 더불어 은현선문의 무공을 익혔다. 그리고 저녁 무렵엔 스스로 무저동(無低洞)이라 이름붙인 동굴에서 감각을 극대화시키는 훈련을 했는데 빛이라고는 찾아볼래야 찾아볼 수 없는 완벽한 어둠, 오로지 어디엔가 뚫려 있는 틈을 통해 스며든 바람만이 존재하는 그곳은 오감을 극대화시키고 전신 감각을 끌어올리는 데 최적의 장소였다.

도극성이 무저동에서의 수련을 끝내고 천문동부 밖으로 나왔을 땐 이미 천지의 사물이 깊이 잠든 한밤중이었다.

"도대체 언제 수련을 하라는 것인지."

도극성은 아무런 언질도 주지 않는 소무백의 행동에 답답해하며 거처로 돌아왔다.

"왔느냐?"

불이 꺼진 방 안에서 소무백의 음성이 들려왔다.

"예."

"애썼다. 어서 자거라."

"그 특단의 조치라는… 수련은 언제 하는 겁니까?"

도극성이 조심스레 물었다.

"아침이면 알게 될 게다."
의혹만 더욱 깊게 만드는 대답이었다.
"그게 무슨……."
"피곤하다. 내일 아침에 얘기하자꾸나."
단숨에 말을 끊은 소무백의 침소에선 더 이상 그 어떤 말도 들려오지 않았다.
"후~"
답답함에 고개를 절레절레 흔든 도극성도 얼음보다 찬 물로 하루의 피로를 씻어내고는 상쾌한 기분으로 침소에 들었다.
자꾸만 불길한 예감이 뇌리를 스쳤으나 애써 무시하며 잠을 청했다.

한 치 앞도 보이지 않는 숲.
그 숲을 휘감고 있는 짙은 안개.
도극성은 얇은 잠옷 하나만을 걸치고 그 숲을, 안개 속을 헤매고 있었다.
"여기는 어디지?"
도극성은 잠을 자고 있던 자신이 어째서 그곳에 있는지, 또 무슨 이유로 헤매고 다니는지 이해를 할 수가 없었다.
고개를 이리저리 돌리며 자신이 서 있는 곳이 어딘지를 알아내려고 했으나 아무리 둘러봐도 보이는 것이라고는 무성한 나무와 수풀 정도, 알 수 있는 것은 그저 자신이 난생처음 보는 낯선 곳에 와 있다는 것뿐이었다.

"도대체 무슨 일이……."

말은 이어지지 않았다.

"헉!"

도극성은 난데없이 날아든 화살에 기겁을 하며 몸을 숙였다.

한데 화살이 한두 발이 아니었다.

쉭. 쉭.

무수히 많은 화살이 그의 몸을 스치며 지나갔다.

어찌나 빠르고 위력적인지 만약 필사적으로 몸을 흔들고 땅을 구르지 않았다면 치명적인 부상을 당했을 터.

"누구냐!"

도극성은 재빨리 내력을 끌어올리며 자신을 공격한 자들을 찾았다.

바로 그 순간, 그토록 짙게 깔렸던 안개가 확 걷히는 것과 동시에 도극성을 공격했던 이들이 모습을 드러냈다.

처음 보는 자들이었다. 하지만 어딘지 모르게 익숙한 사람들.

"네놈들은 누구냐?"

도극성이 차갑게 노려보며 물었다. 이미 한 번의 위기를 넘기면서 차갑게 식은 눈이 냉철하게 그들을 살폈다.

'도합 아홉. 다른 기척은 느껴지지 않는다. 도대체 누구지?'

생각이 정리되기도 전에 공격이 시작됐다.

"망할 놈들!"

누군지도, 아무런 이유도 모른 채 일방적으로 공격을 당하게 된 도극성은 머리끝까지 화가 치밀었다.

그는 자신을 향해 전력질주하며 칼을 휘두르는 청년의 공격을 취혼수로 슬쩍 방향을 틀고 무릎으로 상대의 명치를 그대로 찍어버렸다.

입을 쩍 벌리며 쓰러지는 청년. 비명은 없었다.

쉬쉬쉭!

바람을 가르는 소리가 들렸다.

도극성은 주저없이 허리를 꺾었다.

섬뜩하기가 저승사자의 눈동자보다 더한 칼날이 콧잔등을 스치며 지나가고 칼에 잘린 머리카락이 허공에 흩날렸다.

도극성은 양팔을 어깨 뒤로 넘겨 땅을 짚고 풀쩍 뛰어 연이은 공격에서 벗어났다.

하지만 그곳 역시 안전한 곳은 될 수가 없었다. 그가 어떤 식으로 움직일지 예측이라도 한 듯 미리 선점한 노인이 무지막지한 장력을 쏟아냈기 때문이었다.

피하기엔 너무 늦었다.

"크악!"

온 숲이 울리도록 처절한 비명에 숲에 살고 있는 생물들마저 두려움에 떨었다.

"시작됐군."

난데없는 비명 소리에 소무백이 천천히 이불을 걷고 침상에서 내려왔다.

"크으으으으."

침상 위에 죽은 듯이 누워 있는 도극성.

사지는 꼼짝하지 않았는데 입에선 연신 신음 소리가 흘러나오고 얼굴엔 오만 가지 표정이 나타났다 사라졌다.

그 모습을 보는 소무백의 얼굴에 안타까움이 살짝 드러났다.

"고통스러울 것이다. 죽을 만큼 힘들 것이고 괴로울 것이다. 하지만 참아야 한다. 버텨내야 한다. 지금의 힘든 과정이 네게는 피가 되고 살이 될 터. 이 사부가, 사부의 사부가, 그리고 그 위의 조사님들이 그랬던 것처럼 이겨내야 한다."

제자의 고통에 마음이 아픈지 연신 한숨을 내쉬던 소무백이 가만히 도극성의 손을 쥐었다.

"이런 빌어먹을! 내가 이대로 죽을 줄 알았느냐? 어림없다!"

고래고래 소리를 지른 도극성은 이미 그 목숨이 끊어진 것만 같은 사내의 몸뚱이를 마구 걷어찼다.

퍽! 퍽! 퍽!

한껏 내력이 담긴 발길질에 피가 튀고, 살점이 뚝뚝 떨어져 나갔다.

"으으으으."

한참의 시간이 지나고 비로소 발길질을 멈춘 도극성이 비틀거리는 몸을 주체하지 못하고 땅바닥에 털썩 주저앉고 말았다.

땀인지 피인지 분간하기 힘든 액체와 흙먼지가 뒤섞여 엉망이 된 얼굴, 붉은 피가 온몸을 적시고 옷은 이미 걸레 조각으로 변한 지 오래였다.

자신을 공격했던 자들 중 하나로부터 빼앗은 칼에는 핏물이 찐득하니 달라붙어 있었는데 그나마도 반쪽이 나버린 상태였다.

"지독한 놈들. 여기를 벗어나기만 해봐라. 사부님께 말씀드려 뼈도 못 추리게 만들어줄 테니까."

최초, 아무런 이유도 없이 공격을 당한 이후 벌써 다섯 명의 목숨을 빼앗았다.

첫 살인을 했다는 죄책감을 느낄 여유도 없이 집요하게 이어지는 공격에 온몸에 성한 곳이 없을 정도로 크고 작은 부상을 당하면서 겨우 도주에 성공한 지금, 악이 받칠 대로 받친 그의 뇌리엔 도대체 누가, 무슨 이유로 자신을 죽이려 하는지에 대해선 말끔히 사라지고 없었다. 오직 탈출을 해서 지금의 복수를 해야 한다는 생각에 사로잡혀 있었다.

하지만 그의 외침을 듣기라도 한 듯 그를 쫓던 네 명의 노인이 모습을 드러냈다.

"젠장! 도대체 내게 왜 이러냐고!"

그 물음에 돌아온 것은 외눈박이 노인이 휘두른 창날이었다.

일직선으로, 최단거리를 점하며 밀려오는 창날을 보며 도극성은 침착히 뒤로 물러섰다.

이미 노인들의 실력이 어떤지 보았기 때문에 섣부른 반격은 생각하지 않았다. 그저 표영이환보를 이용하여 공격을 피하고 어떻게든 도망칠 방법을 찾고 있었다. 그러나 노인들은 그가 물러설 곳을 완벽하게 차단하고 있어 그마저 여의치가 않았다.

단 한 번의 도약으로 도극성을 사정거리에 둔 노인이 매섭게 창을 찌르며 몰아쳐 왔다.

엄청난 창의 속도에 당황한 도극성이 죽어라 칼을 휘둘렀다.

창!

칼에 부딪친 창날이 도극성의 허리를 아슬아슬하게 스치며 지나갔다.

퍽! 퍽! 퍽! 퍽!

도극성을 놓친 창이 그의 뒤에 서 있던 나무에 날카로운 흔적 다섯 개를 만들었다.

'뭐, 뭐가 이리 빨라!'

찔러오는 창의 그림자는 하나뿐이었는데 나무에 남은 흔적은 다섯 개였다. 한마디로 그가 눈치 채지 못한 움직임이 네 개나 더 있다는 말이었다.

소름이 끼쳤다.

공격이 무위로 돌아갔음에 자존심이 상한 것인지 노인의 얼굴이 한층 더 살벌해졌다. 아울러 하나뿐인 눈에서 뿜어져 나오는 살기가 야수의 것처럼 섬뜩했다.

노인이 한 걸음 다가왔다.

도극성이 전신의 감각을 최대한 끌어올리며 한 걸음 물러났다.

노인이 다시 한 걸음 다가왔다.

거리가 제법 되었음에도 온몸에 받는 압박이 장난이 아니었다.

그럴수록 도극성의 몸은 점점 더 위축이 되었고 거리는 조금씩 좁혀졌다.

어느 정도 거리에 이르렀다고 생각했는지 노인의 몸놀림이 갑자기 빨라지기 시작했다.

취이잇!

마치 뱀의 혓바닥이 낼름거리듯 창영이 도극성의 배를 노리며 날아들었다.

도극성은 단숨에 자신의 아랫배로 파고드는 창을 뚫어지게 살펴보다 혼신을 다해 몸을 비틀었다.

살점이 뜯겨져 나가며 피가 튀었다.

도극성의 허리에 적지 않은 상처를 입힌 창이 다시 돌아와 또다시 아랫배를 노렸다.

이번엔 피하지 않았다.

도극성이 부러진 칼을 아래쪽에서 비스듬히 쳐올려 창의 방향을 바꾸는 것과 동시에 급격히 전진을 하며 오히려 역공을 가했다.

하지만 노인은 도극성의 역공을 허락할 생각이 없는 듯했다.

창을 휘돌려 역공을 간단히 막은 후 가슴을 찔러왔다.

몸의 중심이 흩어진 상황. 막을 수가 없었다.

도극성은 본능적으로 손을 뻗어 창을 후려쳤다.

다행히 창의 방향이 바뀌는 듯했다.

하나, 창날이 돌연 방향을 바꾸며 허벅지를 찔러왔다. 최대한 신속히 발을 뺐지만 움직이기도 전에 고통이 밀려들었다.

"크윽!"

고통스런 비명과 함께 도극성의 손이 움직이고 취혼수에 창이 부러졌다.

노인은 자신이 할 일은 다 했다는 듯 창을 버리고 훌쩍 뒤로 물러났다.
 도극성은 행여나 또 다른 공격이 이어질까 고통을 참으며 뒤로 물러났다.
 그의 허벅지에 두 뼘이나 되는 창날이 그대로 박힌 상태였다.
 '끝장이구나.'
 창날이 제대로 신경을 건드렸는지 다리를 움직이기가 쉽지 않았다.
 살짝살짝 움직일 때마다 머리끝까지 쭈뼛 서는 고통이 밀려들었다.
 자신보다 강한 상대와 싸우면서 다리를 잃었다는 것은 사실상 싸움이 끝난 것을 의미했다.
 바로 그때, 창으로써 도극성에게 치명적인 부상을 안겨준 노인을 제외한 세 명의 노인이 천천히 걸어왔다.
 암담했다.
 움직이고 싶었지만 엄두가 나지 않았다.
 그렇다고 반항을 하자니 하체가 무너진 상황에서 제대로 된 공격이 될 리가 없었다.
 "크악!"
 도극성의 입에서 또다시 처참한 비명이 터져 나왔다.
 비명 소리를 타고 무참히 잘린 두 팔이 허공으로 치솟았다.
 "끄윽!"

도극성의 눈이 고통으로 뒤집혔다. 그런 그의 아랫배에 긴 장검 하나가 박혀 있었다.
목구멍을 타고 오르는 핏물을 억지로 삼킨 도극성의 입에서 더 이상 비명 소리가 흘러나오지 않았다.
자신의 뒤로 한 노인이 접근하는 것을, 그리고 그가 하늘 높이 칼을 치켜 올리는 것을 느끼면서도 도극성이 할 수 있는 일은 아무것도 없었다.
죽음을 앞둔 순간, 자신 때문에 그 오랜 세월 동안 모진 고생(?)을 한 사부의 얼굴이 떠올랐다.
'용서하십시오, 사부님.'
사부의 기대에 부응키는커녕 낯선 곳에서 개죽음을 당하게 된 자신의 처지가 너무도 한심했다.
'죄송합니다, 사부님. 이 못난 제자 먼저 가겠습니다, 사부… 님.'
다시 한 번 소무백에게 용서를 빈 도극성은 모든 것을 체념하고 조용히 눈을 감았다.
목 언저리에서 차가운 감촉이 전해져 왔다.
이상하게도 고통은 없었다.

도극성이 천천히 눈을 떴다.
새벽이 오려는지 저 멀리서 희미하게 밝음이 느껴졌다.
'꿈?'

도극성은 자신의 손을 잡고 걱정 어린 눈으로 바라보는 소무백의 시선을 느끼며 안도의 한숨을 쉬었다.

'꿈… 이었구나.'

하나, 꿈치고는 너무도 생생했다.

"괜… 찮으냐?"

부드러운 음성. 비로소 살아 있음을 느꼈다.

"사부… 님."

도극성은 소무백의 근심에 찬 눈에 감격의 눈물을 흘렸다.

"사부님!"

"그래, 그래. 괜찮다."

소무백은 도극성의 흐느낌이 잦아질 때까지 그의 등을 부드럽게 어루만져 주었다.

얼마의 시간이 지나고, 감정을 추스른 도극성이 지난밤 너무도 생생하여 평생 잊혀지지 않을 것 같은 꿈에 대해 이야기를 시작했다.

소무백은 도극성의 말에 추임새까지 넣어가며 탄성을 내지르고 고개를 끄덕여 주었다.

"그게 꿈이라니 얼마나 다행인지 모르겠습니다. 다시는, 다시는 꾸고 싶지 않은 꿈입니다."

도극성이 진저리를 치며 온몸을 흔들었다.

바로 그때, 소무백이 지나가는 말투로 물었다.

"그런데 싸움은 할 만하더냐?"

"예?"
"싸움은 할 만하더냐고 물었다."
"글쎄요… 뭐, 그냥저냥."
도극성이 떠올리기도 싫다는 표정으로 말을 흐렸다.
"할 만하다니 다행이구나."
순간, 알 수 없는 불안감이 온몸을 휘감았다.
"오늘의 싸움을 잘 기억해 두거라. 앞으로 네 생활이 될 터이니."
"무슨… 말씀입니까?"
"그게 바로 특단의 조치, 초혼잠능대법(招魂潛能大法)이다."
쩡!
만근의 암석이 뒤통수를 후려치는 충격도 이보다는 덜할 것이다.
"그, 그러니까 제가 꾼 꿈이……?"
"그래. 초혼잠능대법이라고, 꿈속에서 실전의 경험을 쌓는 본 문에서 내려오는 비전 중의 비전이니라."
"……."
너무 어이가 없어 말이 나오지 않았다.
문득 목숨을 잃기 전, 모든 것을 체념했을 때 오직 사부의 얼굴만이 떠올랐음을 상기했다. 그리고 못난 제자임을 자처하며 용서를 빌고 또 빌었음을.

"이런 젠장!"

도극성은 자신도 모르게 욕설을 내뱉고 말았다.

평소라면 감히 이해도, 결코 용서하지도 않았을 무례한 말이었지만 소무백은 화를 내지 않았다.

"쉬거라."

화를 내기는커녕 오히려 도극성의 어깨를 가볍게 두드려 주며 방을 나섰다.

'훗, 빌어먹을 영감탱이였던가?'

그 옛날, 자신이 사부에게 했던 말을 떠올리며 빙그레 웃음 짓는 소무백이었다.

"으으으으."

도극성의 입에서 짙은 신음 소리가 흘러나왔다. 한데 그 모양새가 어딘가 이상했다. 며칠은 잠을 자지 못한 것처럼 푸석푸석한 피부하며 시뻘게진 눈이 한눈에 보아도 정상이 아니었다.

술을 홀짝이며 그 모양을 보던 소무백이 혀를 차며 말했다.

"쯧쯧, 인간은 한평생 반드시 세 가지 일을 해야 하느니라. 그 하나가 먹어야 하는 것이고, 다른 하나는 먹은 것을 밖으로 배출하는 일이다. 그리고 마지막 하나가……."

말끝을 흐린 소무백이 반쯤 감기는 도극성의 눈을 보며 회심의 미소를 지었다.

"잠을 자야 하는 것이다. 그게 바로 자연의 이치다."

그 말에 정신을 차린 것인지 도극성이 양 볼을 때리며 머리를 흔들었다.

"한데 너는 어째서 그 이치를 거스르려는 것이냐?"

"그만 하세요! 그런 말씀 하시려거든 빨리 그 초혼… 어쩌구 하는 대법이나 해제시켜 주세요!"

도극성이 발악하듯 소리쳤다.

"어림없는 소리. 내가 강요를 했더냐? 이건 어디까지나 네가 선택한 길이다. 그리고 심히 안타깝지만 초혼잠능대법은 펼칠 때는 마음대로 펼칠 수 있어도 거둘 때는 마음대로 거두지 못한다."

"그러면 평생 이렇게 살아야 한단 말입니까?"

"어허, 내가 말하지 않았느냐? 삼원무극신공이 칠단계로 접어들면 자연스레 사라진다고."

"젠장, 그게 어디 마음대로 된답니까?"

도극성이 버럭 소리를 지르고 고개를 홱 돌렸다.

벌써 닷새째 잠을 못 자고 버틴 도극성에게 남은 건 악뿐이었다.

그럼에도 소무백은 화를 내지 않았다. 더욱 은근한 어조로 그를 달랠 뿐이었다.

"그렇게 질색만 할 것은 아니다. 생각해 보거라. 근래에 너는 분명 어떤 한계에 부딪치고 있었고 돌파구가 필요했었다.

그것은 너도 인정을 하지 않았더냐?"

"이런 식은 아니었습니다. 이게 어디 돌파구랍니까? 수련을 빙자해 멀쩡한 사람을 잡자는 것이지."

"모르는 소리. 그건 네가 익숙지 않아 그런 것이다. 따지고 보면 초혼잠능대법만큼 뛰어난 것이 어디 있더냐? 비록 다소간의 고통은 따르겠지만 그만큼 완벽하게 실전 수련을 경험할 수 있는 것은 아무것도 없다."

"그 실전 수련이라는 것이……."

도극성은 입에 담기도 끔찍한지 말문을 닫아버렸다.

"네 말대로 아무런 효용이 없으면 어째서 그 대법이 이어져 내려왔겠느냐? 선조님들께서도 너와 같은 한계를 경험하셨고, 그 한계를 깨기 위한 방법으로 초혼잠능대법을 만드신 것이다."

"그래도 난 싫다고요."

"그래? 그럼 네 마음대로 해보거라. 한평생 살아오면서 지금껏 잠을 자지 않고 버틴 인간을 보지 못했으니."

소무백은 더 이상 신경 쓰지 않겠다는 듯 몸을 돌렸다.

'흠, 앞으로 하루나 더 버틸 수 있으려나? 어쩌면 오늘 고꾸라질 수도 있겠군.'

방문을 나서기에 앞서 힐끗 도극성의 상태를 살핀 소무백이 음흉한 웃음을 지었다.

그의 예측대로 도극성은 만 하루를 넘기지 못하고 침상에 머리를 처박고 말았다. 그리고 정확히 한 시진 만에 비명을 지르며 잠에서 깨어났으니 사부가, 아니, 은현선문의 선조들이 마련한 지옥문에 제대로 발을 들여놓은 것이었다.

그날 이후, 도극성은 제대로 잠을 자본 기억이 없었다.

꿈속에서조차 자신에게 나타난 현실이 꿈이라는 것을 알고 있었지만 어찌 피할 방법이 없었다.

잠이 든 순간, 항상 그는 안개 짙은 숲을 거닐고 있었고 갑작스레 나타난 괴인들에게 무작정 공격을 당했기 때문이었다.

그들과의 싸움에서 겪는 고통은 너무도 현실적이었다.

단순히 아프다, 고통스럽다를 떠나 죽을 만큼 괴로웠고, 그래서 미치도록 피하고 싶었다.

하나, 그들은 도극성의 목숨이 끊어지는 순간까지 그를 공격했다. 목숨이 끊어지는 순간에야 비로소 공격이 멈추고 도극성은 악몽에서 깨어날 수 있었다.

그렇게 보낸 하루가 이틀이 되고, 한 달이 되었으며 일 년, 이 년이 되었다.

매일같이 악몽과 싸우는 사이에 도극성은 어느덧 열아홉의 건장한 청년이 되었다.

하지만 제대로 잠을 못 자니 몰골이 말이 아니었다.

몸은 마를 대로 말랐고, 성격은 칼같이 날카로워졌다. 심지어 사부의 말이라면 무조건적으로 순종했던 지난날과는 달리 이제는 툭하면 반항을 하고 덤비기 일쑤였다. 물론 오후 수련 시간을 통해 처절하게 응징을 받았지만 그 정도 고통은 꿈속에서 허구한 날 사지가 잘리고 목숨을 잃는 것에 비하면 아무것도 아닌 터. 말투며 행동거지는 좀처럼 바뀌지 않았다. 특히 비무를 할 때는 더욱 그랬다.

잔뜩 흐린 어느 날 오후, 도극성은 그날도 사부와 비무를 하고 있었다.

"이놈! 다짜고짜 살수더냐?"

도극성의 검이 스치기만 해도 치명적인 사혈을 매섭게 공략해 오자 소무백이 다급히 움직이며 소리쳤다.

"흥, 뭘 그럽니까? 어차피 맞지도 않을 거면서."

콧방귀로 소무백의 말을 간단히 일축한 도극성이 더욱 거칠게 사부를 몰아쳐 갔다.

"오냐, 네놈이 정 그리 나온다면 나도 더 이상 참지 않겠다."

"나~원. 언제는 참았습니까? 남들이 알면 오해하기 딱 좋습니다그려."

"극성이 네 이놈!"

화가 머리끝까지 치솟은 소무백이 표영이환보를 극성으로 펼치며 수세에서 공세로 전환을 꾀했다.

도극성의 경지 또한 이미 사부에 못지않은 수준.

그는 사부가 움직이려는 방위를 미리 차단하며 함정까지 파놓고 그를 기다렸다.

파스스슷.

예리한 검기가 소무백을 노렸으나 소무백의 반응은 그가 예측한 것보다 훨씬 빨랐다. 그래도 머리카락 몇 가닥 얻는 성과는 있었다.

"물 찬 제비가 울고 가겠습니다, 사부!"

간발의 차이로 공격을 피한 소무백이 입술을 꽉 깨물었다. 게다가 같잖은 농까지 들었다. 이쯤 되면 제대로 망신을 당한 것이었다.

"오냐오냐했더니 이제는 사부의 머리끝까지 오르려 하는구나."

"그렇게 오냐오냐한 적은 없는……."

능글맞게 웃던 도극성이 입을 꽉 다물었다. 소무백의 기도가 갑자기 변하고 있음을 느낀 것이었다.

말은 거칠었지만 날카로움이 어느 정도 배제된 소무백의 자세에서 이제는 살짝만 스쳐도 온몸이 갈가리 찢겨 나갈 것만 같은 살벌한 기운이 느껴졌다.

'젠장, 너무 나갔나?'

자신의 농이 지나쳤음을 뼈저리게 후회했다. 하나, 후회는 아무리 빨라도 늦는 법. 상대가 소무백이라면 더욱 그랬다.

'썩을! 코피로 끝나지는 않겠고만.'

제아무리 실력이 늘었다지만 아직 소무백의 상대는 될 수가 없었다. 지금껏 가장 오래 버틴 것이 삼십초 정도. 그나마도 소무백이 전력을 다하지 않았기에 가능했던 것이었다.

"마침 비도 오고 하니 어디 제대로 한번 놀아보자꾸나."

소무백이 한두 방울 떨어지는 빗방울을 의식하며 나직이 말했다.

그 말을 '비 오는 날 먼지 나듯 맞아봐라' 라고 해석한 도극성의 안색이 확 일그러졌다. 한다면 하는 사람이 바로 그의 사부, 소무백이기 때문이었다.

우우우우우웅!

소무백의 손에서 웅후한 굉음이 일더니 주변의 공기가 요동치기 시작했다.

'죽었다.'

도극성의 얼굴이 다시금 처참하게 일그러졌다.

지금 소무백이 쓰려는 무공은 풍뢰신장으로 도극성 역시 너무도 잘 알고 있는 무공이었다. 문제는 소무백이 풍뢰신장을 사용했을 때 그가 멀쩡한 적이 한 번도 없었다는 것.

최소한 사나흘은 꼼짝없이 누워 있어야 할 정도로 무지막지한 위력을 자랑하는 무공이라는 것이었다.

꽈꽈꽝!

우레가 치는 소리와 함께 노도와 같은 장력이 밀려들었다.

'역시 사부!'

아직 본격적으로 싸움을 벌인 것도 아니었는데 이미 등줄기는 축축이 젖은 상태였다.

피할 곳은 어디에도 없었고, 지금에 와서 싹싹 빈다고 용서를 해줄 사부도 아니었다. 깨질 때 깨지더라도 일단 부딪쳐 봐야 했다.

도극성의 발걸음이 묘하게 움직이기 시작하며 어느 순간 신형이 흐릿해졌다.

소무백이 발출한 장력이 그의 몸을 따라 움직이며 밀려들었다.

꽝!

도극성이 아닌 그의 잔상을 후려친 장력이 엉뚱하게도 뒤편에 서 있던 아름드리나무를 완전히 박살 내버렸다.

표영이환보를 이용해 첫 번째 공격을 무사히 넘긴 도극성은 짧게 호흡을 끊으며 전신의 기운을 양손에 모았다.

우우우웅.

소무백이 그랬던 것처럼 그의 손에서도 꽤나 웅장한 울림이 있었다.

소무백의 장력이 또다시 덮쳐 왔다.

도극성은 가히 태산과도 같은 압력으로 몰아쳐 오는 사부의 공세에 전율하며 힘차게 손을 뻗었다.

꽈꽈꽝!!

요란한 충돌음이 천문산을 뒤흔들었다.

땅거죽이 뒤집히고 돌멩이들이 사방으로 비상하기 시작했다.
뿌리가 약한 나무가 송두리째 뽑혀 날아가며 처참한 몰골을 드러냈다.
"제법이구나."
소무백의 입에서 감탄성이 튀어나왔다.
도극성이 근래 들어 많이 강해진 것을 알고는 있었으나 설마하니 팔성 공력이 담긴 자신의 공격을 감당해 낼 수 있으리라고는 생각지 않았던 것이었다.
"어디 이것도 한번 받아보거라."
소무백의 손에서 묵빛 기운이 은은히 피어오르며 조금 전과는 비교도 할 수 없을 정도로 막강한 기운이 모였다.
'마, 망할!'
도극성의 얼굴이 하얗게 질렸다.
한 번의 충돌로 손목이 끊어지는 충격을 맛보았다.
속까지 울렁이는 것을 보면 오장육부가 널뛰기라도 한 느낌이었다.
그런데 지금 소무백이 풍뢰신장의 마지막 초식 뇌전풍뢰(雷電風雷)를 쓰려고 하는 것이 아닌가!
'일났구나!'
그가 아는 한 막을 방법은 없었다. 있다면 오직 하나, 그 역시 뇌전풍뢰로 맞서는 것뿐이었다. 하지만 그가 이룬 성취는 아직 미미한 것으로 사부와 대적할 정도는 아니었다.
 도극성은 그 즉시 잠시 물렸던 검을 꺼내 들었다. 그리고 젖 먹던 힘을 동원해 주변에 검막을 쳤다.
 푸스스스스스.
 검에서 치솟은 희뿌연 검기가 그의 몸을 중심으로 회전하며 하나의 거대한 방패를 만드는 광경은 실로 장관이 아닐 수 없었다.
 쿠쿠쿠쿠쿵쿵쿵쿵.
 소무백의 거침없이 밀려든 장력이 검막에 부딪치기 시작했다.
 처음엔 약하게, 그러나 점점 더 충격의 강도가 커지며 한 치의 틈도 없이 빽빽하던 검막에 조금씩 균열이 생기기 시작했다.
 '안, 안 돼!'
 검막의 보호를 받으면서도 그 압력을 감당하지 못하고 몸이 하염없이 밀려 나가는 것을 느끼며 도극성은 이빨을 꽉 깨물었다. 뒤로 가면 갈수록 위력이 강해지는 뇌전풍뢰의 특징을 생각했을 때, 한 번 밀리기 시작하면 그야말로 끝장이기 때문이었다.
 하나 그가 버티기엔 뇌전풍뢰의 위력이, 소무백이 뿜어내는 기세가, 내력이 너무도 막강했다. 끊임없이 밀려드는 장력에 검막은 삽시간에 갈가리 찢겨져 사라져 버렸고 검막을 뚫은 기운이 그대로 도극성에게 짓쳐들었다.

절체절명의 순간, 도극성은 저승사자의 혼까지 취한다는 취혼수를 이용해 마지막 역공을 가했다. 하나, 취혼수야말로 소무백이 가장 즐겨 사용하는 무공. 그 즉시 도극성의 의도를 눈치 채고 피해 버렸다.

회심의 공격마저 실패로 돌아가고 어찌해 볼 방법이 없었던 도극성은 두 눈을 질끈 감고 말았다.

충격에 대비해 만반의 준비를 하기는 했지만 생각보다 너무 강력한 고통이 전신을 후려쳤다.

"크으으으!"

격한 신음 소리와 함께 도극성의 몸이 무려 오 장이나 쭈욱 밀려 나갔다.

"우웩!"

한쪽 무릎을 꿇고 간신히 몸을 가눈 도극성이 갑자기 허리를 꺾으며 주먹만 한 핏덩이를 쏟아냈다.

'이건 족히 열흘짜리군. 게다가 갈비뼈까지 나갔으니……'

내상이 생각보다 심각한 데다가 왼쪽 갈비뼈에서 느껴지는 통증이 장난이 아니었다.

도극성이 오만상을 찌푸리며 갈비뼈에 손을 댔다. 어긋난 뼈가 내부 장기를 찌르는 것 같아 제대로 위치를 잡아주기 위함이었다.

"아으아으으."

비명도, 신음도 아닌 괴이한 소리를 토해내며 씨름하기를 한참, 결국 어긋난 뼈를 제자리로 돌린 도극성이 심호흡을 하며 이마에 흐르는 땀을 닦았다.

조금 떨어진 곳에서 뒷짐을 지고 선 소무백이 그 모습을 가만히 지켜보고 있었다.

'생각보다 많이 늘었군. 진지하게 하지 않으면 안 될 벅찬 상대로 성장했구나. 역시 초혼잠능대법을 통한 수련 덕분인가?'

풍뢰신장을 막기 위해 펼친 검막은 그가 보기에도 훌륭했다. 게다가 검막이 뚫리고 거의 무방비 상태나 다름없는 상황에서 펼친 최후의 반격, 취혼수로 자신의 손목을 노리던 도극성의 모습에 절로 흐뭇한 마음이 일었다. 이전에는 언감생심 생각지도 못했던 발전이었다.

한데 바로 그때, 흐뭇한 기분을 일거에 날려 버리는 헛소리가 있었으니.

"이거 너무한 거 아닙니까?"

"......"

"세상에 뇌전풍뢰라니, 이게 말이 됩니까? 대체 누굴 잡으려고. 그나마 제가 대응을 잘했기에 망정이지 하마터면 염라대왕 앞으로 직행할 뻔하지 않았습니까?"

움직일 때마다 밀려오는 통증 때문인지 잔뜩 찡그린 도극성의 얼굴은 펴질 줄 몰랐다.

"보내주랴?"

"예? 아니, 뭐, 꼭 그런 것은… 정색을 하시기는… 그냥 말이 그렇다는 거지요."

능글맞게 웃음 짓는 도극성을 보며 소무백은 어이없다는 듯 고개를 흔들고 말았다.

"마지막 반격은 그래도 훌륭했다. 제법 적절했어. 하나, 너무 조급한 마음에 끝까지 기다리지 못하였으니 실패할 수밖에 없었다. 다음엔 좀 더 주의하여라."

"예."

도극성이 가만히 대답을 했다.

그것으로 끝났으면 좋았을 것을 결국 한마디 더 하고 말았다.

"호호호, 그래도 속으론 아찔하셨던 모양입니다?"

순간 소무백의 눈썹이 역팔자를 그렸다.

아차 싶은 마음에 황급히 입을 틀어막았으나 소무백의 손은 이미 그를 향해 움직이고 있었다.

짝!

취혼수가 도극성의 뺨에 작렬했다.

"크으!"

가뜩이나 성치 않은 몸으로 뺨을 얻어맞자, 맞는 데 이골이 난 도극성도 버티지 못하고 그대로 주저앉고 말았다.

"취혼수는 이렇게 쓰는 것이다."

무심히 내뱉은 소무백이 빙글 몸을 돌렸다.

"젠장, 이놈의 코피! 이러다가 톡 건드리기만 해도 줄줄 흘러내리는 습관성이 돼버리는 건 아닌지 몰라."

앉은 김에 쉬어간다고, 도극성은 하염없이 흐르는 코피를 닦을 생각도 않고 그대로 대 자로 누워버렸다.

그날 밤은 참으로 적막하고 고요했다.

물론 초혼잠능대법 이후, 늘 그래 왔던 일상이었지만 온갖 비명과 악에 받친 함성이 난무하는 도극성의 침소는 제외였다.

도극성이 제아무리 난리를 치고 야단법석을 떨어도 늘 제 시간만 되면 침소에 들었던 소무백은 언제 비가 왔느냐는 듯 금방이라도 땅으로 쏟아질 것 같은 별빛 아래, 조용히 앉아 하늘을 바라보고 있었다.

"자미성……."

소무백이 북녘 하늘에서 고고히 빛나는 별을 바라보며 술잔을 들었다.

"천괴성……."

다시 한 잔 술이 사라졌다.

"파군성……."

소무백은 팔룡으로 상징되는 팔성을 일일이 찾으며 그때

마다 술잔을 기울였다.

그날따라 유난히 밝게 빛나는 팔성은 주변의 온갖 별들의 무리 속에서도 단연 돋보였다. 마치 하늘의 모든 별들이 팔성을 중심으로 군무를 추는 것 같은 느낌이었다.

한데 어느 순간, 하늘에 짙은 암운이 깃들기 시작했다.

무수한 별들이 암운에 가려 하나둘 모습을 감추고 얼마 후, 온갖 별들이 향연을 펼치던 하늘은 암흑으로 변해 버렸다.

"음."

굳은 표정으로 하늘을 살피는 소무백의 입에서 나지막한 침음성이 흘러나왔다.

암운을 뚫고 하늘에 남아 있는 별은 오직 팔성뿐. 하나, 그나마도 처음과 같은 밝은 빛이 아니라 자신의 존재감을 겨우 드러낼 수 있을 정도로 희미하고 미미했다.

"때가… 되었음인가?"

하늘을 바라보는 소무백의 눈썹이 파르르 떨렸다. 그의 시선이 문득 괴성이 흘러나오는 도극성의 침소로 향했다.

"극성아, 난세가 시작된 것 같구나. 한데 너는 준비가 되었느냐?"

소무백이 조용히 물었다.

한데 그에 대한 대답이라도 하듯 도극성의 목소리가 불쑥 터져 나왔다.

"이런 빌어먹을 새끼들! 다 뒈졌어!"

"허!"

순간 어두웠던 소무백의 안색이 활짝 펴졌다.

"그래, 네가 누구더냐? 나, 소무백의 제자. 태어나는 순간부터 이미 준비는 되었지."

뭔가 결심을 한 표정, 소무백은 마지막 남은 술잔을 가볍게 입 안에 털어 넣었다.

천하는 그렇게 요동치기 시작했다.

『운룡쟁천』 2권에 계속…

적포용왕

김운영
新무협 판타지 소설

『신마대전』『흑사자』의 작가 김운영.
그가 낚아 올리는 무협의 절정!
낚시 신동 백룡아! 장강에서 천존과 맞짱 뜨다!

적포천존(赤布天尊) 고금제일강(古今第一强)
인호타자연재해(人呼他自然災害)
40세 이후로 상대가 누구든 몇 명이든, 한 번도 패하지
않고 모두 이긴 적포천존. 70세 중반에 반로환동하여
무림인들을 절망에 빠뜨린 그가 말년에
제자를 만들어 말년에 호강할 계획을 세운다?!

천하에 두려울 것이 없는 '자연재해' 와
그의 제자들이 무림에 나타났다!

고검추산

허담 新무협 판타지 소설
FANTASTIC ORIENTAL HEROES

두 사형제가 난세(亂世)를 헤치며 만들어 나가는
기이막측(奇異莫測)한 강호(江湖) 이야기!

천하가 사패(四覇)의 대립으로 혼란스러운 시기,
세상이 혼탁해지자 강호(江湖)에는 온갖 은원(恩怨)이 넘쳐난다.
그러자 금전을 받고 은원을 해결해주는 돈벌레[黃金蟲]가 나타난다.
그런데… 비천한 황금충(黃金蟲) 무리 가운데 천하팔대고수(天下八大高手)가
나타나니…

천검(天劍) 능운백(陵雲白)!
천하팔대고수이자 강호제일 청부사의 이름이다.

그리고… 그가 두 제자를 들이니, 고검(孤劍)과 추산(秋山)이 그들이었다.
훗날 강호제일의 해결사가 되어 무림을 진동시킬 이들이었다.

유행이 아닌 자유추구 -
WWW.chungeoram.com
Book Publishing CHUNGEORAM

Book Publishing CHUNGEORAM

장랑행로
張郎行路

진패랑 新무협 판타지 소설
FANTASTIC ORIENTAL HEROES

세상을 떨쳐울릴 영웅에게 뼈를 깎는 고난의 계절은 필연!

살수인 아비로 인해 공동파의 하늘 아래 갇힌 장랑.
그리고 그에게 닥친 상상불허의 절세 기연,

『강호잡기총요(江湖雜技總要)』

강호에 떠도는 오만 가지 잡동사니가 총망라되어 있는 서적.
그리고 거기에서는 천하제일검의 검법도 한낱 허접한 잡기일 뿐.
자상한 사부의 배려 아래 끝없는 성장을 거듭하여,
마침내 세상 밖으로 나서는데…

잔혹한 운명에 굴강하게 맞서나가는 장랑의 행로에 가슴 두근거린다.

 유행이 아닌 자유추구 -
WWW.chungeoram.com

Book Publishing CHUNGEORAM

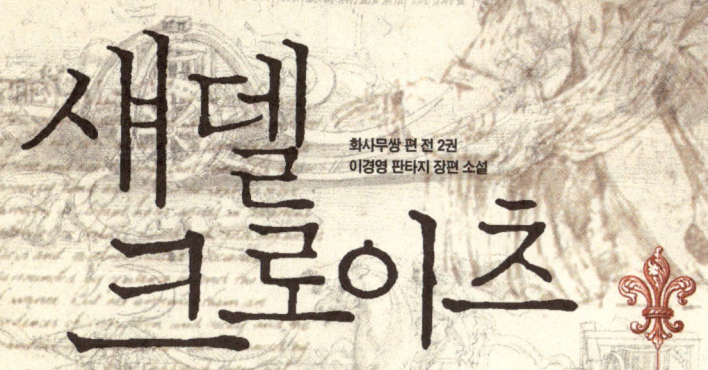

섀델
크로이츠

화사무쌍 편 전 2권
이경영 판타지 장편 소설

『가즈나이트』의 명성과 신화를 넘어설
이경영의 판타지의 새로운 상상력!

자신만의 독특한 세계관을 창조한 작가
이경영의 새로운 도전과 신선한 충격.

바란투로스의 특수부대 섀델 크로이츠의 리더 파렌 콘스탄.
야만족을 돕는 안개술사를 물리치기 위해 아시엔 대륙에서 온
불을 뿜는 요괴 소녀 카샤.
너무나 다른 두 사람이 운명의 길에서 만나다.
친구란 이름으로 시작된 모험, 그 앞에 놓인 난관과 운명의 끈은
어떻게 될 것인지……

"질투가 날 만도 하지.
요괴가 산신령을 엄마로 두는 건 흔한 일이 아니거든.
괜찮다, 파렌. 본좌가 아는 요괴들 전부 본좌를 질투하고 부러워하니까."
소녀는 손에 잔뜩 받은 빗물을 훌쩍 마셨다.
파렌은 그 순수함에 웃음을 흘렸다.
그는 지금까지 자신이 봤던 그녀의 기이한 행동들을 어렴풋이나마 이해할 수 있을 것 같았다.
그렇게 친구가 된 둘은 그 길로 긴 여행을 떠나게 된다.

본문 중에-

세상을 보는 또 하나의 창 - inthebook.net
유행이 아닌 자유추구 - chungeoram.net

Book Publishing CHUNGEORAM

학교에서는 가르쳐주지 않는
10대들을 위한 인생수업

작가 : 이빙 | 역자 : 김락준

10대들을 위한 나침반 같은 인생 교과서!
사회 초입에 들어서게 될 청소년들에게 들려주는
100가지 인생 이야기

내 인생의 방향잡기!
여행길에 오르기 전에 접해보자!

100가지 이야기, 100가지 명언

사람은 태어나면서부터 각기 다른 모습으로, 각기 다른 사고로 "인생"이라는
여행길에 오르게 된다. 내가 지금 서 있는 이 위치에서 그리고 사회라는 공간에서
한 사람의 몫을 당당하게 해낼 수 있는 역량을 키워나가기 위해서는 어떠한 생각을
가지고 있어야 하는 걸까.

늦지 않게 준비하자! 스스로의 마음가짐이 자신의 미래를 결정한다!

설레는 마음으로 떠난 길일지라도 기존에 생각하고 있던 것과는 다르게 흘러가는
사회의 모습에 당혹스럽기도 할 것이다.
그러한 곳에 발을 들여놓기 위해 첫 발걸음을 막 뗀 청소년이라면 학교에서는
미처 배우지 못한 상황에 더욱이 큰 혼란스러움을 느낄 수밖에 없다.
시간이 흐를수록 사회가 한 인간에게 요구하는 것은 다양하고 세밀해지고 있다.
그러한 사회 속에서 자신만이 앞으로 나아가지 못해 제자리걸음을 하게 된다면 어떠할까.
미리 대비를 하지 않는다면 당신 역시 그러한 현상에 빠지는 또 한 명의 사람이 되고 말 것이다.

책장을 넘기는 순간, 책과 당신의 공감대가 형성된다!

적응을 위해 도움이 될 만한
인생의 지혜와 경험, 깨달음이 한가득 담겨있다.
그 속에 담긴 100가지 이야기 그리고 그와 관련된 100가지의 명언은
가슴 깊이 새겨 놓고 되뇌어 보기에 충분하다.

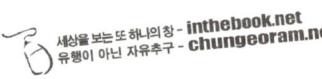

Book Publishing CHUNGEORAM

공부하는 감각의 차이가 자녀의 미래를 결정한다.
이 시대가 필요로 하는 명품 인재 만들기!

Luxury Study habit

명품 공부습관 87가지

올바른 습관이 명품 자녀를 만든다

저자 : 친위
역자 : 오혜령

❧ 똑소리 나는 부모의 똑소리 나는 자녀 교육법!

어린 시절의 습관은 평생을 결정한다.
제대로 바로잡지 못한 나쁜 습관은 자녀의 미래에 검은 그림자를 드리울 수도 있다.
대부분의 부모들은 아이의 잘못된 습관을 발견하면 언성을 높이는 경향이 있다.
하지만 그것이 문제 해결의 방법이 아님을 당신은 이미 알고 있을 것이다.
지금 당신은 적절한 대안을 찾지 못해 힘겨워 하고 있지는 않은가.
내 아이가 명품 인생으로 살아가길 희망하는 부모라면 이 책에 귀를 기울여 보자.

❧ 내 아이가 세상의 중심에 우뚝 설 수 있게 하는 방법!

이 책은 잘못된 공부습관과 대인관계 형성 등의 문제 등을
87가지 이야기를 통해 알아보고 그에 걸맞는 올바른 해결책을 제시해주고 있다.
이 한 권의 책을 통해 똑소리 나는 부모가 되어보자.
그리고 내 아이가 최고의 명품으로 거듭날 수 있도록 노력해보자.
이 책은 분명 당신에게 꼭 맞는 효과적인 자녀교육서가 될 것이다.

 세상을 보는 또 하나의 창 · inthebook.net
유행이 아닌 자유추구 · chungeoram.net

Book Publishing CHUNGEORAM

Rhapsody Of Cardinal

카디날 랩소디

송현우 판타지 장편 소설

놀라운 경험(the enormous experience)!
He created a completely new world.
It is a place who have never known and where never been able to imagine.
This splendid world will introduce the enormous experience for the person only who reads.

그 누구에게도 알려진 것이 없으며 상상조차 할 수 없었던 새로운 세계를
작가는 완벽하게 창조해내었다.
이 멋진 세계는 독자들만이 체험할 수 있는 놀라운 경험으로 인도할 것이다.

판타지는 허구다? 아니다. 판타지는 일상이다.
우리의 삶은 연속된 판타지의 연장선상에 놓여 있고,
상상은 우리의 일상을 더욱 살찌운다.
『카디날 랩소디(Rhapsody of Cardinal)』를 경험하는 독자들은
더욱 풍부한 일상 속에서 새로운 삶을 경험할 것이다.
멋진 만남! 흥미로운 경험! 이것이 『카디날 랩소디』가 가진 장점이며,
작가 송현우가 독자들에게 바라는 꿈이다.

세상을 보는 또 하나의 장 - inthebook.net
유행이 아닌 자유추구 - chungeoram.net

Book Publishing CHUNGEORAM